떠나기 전에 나를 깨워줘

떠나기 전에 나를 깨워줘

루쓰하오 지음 —— 이지수 옮김

다연
DAYEONBOOK

떠나기 전에
나를 깨워줘

초판 1쇄 인쇄 2016년 8월 1일
초판 1쇄 발행 2016년 8월 10일

지은이 | 루쓰하오
옮긴이 | 이지수
펴낸곳 | 다연
주 소 | (413-120) 경기도 파주시 문발로 115 세종출판벤처타운 404호
전 화 | 070-8700-8767
팩 스 | 031-814-8769
이메일 | dayeonbook@naver.com
편 집 | 미토스
디자인 | 디자인 연우

ⓒ 다연

ISBN 978-89-92441-82-7 (03820)

※ 잘못 만들어진 책은 구입처에서 교환 가능합니다.

어느 날
더 이상 이 책의 위로가 필요 없게 될 때까지 다 함께 열 심 히   살 아 보 자 .
몇   년   후 ,   우리 모두 더 나은 내가 되어 있기를!

행복하게 여행하려면
가볍게 여행해야 합니다.

얼굴이 계속 햇빛을 향하도록 하세요.
그러면 당신의 그림자를 볼 수 없답니다.

몇 년 후, 우리 모두
더 나은 내가 되어 있기를

이 책에는 나와 내 친구들 그리고 당신의 이야기가 실려 있다. 우리는 저마다 다른 모습으로 살고 있지만 같은 것에 감동한다. 문득 그림 하나를 떠올린다. 어느 날 오후, 제각기 다른 공간에서 모두 같은 책을 보고 있는 모습을 말이다. 그것이 내가 쓴 책이든 아니든 간에 한 사람의 작가로서 이보다 더 기분 좋은 상상은 없다.

고등학교 때 나는 한 여학생을 좋아했다. 그녀가 좋아하는 노래를 밤새도록 연습했고, 심지어 그녀를 따라 같은 대학교에 지원했으니 정말 많이 좋아했다! 졸업 전, 함께 콘서트를 보러 가자고 그녀와 약속했다. 하지만 그 약속은 지켜지지 않았고 어느 날부터인가 연락이 끊겼다.

2010년, 나는 지난날 그녀와 함께하기로 약속했던 그 밴드의 콘서트를 혼자서 보러 갔다. 그날은 난징에 비가 많이 내려 콘서트장에 있던 사람 모두가 비에 젖었다. 나는 그녀가 콘서트를 보러 왔는지, 왔다면 우산은 가져왔는지 궁금했다. 하지만 그 무엇도 알 수 없었다.

대학 시절에는 빈번히 밤을 지새웠다. 거의 매일 해가 뜰 때까지 깨어 있었던 것 같다. 그 시간쯤 되면 룸메이트가 까칠한 얼굴로 내 잠자리를 들쑤시며 아침을 먹으러 가자고 재촉했다. 그러면 나는 하품을 하며 마지못해 끌려가곤 했다. 고역의 아침 시간이었지만 그래도 누군가와 함께 깨어 있다는 사실이 큰 위안이 되었다.

처음 글을 쓰기 시작했을 때는 독자가 고작 두세 명에 불과했다. 리징은 그중 한 명이었다. 그녀는 내가 쓴 글을 나보다 더 열심히 읽고 늘 피드백을 해줬다. 어느 날 함께 이야기를 나누다가 그녀에게 꿈이 무엇이냐고 물었다. 그녀는 작은 가게나 운영하면서 편히 살고 싶다고 했다, 나처럼 매일 피곤하게 살고 싶지는 않다면서. 하지만 나에게는 글을 계속 썼으면 좋겠다고 했다. 누가 뭐래도 꿋꿋이 버티라고! 일 년이든, 이 년이든, 삼 년이든 그 언젠가 내 글을 알아주는 사람이 반드시 있을 거라고! 자신의 안목을 믿는다고!

나는 지난 5년간 계속 글을 썼고 이제 새 책 출간을 앞두고 있다. 하지만 이제 그녀는 찾을 수 없다. 그녀가 내게 남긴 쪽지만 남아 있을 뿐이다.

'앞으로 어떤 인생을 살게 될지는 아무도 몰라요. 하지만 학생 시절보다 더 힘들어질 거라는 사실 하나는 확실하죠. 우리는 운이 좋은 편이지만 그렇다고 운이 아주 좋은 편은 아니에요. 그러니 내가 선택한 길 위에서 비바람에 맞서 힘겨운 전진을 해야 할지도 몰라요. 누군가 그 길 위에 함께 있어주기를 바랄 뿐이죠.'

힘든 순간에 누군가가 함께 있다는 것! 그것이 얼마나 큰 행복인지 나는 안다. 그래서 나는 이 책을 통해 인생에서 중요하다고 생각하는 일들을 이야기하고자 한다. 힘겨워 더 이상 한 발짝도 나아가기 힘들 때 당신 곁에도 누군가가 함께 있기를 바란다.

우리는 매 순간 조금씩 성장하고 있다. 원치 않아도, 그 대가를 도저히 감당할 수 없다고 생각해도, 성장은 계속된다. 그러면서 점점 과거의 내 모습들과 하나씩 이별한다. 술에 취해 괴로워하던 나, 운동장에서 석양을 보던 나, 어수룩하던 나, 방황하던 나 등등……. 그러나 그중에는 반드시 남겨놓아야 할 것들이 있다. 바로 나를 가장 나답게 하는 모습들이다. 그동안 내 곁에 있어준 사람들은 내가 이런 모습을 잃지 않고 간직할 수 있도록 도와줬다.

우리는 모두 꿈을 꾼다. 그리고 자신이 선택한 그 길 위에 발을 내딛는다. 우리는 신의 특별한 선택을 받은 사람도, 천부적인 재능을 보장받은 사람도 아니다. 그저 자기 방식대로 살고 싶은 사람, 방황하면서도 이를 악물고 앞으로 걸어가는 사람이다.

만약 아직도 무슨 일을 하고 싶은지 모르겠다면 우선 지금 하고 있는 일을 착실히 하라. 어디로 가야 할지 모르겠다면 우선 지금 걷고 있는 길을 열심히 걸어가라. 살면서 어떤 사람을 만나게 될지 모르니 항상 주변 사람들을 친절히 대하고, 지금 하고 있는 일이 의미 있는 일인지 아닌지 모르겠다면 무엇이라도 하고 있다는 사실에 감사해라. 짙은 안개 속에서는 불과 몇 미터 앞도 분간하기 힘들다. 그러나 한 걸음씩 천천히 걸어가다 보면 안개는 어느새 사라지게 마련이다. 제자리에 우두커니 서서 안개가 걷히기만을 기다린다면 당신의 엔진은 영원히 멈춰버릴지도 모른다.

힘든 순간이 올 수도 있다. 수많은 시행착오와 믿었던 사람들의 배신으로 말미암아 아름다운 미래가 멀게만 느껴질 수도 있다. 나는 이런 순간이 오면 곁에 있는 오랜 친구들과 같은 처지에 있는 사람들을 떠올린다. 그들이 있기에 아무리 힘들어도 더 나은 내일을 맞이할 수 있다고 나는 믿는다. 그들 덕분에 세상은 아직 살 만하지 싶다.

당신이 가는 그 길 위에서 이 책을 만나길 바란다. 이 책과 함께하기를 바란다. 그리고 어느 날 더 이상 이 책의 위로가 필요 없게 되기를 바란다. 그리된다면 나는 정말 기쁠 것이다.

그렇게 다 함께 열심히 살아보자. 그리하여 몇 년 후, 우리 모두 더 나은 내가 되어 있기를!

Contents

Prologue • 10

몇 년 후, 우리 모두
더 나은 내가 되어 있기를

우리는 더 나은 모습으로 돌아오기 위해 떠나는 것이다. 그러니 방랑하는 자신에게, 그리고 방랑하는 당신을 뒤에서 묵묵히 응원하는 주위의 모든 사람에게 부끄럽지 않은 내가 되자.

떠날 때는 뒤돌아보지 않기

엄마는 매일 내가 집에 도착하는 시간에 맞춰 따뜻한 물을 보온병에 가득 채워놓는다. 그리고 나는 집을 떠날 때마다 엄마가 좋아하는 간식을 찬장에 가득 채워놓는다. 이는 엄마와 나 사이에 이심전심으로 통하는 일종의 암묵적인 약속 같은 것이다. 우리는 대단히 유난스럽게 친하지 않지만 그렇다고 서로 으르렁거리지도 않는다.

유독 가족에게는 속마음을 표현하기가 쉽지 않다. 가까운 사이일수록 무슨 말을 어떻게 해야 할지 모르겠다. 왜 그럴까? 어색해서? 부끄러워서? 어색하든 부끄럽든 어쨌든 도무지 입이 떨어지지 않아 늘 그렇듯 아무 말도 하지 못한다.

나는 그동안 호주 멜버른과 캔버라, 그리고 다시 베이징으로 7년이 넘는 시간을 집 밖에서 떠돌았다. 물론 돌아와서도 친구들을 만나 회포를 풀답시고 나돌아 다녔으니 정작 집에 머문 시간은 얼마 안 된다. 그때는 친구들과의 시간이 소중한 줄만 알았지, 그러는 동안 가족과 함께할 시간이 점점 줄어들고 있다는 사실은 깨닫지 못했다. 지난 몇 년간도 일 때문에 50여 곳의 도시를 오가며 50여 개가 넘는 호텔에서 밤을 보냈지만 역시나 매번 집에 전화하는 것조차 깜박했다.

아무래도 내 몸속에는 방랑자의 피가 흐르나 보다. 타향에서 아무리 정신없이 바쁠지라도 고되다는 생각을 해본 적이 없으니까. 그래서 어릴 때부터 기꺼이 집 밖으로 나돌며 멀리 떠나기를 원했나 보다. 그게 아니라면 천성은 둘째 치고 보잘것없는 소도시인 고향에서는 꿈을 펼치지 못할 것이라는 막연한 불안감이 나를 밖으로 떠돌게 만든 것일까?

예전에는 한곳에 터를 잡고 오래 살다 보면 그곳을 고향처럼 여길 수 있을 거라 생각했다. 물론 한 도시에서 오래 생활하다 보면 그곳이 내 삶의 일부분이 되는 것은 사실이다. 하지만 그 어느 곳에 있든 고향에서 보낸 어린 시절의 기억은 늘 머릿속에 맴돈다. 떠들썩하던 학교 복도, 친구들과 어울려 게임을 하던 농구장, 이사를 다녔던 집들까지……. 아, 맞다! 내가 가장 좋아하던 가재와 꽃게 요리도 있었지.

어릴 때 좋아하던 음식을 떠올리자면 밥시간이 아닌데도 배가 고프다. 곰곰 생각해보니 정말로 배가 고팠던 게 아니라 집이, 고향이, 그때의 사람들이 그리웠던 것이다.

나이를 먹으니 자연의 법칙처럼 당연했던 일들이 어느 순간 평생 떨쳐버릴 수 없는 숙제가 되어버린다. 멀게만 느껴졌던 일들이 점점 가까워지고, 그동안 무심히 지나쳤던 일들이 영원히 뽑을 수 없는 가시처럼 마음속에 콱 박힌다.

어느새 나도 어른이 되어버렸다. 어른이 된다는 게 과연 좋은 일인지 나쁜 일인지는 아직도 잘 모르겠다. 다만, 이제는 되돌릴 수 없다는 것만큼은 확실히 알고 있다. 내가 아무리 빨리 성장한다고 해도 내 부모님이 늙어가는 속도에는 비할 수 없다. 그래서 나는 멈춤 없이 목숨 걸고 달려왔다. 더이상 부모님께 손 벌리지 않아도 되는 내가 되기 위해, 스스로를 돌볼 수 있는 내가 되기 위해, 마침내 한 가정을 책임질 수 있는 내가 되기 위해!

이를 떠올리다 보면 그 어떤 시련과 인생의 굴곡도 두렵지 않다. 단, 가끔 떠나려고 짐을 꾸릴 때면 마음 한구석이 아려온다. 집에 머무를 때는 그 소중함을 느끼지 못하다가 언제나 떠날 때가 되어서야 진정한 의미가 가슴을 친다.

부모님은 종종 공항까지 배웅을 나오신다. 나는 그동안 공항에서 수없이 많은 만남과 이별을 경험했다. 그러다 보니 나만의 법칙이 생겼다. 배웅할 때는 들어가는 그 사람의 모습을 끝까지 지켜보기. 그리고 떠나야 할 때는 내가 먼저 고개를 돌리기. 홀로 먼 길 떠나는 친구를 배웅할 때는 게이트까지 들어갈 수 없으니 짐을 든 그가 시야에서 완전히 사라질 때까지 지켜보는 것으로 아쉬운 마음을 달랜다. 그런데 부모님이 배웅을 해줄 때면 슬퍼하시는 모습을 차마 볼 수 없어 가슴 아프지만 절대 뒤돌아보지 않는다.

나이를 먹을수록 '아쉽다', '슬프다' 등의 감정은 입 밖으로 꺼내기가 점점 더 힘들어지는 것 같다. 그러니 기왕에 멀리 떠나기로 결정했다면 그 길이 끝날 때까지 힘차게 달려보자. 그리고 말로 다 표현하지 못하는 것들은 행동으로 보여주자.

방랑하는 사람도 언젠가는 집으로 돌아온다. 우리는 더 나은 모습으로 돌아오기 위해 떠나는 것이다. 그러니 방랑하는 자신에게, 그리고 방랑하는 당신을 뒤에서 묵묵히 응원하는 주위의 모든 사람에게 부끄럽지 않은 내가 되자.

기왕에 멀리 떠나기로 결정했다면 그 길이 끝날 때까지 힘차게 달려보자.
그리고 말로 다 표현하지 못하는 것들은 행동으로 보여주자.

🌰 사실, 그들은 자기밖에 모른다

우리 주변에는 꼭 이런 사람들이 있게 마련이다. 어떤 일을 끝내고 뿌듯함에 젖어 있는데 그게 뭐 대수냐고 말하는 사람, 어떤 책이나 영화를 좋아한다고 말했을 뿐인데 수준이 너무 낮은 것 아니냐며 비아냥대는 사람, 멋진 풍경 사진을 보내니 그렇게 놀러 다니는 것만 좋아해서 어떡하냐며 핀잔하는 사람, 야심차게 어떤 일을 준비하고 있는데 어차피 성공하지 못할 거라며 찬물 끼얹은 사람!

특히 학생도 아니요, 번듯한 직업과 가정이 있는 것도 아닌 애매한 나이의 시기에는 주변에 이런저런 참견을 하는 사람들이 더 많아진다. 대학 졸업 후 사회인으로서 자리를 잡았지만 결혼을 하지 못했다든가, 오랜 준비 끝에 시작하려는 일이 별로 대중적이지 않은 것이라면 그저 하찮은 이야깃거리나 공격의 대상이 되기 쉽다.

내가 여기서 강조하고 싶은 단어는 바로 '공격'이다. 사람들은 당신을 위한답시고 근거도 없이 그저 제멋대로 지껄이곤 한다. 그들은 당신의 내막을, 그 이야기를 처음부터 끝까지 알지 못한다. 그들은 당신이 얼마나 그 일을 즐기고 있는지는 상관없이 오직 결과만 예측하고 감 놔라 배 놔라 한다. 가장 무서운 건 아직 아무런 결과물도 나오지 않았을뿐더러 앞으로 많은 가능성이 남아 있는데도 섣불리 결론을 내려버린다는 점이다.

그들은 당신이 동경하고 갈망하던 그 무엇을 아무것도 아닌 것으로 전락시킨다. 당신이 오랫동안 꿈꿔온 미래와 사랑도 투자 가치가 없는 하찮은 일로 폄훼한다. 그들은 당신을 걱정해주는 것처럼 말하지만, 사실 마음속으로는 당신이 실패하기를 기대한다. 그들이 하찮게 여겼던 당신의 꿈과 사랑이 진짜 실패로 돌아갔을 때 이렇게 말하고 싶은 것이다.

"거봐, 내가 진즉에 말했잖아."

아마 어깨에 힘을 잔뜩 주고 의기양양하게 말할 것이다.

"나는 그런 사랑 따위에 모든 것을 걸지 않아. 그래서 너처럼 상처받지도 않잖아? 나처럼 좀 현명해져봐."

이런 식의 태도를 보이는 이들에게 나는 이렇게 말하고 싶다. 그건 현명한 게 아니라 바보 같은 거라고! 그리고 그런 충고는 나에 대한 걱정과 관심이 아니라 쓸데없는 오지랖일 뿐이라고!

누군가의 꿈에 찬물을 끼얹는 것은 날카로운 칼로 찌르는 만행처럼 상상 이상의 깊은 상처를 줄 수 있다. 세상에는 원래 다양한 사람이 존재한다. 그런데 많은 이가 그 다양성을 인정하지 않는다. 단지 아직 결혼을 하지 않았다는 이유로, 단지 공부를 오래 한다는 이유로, 단지 그런 꿈을 꾼다는 이유로, 단지 아직 무엇을 하고 싶은지 모른다는 이유로, 단지 보편적이지 않은 방식으로 산다는 이유로 사람들의 비난을 받아야 하는 걸까?

무언가를 소중히 여길수록 그것은 당신의 약점이 되기 쉽다. 타인들이 그것을 소중하게 생각하지 않으면 자존심이 상할뿐더러 상처를 받기도 한다. 그때 당신은 그들의 말대로 그것을 포기해버릴 수도, 더 강하게 열망할 수도 있다. 자신이 소중하게 여기는 것은 자기 자신만이 지킬 수 있다. 그

것이 꿈이든 사랑이든 간에 나는 당신이 그것을 소중하게 지키며 계속해 나아가기를 바란다. 그러기 위해서는 스스로 더 강해져야 한다.

남의 꿈에 찬물을 끼얹고 이래라 저래라 하는 사람들이 물론 아주 질 나쁜 인간은 아닐 것이다. 그리고 어떤 경우에는 그들이 하는 말들이 일리가 있을 것이다. 하지만 역시나 그들의 문제는 자기만의 가치관으로 멋대로 지적하고 재단하고 강요하려는 데 있다.

노력해보지 않은 이는 열심히 노력하고 있는 사람을 무시할 자격이 없다. 이것도 저것도 다 좋다고 해서 호불호가 분명한 사람을 비난해서도 안 된다. 혹시 당신이 이미 모든 것을 경험했더라도 이제 막 무언가를 진행하려는 사람에게 찬물을 끼얹지는 말자. 사회 활동이든 여행이든 시험이든, 심지어 노래를 부르는 일이든 말이다. 설령 발언권이 있다고 하더라도 그 일이 별것 아니라는 식으로 이야기하지 말자. 누군가가 최선을 다하고 있다면 그 일이 아무리 쉽고 보잘것없을지라도 그저 진심으로 응원해주자.

돌이켜보건대, 가장 힘들었던 그때 곁에서 응원해준 친구들이 없었다면 나는 분명 극복하지 못했을 것이다. 이처럼 응원의 힘은 정말로 대단하다. 당신도 누군가에게 힘을 주는 사람이 되기를 바란다. 함부로 판단하기 전에 먼저 제대로 이해하려고 노력해보자.

누구든 지금 자기에게 맞는 삶을 살아야 한다. 멀리 보기보단 주변의 가까운 풍경을 감상하고 기쁜 일도 힘든 일도 스스로 즐기면서 감당하자. 대화가 잘 통하는 사람과 이야기하고, 눈앞에 있는 일들을 해결하고, 자기 자신을 책임지고, 타인의 인생에 이래라 저래라 하지 말고, 나 역시 타인의 말에 쉽게 흔들리지 말자.

명심하자. 누군가가 진심으로 노력하고 있다면 그의 작은 행복을 방해하지도, 꿈을 비웃지도 말아야 한다.

누구든 지금 자기에게 맞는 삶을 살아야 한다. 멀리 보기보단 주변의 가까운 풍경을 감상하고 기쁜 일도 힘든 일도 스스로 즐기면서 감당하자. 대화가 잘 통하는 사람과 이야기하고, 눈앞에 있는 일들을 해결하고, 자기 자신을 책임지고, 타인의 인생에 이래라 저래라 하지 말고, 나 역시 타인의 말에 쉽게 흔들리지 말자.

당신이 기다리던, 당신을 기다려온 그가 바로 당신을 이해하는 그 한 사람이다

1

옛날에 귀여운 강아지 한 마리가 살고 있었다. 그런데 나이가 들어서도 결혼을 못하자 주변에서 모두 노총각이라고 놀렸다.

서로 애정을 과시하는 주변의 강아지들을 보다 못한 노총각 강아지는 어느 날 뼈다귀 하나를 물고 길을 나섰다.

'나도 진정한 사랑을 하고 말 거야!'

노총각 강아지는 굳은 다짐으로 여러 나라를 떠돌기 시작했다. 노총각 강아지가 뼈다귀를 물고 떠난 이유는 그것이 가장 좋아하는 음식이었기 때문이다.

루쓰하오라는 사람이 말하길, "누군가를 좋아한다면 그 상대에게 내가 가장 아끼는 것을 기꺼이 줄 수 있다"고 했다. 노총각 강아지는 뼈다귀를 흔쾌히 줄 수 있는 상대를 찾을 생각이었다.

2

집을 떠난 지 얼마 되지 않아 노총각 강아지는 토끼 한 마리를 만났다. 토끼는 작고 귀여웠다. 자신이 상대적으로 크게 느껴진 노총각 강아지는 토끼를 보호해주고 싶었다. 노총각 강아지는 토끼에게 뼈다귀를 건넸다. 그러자 토끼는 눈을 동그랗게 뜨고 말했다.

"이 뼈다귀를 왜 나한테 주는 거야?"

노총각 강아지가 말했다.

"내가 가장 좋아하는 건데 네게 줄게."

토끼는 뼈다귀를 한번 맛보고는 말했다.

"이 뼈다귀는 정말 맛이 없군. 어쨌든 이렇게 큰 뼈다귀를 선물로 받았으니 나도 당근을 선물로 줄게."

노총각 강아지는 당근을 한 입 베어 물고 속으로 생각했다.

'이게 뭐야? 정말 맛이 없잖아! 내 뼈다귀가 훨씬 맛있는걸? 저걸 어떻게 다시 달라고 말하지?'

하지만 이미 토끼에게 뼈다귀를 선물로 준 강아지는 차마 돌려달라 말하지 못한 채 당근을 들고 떠났다.

3

얼마 후 노총각 강아지는 기린과 마주쳤다. 노총각 강아지는 기린의 길쭉하고 위풍당당한 모습에 매료되었다. 하지만 뼈다귀가 없으니 어떻게 말을 걸어야 할지 몰라 그저 묵묵히 기린과 함께 걸었다. 노총각 강아지는 비가 오나 눈이 오나 기린과 함께 걸었다. 심지어 감기에 걸려 열이 펄펄 나는데도 기린 곁을 떠나지 않았다.

햇볕이 내리쬐는 어느 날, 노총각 강아지는 문득 할 말이 생각나 기린을 올려다봤다. 그런데 그 순간 강한 빛줄기가 눈을 찔렀고 노총각 강아지는 눈을 부여잡고 데굴데굴 굴렀다. 겨우 진정하고 실눈을 떠서 기린을 쳐다봤을 때 노총각 강아지는 깨달았다. 기린은 자신을 조금도 신경 쓰지 않고 있었다는 것을! 노총각 강아지는 생각했다.

'저렇게 키가 큰 기린을 쳐다보려면 매일 고개를 치켜들고 있어야 할 거야. 그러면 머지않아 허리 디스크에 걸리고 말겠지!'

노총각 강아지는 당근을 입에 물고 다시 길을 떠났다.

4

그렇다고 아무도 노총각 강아지를 좋아하지 않는 것은 아니었다. 작은 여우가 있었다. 여우는 노총각 강아지와 꽤 먼 길을 함께 걸었다. 여우는 노총각 강아지가 쉬고 있을 때 어디선가 포도를 한 아름 훔쳐 와 노총각 강아지에게 주었다.

노총각 강아지는 포도가 먹고 싶지 않았지만 여우가 애원하기에 어쩔 수 없이 받아줬다. 여우는 노총각 강아지가 포도를 받아주자 기뻐서 폴짝폴짝 뛰었다. 그런데 너무나 기쁜 나머지 노총각 강아지가 떠나는 것을 알아차리지 못했다.

노총각 강아지는 포도를 맛보고는 생각했다.

'뭐가 이렇게 맛이 없담? 역시 내 뼈다귀가 제일 맛있어. 아! 내가 대체 왜 뼈다귀를 토끼에게 줬을까? 정말 속상해.'

반면, 여우는 이렇게 생각했다.

'하하하! 강아지가 내가 준 포도를 받았어. 내 선물을 받았다는 건 분명 나를 좋아한다는 뜻이겠지? 랄랄라, 신난다! 강아지를 꼭 다시 찾고야 말겠어.'

5

노총각 강아지는 길을 가다가 이번에는 고양이를 만났다. 노총각 강아지는 오랜만에 만만한 상대를 만났다고 생각하고는 고양이를 실컷 놀려주다가 달아나버렸다. 고양이는 나중에 한 유명 블로거('추억전용조끼[回憶專用小馬甲]'라는 이름의 블로그 주인이 키우는 고양이가 한때 인터넷상에서 화제가 된 적 있다)의 집에서 함께 살게 되었다.

얼마 후 노총각 강아지는 불나방을 만났다. 노총각 강아지는 뜨거운 불을 향해 날아가는 불나방을 향해 말했다.

"불나방아, 거긴 너무 뜨거워. 네가 죽을지도 몰라."

불나방이 말했다.

"나도 알아."

노총각 강아지는 더 이상 말리지 못하고 고개만 저었다. 그리고 생각했다.

'나도 누군가를 위해 저토록 거침없이 달리던 때가 있었지.'

계속 길을 걷고 있는데 회색 토끼 한 마리가 다가왔다. 토끼는 노총각 강아지가 들고 있는 커다란 당근을 보고 입맛을 다셨다. 둘은 함께 길을 걸었다. 노총각 강아지는 토끼가 계속 자신을 따라오는 것을 보고 당근을 선물로 줬다. 노총각 강아지는 속으로 생각했다.

'내 뼈다귀와 바꾼 당근이지만 어차피 내가 먹지 않을 바에야 당근을 좋아하는 토끼에게 줘버리는 편이 낫지. 하하! 들고 다니기 무거웠는데 잘됐다.'

회색 토끼가 속으로 생각했다.

'정말 좋은 강아지야.'

사실, 노총각 강아지는 토끼에게 자신이 필요하지 않은 것을 줬을 뿐이다.

6

노총각 강아지는 산을 넘고 강을 건너 떠돌아다니며 사랑에 빠지기도 하고 누군가로부터 사랑을 받기도 했다. 또 상처를 받기도 하고 때로는 의도

네가 좋아하는 걸
다른 이도 반드시
좋아하리라는 법은 없어.
마찬가지로
다른 이가 아끼는 물건이
네게는 아무것도
아닐 수 있어.

하지 않게 누군가에게 상처를 주기도 했다. 하지만 진정한 사랑은 찾지 못했다. 지친 노총각 강아지는 이제 그만 포기하고 집으로 돌아가야겠다고 결심했다. 그때 우연히 예쁜 강아지를 만났다. 예쁜 강아지는 커다란 뼈다귀를 들고 있었는데 뼈다귀가 어쩐지 눈에 익었다.

"그 뼈다귀 어디에서 난 거니?"

"어떤 토끼가 뼈다귀를 들고 근심하고 있더라고. 그래서 내가 샀지."

"이렇게 맛있는 뼈다귀를 들고 왜 근심하지?"

예쁜 강아지가 대답했다.

"네가 좋아하는 걸 다른 이도 반드시 좋아하리라는 법은 없어. 마찬가지로 다른 이가 아끼는 물건이 네게는 아무것도 아닐 수 있어. 하지만 너와 나는 달라. 네가 좋아하는 걸 나도 좋아해. 그리고 나는 네가 원하는 것을 함께 나누고 싶어."

작은 여우는 노총각 강아지를 다시 찾지 못했다. 회색 토끼는 노총각 강아지가 돌아오기만을 기다렸지만 결국 끝까지 기다리지 못하고 떠났다. 기린은 노총각 강아지에게 관심이 없었다. 자기가 찾던 대상이 아니었기 때문이다. 작은 토끼는 노총각 강아지를 좋아하지 않았다. 뼈다귀를 좋아하지 않았기 때문이다. 그러니 공평한 것도 불공평한 것도 없는 것이다.

당신은 사랑하는 사람을 위해 불나방처럼 거침없이 불에 날아들기도 한다. 사랑의 고통을 견디기도 한다. 누군가에게 관심을 받지 못해 전전긍긍하기도, 누군가의 관심을 무심하게 지나치기도 한다. 사랑하고, 사랑받고, 위로하고, 위로받고……. 나만 특별히 손해를 보는 일은 없다.

수없이 부딪히고 넘어지고 나서야 깨닫는다. 당신이 기다리던 사람, 그리고 당신을 기다리던 사람은 당신을 진심으로 이해하는 한 사람이라는 것을!

🔊 당신이 좋아하기 때문에

훠궈(火鍋, 중국식 샤브샤브), 저우헤이야(周黑鴨, 중국의 오리고기 전문 체인점), 목도리. 내가 겨울을 좋아하는 이유는 바로 이 세 가지 때문이다. 뭐, 훠궈와 저우헤이야는 피부 트러블 때문에 자주 먹지는 못한다. 하지만 목도리는 날이 조금만 스산해질라치면 꼭 챙긴다.

실상, 나의 목도리 사랑은 예전부터 남달랐다. 언젠가 약속이 있어 상하이 쉬후이에서 푸둥으로 지하철을 탔다. 푸둥공항역에 도착했는데 뭔가 느낌이 이상해서 고개를 숙여보니 이게 웬걸! 목도리를 안 하고 온 게 아닌가! 나는 기어코 왔던 길을 다시 돌아가 목도리를 가져왔다.

그날 나는 진심으로 외쳤다.

"젠장! 상하이 거참 더럽게 넓군!"

그날 나를 만나기 위해 약속 장소에서 목을 뺀 라오천은 진심으로 외쳤다.

"루쓰하오, 이 미친놈!"

사실, '미친놈'이 되기 전까지 나는 목도리 걸치는 것을 좋아하지 않았다. 20년 넘게 내복도 한 번 입어보지 않은 내게 목도리는 그저 거추장스러운 천 쪼가리에 불과했다. 옷차림은 최대한 가벼워야 한다는 게 내 인생 신조였다.

그런 내게 한 여학생이 나타났고, 그녀는 내 모든 것을 바꿔놓았다.

나의 4차원적인 성격은 초등학교 시절부터 지금까지 여전히 변함이 없다. 내가 고등학교 때 가장 좋아하던 일은 천둥 번개 치는 것을 구경하는 것이었다. 과학적 탐구 정신과 순수한 호기심에, 만약 벼락에 맞으면 '임독양맥(무협 용어로, 복부 정중선을 따라 흐르는 임맥과 등줄기를 따라 흐르는 독맥이 뚫리면 무공의 절정에 이를 수 있다고 보았다)'이 뚫려 내 인생의 전성기를 맞을 수 있을 거라 생각했다. 그리고 나는 세상의 종말이 올 것 같은 어두컴컴한 날씨를 좋아했다. 비가 올 때면 분명 오후인데도 한밤중처럼 캄캄해졌다. 당시 교실에는 에어컨이 없고 선풍기만 달랑 한 대 있었는데, 한여름에 수시로 내리는 소나기만이 교실의 뜨거운 열기를 식혀줬다.

다른 친구들이 모두 교실에서 자습할 때, 나는 교실 밖 난간에 걸터앉아 비 내리는 것을 구경했다. 언제나 비를 구경하는 건 나뿐이었다. 그러던 어느 날, 우연히 왼쪽으로 고개를 돌렸는데 한 여학생이 있었다. 그녀도 번개가 치기를 기다리고 있는 것 같았다.

'번개 치는 것을 구경하기 좋아하는 사람은 많지 않다. 게다가 같은 시간에, 십 미터도 떨어지지 않은 곳에서, 저렇게 예쁜 여학생이 번개 치는 것을 기다릴 확률은 더욱 낮다. 이런 걸 뭐라 하더라? 그래! 바로 운명이라고 하지!'

나는 당장 라오천을 불러내 여학생을 가리키며 내가 사랑에 빠진 것 같다고 말했다. 그러자 라오천이 흥분했다.

"잘됐다. 어서 가서 저 여학생한테 사귀자고 말해. 그리고 주말에 나랑 다딩을 불러내서 닭살 돋는 애정 행각을 좀 보여줘. 그러면 다딩이 질투가 나서 나랑 사귀어줄지도 모르잖아?"

"됐어! 그렇게 다딩이 좋으면 가서 말이나 걸어봐. 말도 못 걸면서 고백은 어떻게 하려고 그래?"

라오천은 내 말을 듣는 둥 마는 둥 했다.

"어쨌든 너야말로 가서 말 한번 걸어봐."

"그렇게 일반적인 접근 방법으로는 안 돼. 뭔가 근사한 방법이 생각날 때까지 기다릴 거야. 내가 아주 특별한 사람이라는 생각이 들게 만들어야 해."

나는 집에 돌아와서 한참을 고민하다가 드디어 멋진 방법 하나를 떠올렸다.

다음 날 라오천은 내 계획을 듣고 눈이 휘둥그레졌다.

"미쳤어? 그렇게까지 할 필요가 있을까?"

"그래야 운명처럼 보이지!"

내 계획은 이러했다. 6시 30분에 야간 자율학습이 시작되는데, 그녀는 늘 6시 15분이 되어서야 밥을 먹으러 갔다. 그 시간에는 식당이 붐비지 않는다는 좋은 점도 있지만 여유롭게 밥을 먹긴 힘들었다. 그날 나는 라오천과 함께 자연스럽게 그녀 뒤로 가서 줄을 섰다. 그리고 주머니를 뒤지며 말했다.

"나 오늘 급식카드를 안 가져온 것 같네."

라오천 역시 주머니를 뒤지며 말했다.

"나도 안 가져왔군."

드라마 〈황제의 딸〉(청나라 건륭황제 시대의 이야기를 다룬 사극)을 너무 많이 봐서 그런지, 당시 우리는 극중 이강의 말투와 비슷했다.

"라오천, 허면 우리 앞에 있는 친구한테 빌려보겠나?"

"그러세, 루쓰하오."

나는 여학생의 어깨를 두드렸다.

"저기, 혹시 방금 우리가 한 말 들었니?"

그녀가 말했다.

"그걸 말이라고 해? 저기 운동장에 있는 애들도 들었겠다!"

우리는 배식을 받아 각자 자리를 찾아 앉았다. 그러나 이렇게 밥만 먹다가는 계획이 수포로 돌아갈 것이었다. 나는 최후의 수단으로 바오즈를 불러냈다. 그리고 그녀가 밥을 거의 다 먹었을 때쯤 바오즈에게 신호를 보냈다. 바오즈는 금방 알아차리고는 테이블을 치며 일어나 말했다.

"루쓰하오, 밥 사준다더니 급식카드를 안 가져오면 어떡해?"

내가 말했다.

"그러게. 라오천도 안 가져왔을 줄이야. 잠깐 기다려봐. 방금 그 여학생한테 빌려볼게."

나는 그녀에게 다가가 말했다.

"저기, 혹시 방금 우리가 한 말 들었니?"

그녀가 또 말했다.

"당연하지. 그렇게 크게 얘기하는데……. 식당에 있는 애들 모두 다 들었겠다!"

그녀는 난처해했다.

"근데…… 지금 급식카드를 빌려주면 야간 자율학습에 늦을 것 같은데……."

내가 그토록 기다리던 한마디였다.

"그럼 네 전화번호를 알려줄래? 자율학습 끝나고 연락할 테니까 나와. 그때 카드 돌려줄게."

그녀는 잠시 생각하더니 고개를 끄덕였다.

"그래."

그러고는 자신의 휴대전화 번호를 알려줬다. 그 순간 나는 이토록 훌륭한 아이디어를 생각해낸 것에 대해 엄청 뿌듯해했다.

나는 그렇게 그녀를 알게 되었다. 그녀는 록밴드 오월천(五月天)을 좋아한다고 했다. 나는 어떻게 이런 우연이 있느냐며 나 역시 오월천을 좋아한다고 말했다. 그리고 집에 돌아와 오월천에 대한 정보를 미친 듯이 검색했다. 그녀는 학교에도 일찍 온다고 했다. 나는 어쩜 이렇게 똑같을 수 있나며 나 역시 그렇다고 말했다. 그랬기에 다음 날부터 일찍 일어나기 시작했다. 그녀는 학교에서 남쪽에 있는 동네에 산다고 했다. 나는 우리 집도 그쪽이라며 매일 그녀를 집까지 바래다줬다. 그리고 동쪽에 있는 우리 집으로 돌아왔다.

나는 그녀가 좋았기 때문에 우리 집이 동서남북 어디에 있든 상관없었다. 그리고 함께 밥을 먹을 수 있다면 아무리 맛없는 음식이라도 상관없었다. 당시에는 무슨 일이든 운명처럼 맞아떨어져 보이기를 바랐다. 그녀가 좋아하는 것이 알고 보니 나도 좋아하는 거였고, 그녀가 좋아하는 음식이 마침 내가 좋아하는 음식이었고, 그녀가 등교하는 시간이 내가 평소 등교하는 시간과 같았으면 했다. 우리의 첫 만남도 내가 급식카드를 가져가지 않은 날 우연히 이루어졌다고 생각하기를 바랐다. 그래야 그녀가 우리 두 사람이 인연이라고 느낄 테니까.

우리 둘의 공통점은 나의 오랜 노력의 결과요, 우연한 만남은 오랜 계획의 결실이었다. 나는 그녀와 우연히 만난 척하기 위해 온 힘을 다해 달리기도 했다. 그러고는 아무렇지도 않게 말했다.

"여기서 만나다니, 정말 우연이네!"

나는 이것이 낭만이라고 생각했다. 그리고 이렇게 하면 그녀가 나를 특별하게 생각할 줄 알았다. 적어도 특별하지는 않을지언정 어쨌든 나에 대해 깊은 인상을 남기고 싶었다.

그러는 사이 겨울이 왔다. 머지않아 내 생일이었다. 나는 생일 전날 그녀와 이야기하다가 무심코 생일 선물이 받고 싶다고 말했다. 실제로 주리라고는 기대하지 않았던 터라 말하고도 잊어버리고 있었다.

생일날 저녁, 나는 학교 문 앞에서 그녀를 기다렸다. 아홉 시 반에서 열 시가 될 때까지 기다렸지만 그녀는 보이지 않았고 문자메시지에도 답이 없었다. 나는 크게 실망했다. 포기하고 집에 가려는 순간 누군가가 뒤에서 나를 불렀다. 고개를 돌리는 순간 그녀가 내 목에 목도리를 둘러줬다. 빨간색 목도리였다.

나는 그 순간 갑자기 뭐라고 말해야 할지 몰라 괜히 목도리 색이 이게 뭐냐고 투덜댔다. 속으로는 좋아서 죽을 것 같았지만! 화가 난 그녀가 손을 뻗어 목도리를 벗기려고 했고 나는 뺏기지 않으려고 도망갔다. 우리는 운동장을 몇 바퀴나 함께 뛰었다.

시간이 흘러, 그때 그 장면을 떠올리자면 정말 바보 같았다는 생각이 든다. 그때는 왜 그게 그토록 낭만적이라고 생각했을까!

그날 그녀를 집까지 바래다준 뒤 자전거를 타고 집으로 돌아왔다. 한겨울이었지만 전혀 춥게 느껴지지 않았다. 집에 돌아와서 휴대전화를 용량이 큰 최신형으로 바꿔야겠다고 결심했다. 그녀와 주고받은 문자메시지를 하나도 빠짐없이 저장해놓고 싶어서였다. 그날 이후 나는 덜 먹고, 덜 쓰며 돈을 모았다. 창피함을 무릅쓰고 그녀에게 두 번이나 밥도 얻어먹었다.

그녀를 만나면서 원래 목도리를 하지 않던 내가 그때부터 매일 목도리를 하게 되었다. 그뿐만 아니라 목도리 매는 방법을 일곱 가지나 연구했다. 당시 목도리를 매기 위해 코트를 즐겨 입었는데 라오천은 내 모습을 보고 영화 〈상해탄〉의 주인공 같다고 말했다.

"라오천, 앞으로는 겨울에 꼭 목도리를 할 거야!"

이듬해, 나는 유학할 준비를 하고 있었다. 그녀는 일찍이 내 유학 소식을 접하고 줄곧 응원해줬다. 어쩌면 그래서 더 유학에 대한 결심을 굳힐 수 있었는지도 모른다.

고등학교 3학년의 겨울, 얼마 후 나는 멜버른으로 떠나야 했다. 겨울방학 동안 그녀는 내게 파란색 목도리를 짜주었다. 그리고 내게 줬던 빨간색 목도리는 다시 돌려달라고 했다. 자신이 그 목도리를 하고 있으면 멀리 떨어져 있어도 우리 사이에 어떤 연결고리가 생기지 않겠냐면서……

그날 그녀에게 말했다.

"가오카오(중국의 대학 입학시험)가 끝나면 돌아와서 오월천의 '온유(溫柔)'를 불러줄게."

그녀가 고개를 끄덕였다.

"그래, 돌아오면 우리 같이 콘서트를 보러 가자."

그러나 나는 끝내 빨간 목도리를 그녀에게 돌려주지 못했다. 겨울방학은 너무 짧았고 제대로 작별을 고하지도 못한 채 그녀는 6월에 있을 엄청난 시험을 준비하러 학교로 돌아가야 했다.

멜버른에 도착한 이후 나는 기타 한 대를 사서 매일 '온유'를 연습했다. 룸메이트는 내가 기타를 잡는 순간 문을 닫고 나가버렸다. 젠장, 그렇게 못 들어줄 수준이었나!

나는 음악적 재능이 전혀 없었다. 한 곡만 그렇게 매일 연습했는데도 실력은 그대로였다. 그래도 매일 돌아갈 날만 손꼽아 기다렸다.

드디어 때가 왔다. 나는 가오카오가 끝나던 날 자전거를 타고 학교로 달려갔다. 그날 기타를 멘 내 모습은 전교생을 통틀어 가장 멋있었을 것이다. 하지만 그녀는 보이지 않았다. 나는 그녀에게 문자메시지를 보내 내일 학교에서 기다리겠노라고 말했다.

다음 날, 아침 일찍 라오천과 바오즈를 불러내 함께 학교에 갔다. 우리 셋은 아침 먹을 시간도 없어 가는 길에 만두를 사서 들고 갔다. 나는 교실 앞에 도착해 서둘러 기타를 꺼내 마지막 연습에 돌입했다. 열심히 가사를 외우면서 한편으로는 그녀에게 할 말을 연습했다. 연습은 아침부터 해가 질 때까지 계속되었지만 그녀는 나타나지 않았다. 그때 왜 그랬는지는 모르겠지만 나는 그녀에게 전화를 하지 않았다.

그날 오후 나는 노래했다.

"사랑의 아름다움은 언제나 외로움 속에 있죠."

그날 오후 라오천이 노래했다.

"세상은 이렇게 작은데 왜 내 진심이 들리지 않는 거니."

그날 오후 바오즈가 노래했다.

"내 사랑은 저 하늘 끝까지……."

그날 오후 바오즈가 내 어깨를 두드리며 말했다.

"너무 속상해하지 마. 어쩌면 네 노래를 듣지 않는 편이 나을지도 몰라. 미안하지만 네 노래 실력은 정말 꽝이야."

나는 바오즈를 흘겨보며 라오천의 어깨를 두드렸다.

"하나도 안 속상해. 나보다 더 못 부르는 라오천도 있는데, 뭘!"

나는 기타를 들고 처음부터 다시 노래 부르기 시작했다.

"바람 속을 걷고 있는데 오늘 태양이 갑자기 따뜻하게 느껴지네요. 따뜻한 태양은 마치 당신이 날 안아주고 있는 것 같아요."

노래를 부르면서 속으로 생각했다.

'병신, 그녀는 날 한 번도 안아준 적도 없는데 따뜻하기는 무슨. 하나도 따뜻하지 않다!'

한여름이 시작되는 6월이었다. 사람들은 내가 왜 그날 목도리를 들고 있었는지 이해하지 못했을 것이다. 우리는 그렇게 연락이 끊겼고 훗날 그녀가 상하이로 갔다는 사실을 알게 되었다. 당시 힘들었던 심정을 블로그에 이렇게 적어놓았다.

'그때는 교과서를 빌린다는 촌스러운 핑계로 그녀의 교실을 찾아가곤 했다. 그리고 그녀와 주고받은 중요한 문자메시지가 하나라도 없어질까 봐 다른 메시지들은 모두 삭제해버렸다. 그때는 운동장에서도 그녀를 단번에 찾을 수 있었다. 그만큼 좋아했었으니까. 지금 내가 가장 후회되는 것이 뭔지 아는가? 그건 우리가 함께 찍은 사진이 한 장도 없다는 것이다.'

그토록 오랜 시간 알고 지내면서 왜 한 번도 같이 사진을 찍지 않았는지 모르겠다.

이후 몇 년의 세월이 흘렀고 2013년에 라오천이 결혼을 했다. 결혼 상대는 다름 아닌 그가 무려 7년이나 짝사랑한 다딩이었다. 나는 라오천에게 메시지를 보냈다.

'결혼 축하한다. 행복해라. 이 음치야.'

라오천에게 답장이 왔다.

'고맙다. 진심은 언젠가 통하는 건가 봐.'

나는 속으로 생각했다.

'그래. 하지만 누구나 그런 건 아니지.'

그해 겨울 전화 한 통을 받았다. 전화기 너머에서 '온유'가 들려왔다. 그리고 시끄러운 소리 가운데 한 여성의 목소리가 들렸다.

"여보세요? 잘 들려?"

나는 누구의 번호였는지 기억이 나질 않아 전화를 끊어버렸다. 전화를 끊은 후 방금 전 그 번호로부터 메시지를 받았다.

'방금 그 노래 들었어?'

갑자기 심장이 빠르게 뛰기 시작했다. 나는 서둘러 집으로 달려가 오랫동안 잊고 있었던 빨간 목도리를 찾았다. 그러나 목도리는 보이지 않았다.

메시지에 답장을 보내야겠다고 생각했지만 무슨 말을 해야 할지 몰랐다. 메시지를 보낸 사람이 누구인지 확인하고 싶었지만 만약 정말 그녀라면 어떤 말을 어떻게 시작해야 할지 걱정이 되었다. 하고 싶은 말은 정말 많았지만 한편으로는 상대가 내가 지금까지 그리워했던 그때 그 사람이 아닐까 봐 두려웠다.

다음 날 용기를 내서 답장을 보냈다. 하지만 다시 답장이 오지는 않았다. 전화를 걸어 보니 전화기도 꺼져 있었다.

2014년 겨울, 나는 순회강연을 시작했다. 떠나기 전날 저녁, 방을 정리하다가 옷장 서랍 속에서 오래전 돈을 아껴 산 휴대전화를 발견했다. 하지만 배터리가 없어 켜볼 수는 없었다. 저장 공간이 부족해 그녀와 주고받은 메시지들을 선별하고 선별해 중요한 것만 저장해놨었는데 어떤 내용이었는지 하나도 기억이 나지 않았다. 모든 것에는 유통기한이 있나 보다.

서랍 속에서 CD 한 장을 꺼냈다. 오월천의 〈애정만세〉였다. 이 앨범에 '온유'가 수록되어 있었다. 이렇게 오래된 노래를 나는 참 오랫동안 들어왔나.

빨간 목도리는 계속 찾아봤지만 아직까지 찾지 못했다. 하지만 상관없다. 겨울이면 늘 목도리를 하지만 누구에게 보여주기 위해 매는 것은 아니다. 그리고 이제는 반드시 그 빨간 목도리가 아니어도 된다.

그 사람이 그 도시를 좋아하기 때문에, 그 노래를 좋아하기 때문에, 그 밴드를 좋아하기 때문에, 그 영화를 좋아하기 때문에……. 이런 것들이 무언가를 좋아하는 이유가 될 수 있다. 내가 곁에 있기 전 그것들이 그 사람에게 어떤 힘이 되었는지 알고 싶고, 그 사람과 가까워지고 싶어서 나 역시

그 사람이 좋아서 그 노래가 좋고, 그 책이 좋고, 그 영화가 좋고, 그 도시가 좋아졌다. 훗날 당신을 이러한
것들과 연결해준 그 사람이 당신의 인생에서 사라져 얼굴조차 기억나지 않는 날이 왔을 때에도 여전히 그
노래와 그 책과 그 영화와 그 도시가 좋고 예전의 습관을 버리지 못한다면 그것은 그 사람을 잊지 못해서
가 아니라 당신 자신도 그것들을 좋아하게 되었기 때문이다.

그것들을 좋아하게 되는 것이다.

　그 사람을 이해하고 싶어서 그 사람이 들었던 노래를 듣고, 읽었던 책을 읽고, 봤다던 영화를 본다. 비록 이렇게 시작하지만 나중에는 그렇게 듣고, 읽고, 보았던 것들이 내게도 큰 힘이 되었다는 사실을 깨닫는다. 그 사람과의 인연이 끝나고 더 이상 두 사람 사이에 아무 감정도 남아 있지 않다고 해도 상관없다. 더 나은 사람이 되는 것은 다른 사람을 위해서가 아니라 바로 나 자신을 위해서니까.

　마찬가지로 습관을 버리지 못하는 것은 그 사람을 잊지 못해서가 아니다. 그저 이제는 내가 좋아하는 일이 되었기 때문이다.

　중요한 건 나만큼 목도리 매는 법을 잘 아는 남자가 별로 없다는 사실이다. 얼마나 멋진가! 이 이야기의 끝은 '온유'의 가사로 마무리하고 싶었지만 갑자기 또 다른 노랫말이 떠올랐다.

　'이제는 그녀가 어디에 있는지 찾을 수 없어요. 만약 누군가 그녀를 본다면, 혹시 당신이 그녀 곁에 있다면 그녀를 진심으로 사랑해주세요.'

　당신에게 보냅니다. 어디에 있든 잘 지내길 바라요.

🪨 오직 오늘만 있을 뿐이다

매년 1월이 되면 굉장히 혼란스럽다. 나이에 1이 플러스되기 때문이다. 한 살 더 먹는다는 사실은 바닷가재를 아직 반밖에 먹지 않았는데 웨이터가 접시를 치워버린 것만큼이나 받아들이기 힘들다. 내 바닷가재를 돌려달라! 지나간 내 시간들을 돌려달라!

물론, 한편으로는 새로운 한 해가 은근히 기다려지기도 한다. 매년 이런 식이다. 왠지 해가 바뀌면 내 운수도 탁 트이고 모든 것을 처음부터 다시 시작할 수 있을 것만 같은 기분이 든다.

이런 생각을 반복하며 한 해, 또 한 해를 보냈던가. 지난 몇 년 동안 연초에는 지나칠 정도로 자신만만해졌다가 연말이 되면 급격히 의기소침해졌는데, 최근 들어 상황이 좀 나아졌다. 그러나 여전히 나이를 한 살 더 먹는다는 것은 받아들이기 싫은 자연 이치가 아닐 수 없다.

예전에는 연초가 되면 계획을 잔뜩 세워놓고 새해에는 반드시 달라진 삶을 살겠노라 맹세했다. 단어장을 네 권씩 사놓고, 인터넷을 뒤져 유용한 정보를 수집하고, 영화도 여러 편 다운받아놓았다. 일단 필요하다고 생각되는 것은 손안에 두고 시간 날 때마다 보겠다는 요량이었다.

친한 친구와 서로 계획을 잘 실천하는지 감독해주기로 약속까지 했다. 매일 영단어 100개 외우기, 매주 인터넷 강의 하나씩 듣기, 사흘에 책 한 권 읽기 등등…… 구체적인 계획은 이러했다. 우리는 꼭 실천할 것을 굳게 맹세하고 만반의 준비를 다했다. 심지어 지키지 못했을 때 수행해야 할 벌칙도 정해놓았다. 예컨대 그날의 영단어를 다 못 외우면 서로의 얼굴에 마음대로 낙서하고 사진을 남기기로 했다. 여기서 중요한 건 낙서를 하는 동안 절대 반항하면 안 된다는 점이었다. 나는 속으로 생각했다.

'이 잘생긴 얼굴에 낙서를 한다고? 게다가 절대 반항하면 안 된다니, 대체 무슨 속셈인 거야?'

결국 나는 두 달 동안 그 녀석에게 열 번이나 무시무시한 낙서를 당했고, 찍힌 사진을 없애기 위해 또 열 번이나 밥을 사야 했다.

물론 그 녀석의 사정도 다르지 않았다. 사교계의 왕자였던 그 녀석은 하루 종일 여기저기서 걸려 오는 전화를 어쩌지 못했다. 그러다 보니 계획이 하나둘 틀어졌고, 결국 계획된 전체 스케줄은 엉망진창이 되었다. 다만 나와 다른 점은, 그 녀석은 얼굴에 낙서하는 것을 전혀 개의치 않았다는 것이다.

그 녀석은 급기야 자신이 계획을 지키지 못하는 것을 우주의 탓으로 돌렸다. 어떻게 매번 단어장만 펴면 전화가 오는지 모르겠다며 분명 온 우주가 자신이 공부하는 것을 방해하는 것 같다며 그 뜻에 따르겠다고 말했다. 그 녀석이 너무 진지하게 이야기하는 바람에 나는 절로 고개를 끄덕였다.

어느 날, 그때 수집해놓았던 자료들이 문득 생각나 열어보니 대부분 작성자에 의해 삭제되어 있었다. 내가 무슨 내용의 자료들을 저장해놨었는지조차 기억나지 않았다. 모니터에는 '이 문서는 작성자에 의해 삭제되었습니다' 또는 '이 문서는 보관 기간이 지났습니다'라는 문구만 덩그러니 나타났다. 그렇다고 그때 가졌던 의욕을 의심하지는 않는다. 의욕이 없었다면 그 많은 시간을 들여 자료를 모으지도 않았을 테니까.

사람들은 세상을 바꾸고 싶다 말한다. 하지만 실은 자신이 가진 작은 습관 하나조차도 바꾸기 힘들어한다. 여행을 가고 싶다고 말하지만 실은 집 앞 마트에 채소를 사러 가는 일조차 귀찮아한다. 책을 많이 읽고 싶다고 말하지만 첫 페이지를 펴기까지 너무도 긴 시간을 허비한다. 인터넷 서핑을 할 때는 몇 시간은 우습게 모니터와 마주하면서 정작 책은 편 지 30분도 채 되지 않아 엉덩이를 들썩인다. 우리는 점점 그런 사람이 되어가고 있는 것이다.

새해의 굳은 결심을 어떻게 이처럼 쉬이 포기할 수 있을까? 우리는 마치 의식처럼 새로운 달, 새로운 한 해가 시작될 때 이번에는 꼭 달라질 거라고 다짐한다. 하지만 변한 건 아무것도 없이 시간만 흘려버린다.

'내일은 이 책을 끝까지 읽을 거야!'
'내일은 영어 단어를 더 많이 외울 거야!'
'내일부터 다이어트를 시작할 거야!'
'내일부터 반드시 달라질 거야!'

왜 오늘도 할 수 있는 일을 내일로 미루는 걸까? 오늘도 새롭게 시작할 수 있는데 왜 새로운 한 해가 올 때까지 기다리는 걸까? 왜 지금 당장은 할 수 없을까? 왜 그토록 굳게 맹세해놓고 너무나 쉽사리 포기하는 걸까?

살다 보면 이런 순간이 온다. 미루고 미뤄왔지만 오늘은 반드시 이 일을 끝내야겠다고 결심이 서는 순간! 그러나 일단 시작해서 일을 다 끝내고 나면 그렇게 속이 시원할 수가 없다. 살다 보면 이런 순간이 온다. 그동안 버리지 못했던 나쁜 습관을 이번에야말로 반드시 고치겠다고 결심이 서는 순간! 역시나 눈 딱 감고 시작하면 언젠가 완전히 고칠 수 있다. 자기 자신과 적당히 타협하려고 하지 말자. 현재 자신의 모습을 진심으로 사랑하든지, 그게 아니라면 자신이 이상적으로 생각하는 모습으로 바꾸자.

그런 순간이 바로 지금이길 바란다. 나는 좀 더 빨리 변하고 싶었다. 그래서 더 이상 내일을 기다리지 않기로 했다. 내게는 오늘만 있을 뿐이다. 매번 미루기만 하고, 적당히 합리화하려는 나 자신이 진저리가 날 만큼 싫어졌다.

미래는 너무 멀리 있고 그 미래가 내게 허락될지도 알 수 없는 일이다. 내게는 오직 오늘만 있을 뿐이다!

나는 아주 짧은 기간을 정해놓고 목표를 세우기로 했다. 일주일 혹은 한 달 동안의 목표를 세워놓고 그것을 끝내면 나 자신에게 상을 줬다. 일이든 뭐든 아무것도 신경 쓰지 않고 완전한 휴식을 즐기는 것이다. 이렇게 하니 해야 할 일을 모두 끝내 뿌듯하고 쉴 때도 마음 편했다.

나는 더 이상 망설이지 않기로 했다.

'이렇게 짧은 시간도 집중하지 못하면 도대체 무슨 일을 할 수 있겠어?'

이런 생각을 하며 버티다 보니 조금씩 수월해졌다.

'열심히 일하고, 열심히 놀아라! *Work hard, Play hard!*'

대신 단기간에 어떤 대단한 결과물을 기대해서는 안 된다. 내가 그 일을 마쳤다는 뿌듯함, 그거 하나면 족하다. 책 한 권 읽었다고 인생이 변할 리 없다. 책 한 권으로 인생이 변할 거라고 기대하며 독서하는 사람은 책을 통해 아무것도 얻을 수 없다. 책으로 인생을 변화시키고 싶다면 최소한 몇백 권을 독파해야 할뿐더러 끊임없이 사고해야 한다.

다음은 내가 사용하는 방법이다. 나는 아침에 일어나면 그날 해야 할 일과 하고 싶지 않은 일을 정리한다. 그리고는 곧바로 시작하는 편이다. '잠시 인터넷 좀 하다가 시작해야지'라는 달콤한 유혹에는 절대 흔들리지 않는다(나 같은 종자는 인터넷을 한 번 시작하면 최소 30분 이상 매달리기 때문에 절대 시작해선 안 된다).

이렇게 하면 저녁에도 온전히 내 시간을 쓸 수 있기 때문에 좋다. 마음껏 인터넷 서핑을 하든 나가서 친구를 만나든 자유롭게 즐길 수 있다. 아직 끝내지 못한 일 때문에 근심할 필요가 없다.

물론 밤이 되어야 일의 효율이 높아지는 사람들도 있다. 나 역시 글을 쓸 때는 그렇다. 그럴 때는 마찬가지로 먼저 해야 할 일들을 정리한 다음 휴대전화를 멀리 두고 특별히 필요하지 않는 한 인터넷을 켜지 않는다.

일할 때는 꼭 음악을 켠다. 내 플레이 리스트에는 일할 때 들으면 의욕이 생기는 곡들과 집중해야 할 때 듣는 곡들이 따로 저장되어 있다. 사람마다 음악 취향은 다르겠지만 누구에게나 듣고 있으면 자신감과 의욕이 생기는 곡이 한두 곡씩은 있을 것이다. 나는 이런 음악을 반복해서 듣는다.

'5분만 놀고 공부해야지' 하는 식의 절대 지키지 못할 다짐은 하지 말자. SNS는 안 볼 수 있으면 보지 말고, 모든 사람에게 댓글을 달아줘야 한다는 의무감 따위는 던져버리자. 무엇보다 '악의 근원'인 휴대전화를 멀리해야 한다. 사실, 당신이 집중하지 못하는 이유는 다른 사람이 방해해서가 아니라 다른 사람에게 방해할 기회를 제공하기 때문이다.

정리하자면 이렇다. 끝냈을 때 굉장히 뿌듯할 만한 일을 찾자. 휴식과 일을 분명히 하자. 일이 끝난 뒤의 여행은 도피가 아닌 상이라고 생각하자. 되도록 인터넷은 켜지 말고 자신이 좋아하는 음악을 찾아 집중하는 연습을 해보자. 시간에 연연해서 수시로 시계를 확인하지 말고 차라리 타이머를 맞춰놓자. 알람이 울리기 전에는 시간을 잊는 것이다.

다른 사람은 무엇을 하는지 신경 쓰지 말고, 관심 있는 일이라면 일단 도전해보자. 사람마다 좋아하는 것도, 잘하는 것도 다르다. 남들 한다고 무작정 따라 했는데 막상 해보니 나에게 맞지 않을 수도 있고, 겉으로는 화려해 보였던 일이 실제로는 굉장히 고생스러운 일일 수도 있다. 그러니 여러 상황을 종합해보고 신중히 결정하자.

왠지 어렵게 느껴지는 일이라 계속 미루다 보면 나중에는 다시 시작하기가 더 두려워진다. 그런데 그 두려운 일을 반드시 끝내야 하는 날이 온다. 만약 그 일을 시작했을 때 여전히 어렵게 느껴진다면 어쨌든 당신의 판단이 옳았던 것이니 그걸로 위안을 삼자. 반대로 막상 시작해보니 생각보다 수월한 일도 있다. 대부분의 일은 후자의 경우다. 힘들고 어려워 보이는 일도 용감하게 시작해 완성하고 나면 과정이 조금 고되었을지라도 그리 두려워할 만한 일은 아니었다고 깨닫게 된다. 그러면 다음에 비슷한 일을 마주했을 때 고민하면서 미루지 않게 될 것이다.

가장 힘든 순간은 습관이 만들어지기 바로 며칠 전이다. 나는 일할 때 휴대전화를 오직 음악을 듣는 용도로만 사용하기로 결심했다. SNS를 둘러보거나 인터넷 서핑은 절대 하지 않기로 했다. 나는 나 자신에게 계속 되뇌었다.

'내가 두 시간 동안 휴대전화를 보지 않는다고 해서 손해 볼 일은 없다. 하지만 휴대전화를 본다면 우아하게 바닷가재를 먹을 일은 영원히 없을 것이다!'

나는 이러한 암시를 통해 서서히 휴대전화를 격리한 채 집중해서 일하는 습관을 체화했다.

달라지기 위해 새로운 한 해를 기대할 필요도, 어떤 시점이 오기를 기다릴 필요도 없다. 나 자신이 변하지 않으면 새로운 한 해가 와도 달라지는 것은 아무것도 없다. 가고 싶은 곳이 있어도 가지 못하고, 연애를 하고 싶어도 여전히 혼자이고, 하고 싶은 일이 있어도 시작하지 못한다. 달력은 한 장 또 한 장 넘어가고 시간은 점점 흐르는데 여전히 제자리걸음을 한다. 행동하지 않으면 새롭게 시작하는 새로운 한 해가 별반 의미 없다. 하지만 실행의 결심만 있으면 매일이 새로운 시작이 될 수 있다.

굳은 결심을 너무 쉽게 포기하지는 말자. 포기는 당신이 그동안 겪은 고통을 의미 없게 만들고 무엇보다 꿈을 저버리는 짓이다. 정말로 이제부터 한번 멋지게 살아보자. 그동안 결심만 하고 고치지 못했던 습관을 깨끗하게 끊어버리자. 정말로 하고 싶었던 일을 과감히 시작해보자.

지나간 하루하루, 읽어온 책들, 사소한 행동들, 우연한 만남들이 모두 모여 당신의 현재를 만든다. 그리고 당신의 현재가 또다시 당신의 미래를 만든다. 포기한 것들은 더 이상 미련을 두지 말고, 선택한 일들은 묵묵히 감당하자. 주저하지도 말고, 후회하지도 말고, 열정적으로 계속 나아가자. 그게 바로 당신의 가장 아름다운 모습이다.

우리는 때때로 사진 한 장 때문에 다이어트를 하겠노라 결심하고, 우연히 들은 강의 때문에 독서하겠노라 결심하고, 누군가의 모습에 반해 공부하겠노라 결심하고, 크게 아파본 경험 때문에 매일 일찍 자겠노라 결심한다. 하지만 어떤가? 아무리 심한 병에 걸렸을지라도 일단 고통이 사라지고 나면 그때 그 결심을 놓아버리기 십상이다. 한때의 자극은 잠깐의 변화를 일으킬 수는 있지만 지속적인 동력이 될 순 없다. 정말로 변하고 싶다면 자기 자신을 끊임없이 자극하면서 최선을 다해 견뎌야 한다. 상황이 더 좋아질 때까지, 날씨가 더 좋아질 때까지 기다리지 말자. 변화는 바로 지금 이 순간 시작되어야 한다.

🔖 나의 생일날에

초등학교 몇 학년 때였는지는 정확히 기억 안 나지만, 만화《슬램덩크》를 처음 본 이후 한동안 거기에 푹 빠져 있었다. 학교에서도 쉬는 시간마다 친구들과 온통《슬램덩크》에 관한 이야기뿐이었다. 누구는 서태웅(루카와 카에데)을 좋아했고, 누구는 윤대협(아키라 센도)을 좋아했고, 또 누구는 채치수(아카기 타케노리)가 최고라며 목에 핏대를 세웠다. 그리고 대부분의 아이가 나처럼 정대만(미쯔이 하사시)과 강백호(하나미치 사쿠라기)를 좋아했다. 그 시절 몇 년 동안 생일 케이크 촛불을 끄며 빌었던 소원은 멋진 농구선수가 되게 해달라는 것이었다.

나는 그 꿈을 이루기 위해 주말마다 운동장에서 농구 연습을 했다. 너무 어렸던 터라 3점 슛은 어림도 없었다. 하지만 나는 꼭 성공시키겠다는 일념으로 슛 연습을 게을리하지 않았다. 한여름 소나기가 퍼붓는 날에도 젖은 생쥐 꼴을 마다하지 않았다. 모두 집에 돌아간 시간에도 나는 홀로 남아 슛을 연습했다. 물론 집에 돌아가면 왜 이제 들어오느냐고 엄마에게 꾸중 듣기 일쑤였다. 엄마의 우려와 달리 나는 목표한 바에 조금씩 가까워지고 있다고 생각했으므로 피곤한 줄 몰랐다. 어린 시절에는 그랬다. 꿈은 비현

실적이고 아득하기만 한데 패기와 확신으로 가득했다.

고등학교에 진학한 이후 나는 서서히 농구선수의 꿈을 포기했다. 첫 번째 이유는 농구선수가 될 만큼 키가 크지 않았고, 두 번째 이유는 훌륭한 선수가 되기 위해서는 피나는 노력 외에도 천부적인 재능이 있어야 한다는 사실을 깨달았기 때문이다. 인정하고 싶지 않았지만 내게는 그런 재능이 없었다.

그렇게 농구선수의 꿈을 접고 얼마 뒤 이번에는 기타에 푹 빠졌다. 특별한 이유는 없었다. 단지 좋아하는 여학생이 기타를 좋아했기 때문이다. 그때도 그녀가 좋아하는 그 한 곡을 마스터하기 위해 밤낮으로 기타 연습을 했다. 하지만 결국 그 곡은 그녀에게 들려주지 못했다.

이제는 더 이상 농구도 하지 않고 기타도 치지 않는다. 비를 맞으면서도 농구 연습을 하던 그 열정은 진즉 사라졌고, 나의 음악적 감각은 그때나 지금이나 구제 불능이다. 그때 그 시절, 어른이 되면 모두 이룰 거라고 확신했던 꿈들이 이제는 무엇이었는지조차 기억나지 않는다.

꿈은 사라졌지만 《슬램덩크》는 남아 있다. 볼 때마다 닭살 돋는 대사에 손발이 오글거리지만 마지막에는 어린 시절 그랬던 것처럼 감동의 물결이 밀려온다. 그녀가 좋아했던 그 밴드의 노래 역시 여전히 내 플레이 리스트에 남아 있다. 물론 그 노래가 있다는 사실을 잊어버리고 있는 경우가 더 많지만 음악을 듣다가 우연히 그 곡이 나오면 무조건 반복재생을 누르게 된다.

어떤 물건은 오래도록 간직하려 해도 정리하면서 혹은 어디에 뒀는지 기억의 부재로 사라진다. 어떤 것을 평생 기억하겠노라 다짐했지만 흐르는 세월 뒤로 어떻게 생겼었는지조차 까먹기도 한다. 반면, 어떤 것들은 애써 잊으려고 해도 잊히지 않는 것들이 있다. 저절로 반복재생을 누르게 되는 노래, 수십 번도 더 본 영화, 떠올리면 가슴 벅찬 일들……. 이른 새벽이든 자정이든, 지하철에서든 컴퓨터 모니터 앞에서든 이러한 것들로 인해 우리 시선은 한순간 사로잡힌다.

오늘은 내 생일이다. 나는 그동안 내게 감동을 안겨주었던 물건들을 오랜만에 꺼내보았다. 그리고 방을 정리하며 오래된 사진첩도 들춰봤다. 그러는 동안 다시 한 번 느꼈다. 지나간 일들은 의미 없이 사라진 것이 아니라 모두 내 안에 녹아들어 있다는 것을 말이다.

영화 〈상실의 시대〉에서 나무에 적혀 있던 글귀가 생각난다.

'그때 문득 내가 스무 살이 되었다는 사실을 발견했다. 갑작스러운 발견은 나를 잠시 혼란에 빠뜨렸다. 이전에 나는 열여덟 살 이후에는 열아홉 살, 열아홉 살 이후에는 다시 열여덟 살, 이렇게 반복될 줄만 알았으니까.'

2001년, 베이징이 올림픽 개최지로 선정되었을 때 나는 고향에서 할머니께 이 소식을 전해드렸다. 할머니는 2008년이면 아직 먼 일이지 않느냐고 말씀하셨다. 7년 후 베이징 올림픽은 성공적으로 개최되었고 그 이후로 다시 7년 이상의 세월이 흘렀다.

열여덟 청춘으로부터 벌써 많은 해가 지나갔다. 다행히 아직 그리 많이 늙지는 않았다. 과거를 돌아보면 종종 '더 잘할 수 있었을 텐데'라고 생각되는 일들이 있다. 하지만 더 이상 후회는 하지 않기로 했다.

지난 1년 동안, 나는 많은 곳을 다니며 그간 원했던 일들을 할 수 있었다. 모니터와 책 밖에서 독자들을 만나 직접 감사의 인사를 전하는 기회도 있었다.

한때 정말 고독한 시간을 보낸 적이 있다. 혼자 출근하고, 혼자 퇴근하고,

혼자 밥을 먹고, 혼자 잠을 잤다. 심지어 달리는 차 안에서 혼자 새해를 맞이하기도 했다. 누군가에게 외로움을 토로하고 싶은 생각을 내던진 채 그저 혼자 있고 싶었다. 지금 생각해보면 그때 어떻게 그리 살았나 싶다. 다행히 나는 서서히 나만의 생활방식을 찾으며 고독에서 벗어났다.

내가 원하는 모습대로 살기란 쉽지 않다. 사실, 그러한 생활을 유지하기 위해서는 때때로 엄청난 대가를 치러야 한다. 그럼에도 불구하고 당신은 당신이 원하는 모습대로 살기 위해 노력하기를 바란다. 그 모습이야말로 진짜 당신의 모습이니까. 현재 나는 지금까지 얼마나 많은 것을 이루었느냐가 아닌, 원래의 내 모습을 여전히 간직하고 있다는 사실에 안도한다. 예전보다 조금 더 냉정해졌고 말수 또한 없어졌지만 여전히 열정을 잃지 않으려 노력 중이다.

정말로 몇 년 후면 '아저씨'라는 호칭이 낯설지 않은 나이가 된다. 나는 그때가 되어도 여전히 지금의 모습을 간직하고 싶다. 그리고 지나간 세월을 돌아보며 이렇게 말하고 싶다.

"그래, 잘하고 있어."

그동안 너무 많은 것을 포기하고, 너무 많은 것과 작별을 고했기 때문에 내게 남겨진 것들만큼은 모든 힘을 다해 지키고 싶다. 자신에게 진 빚은 자신이 갚아야 한다. 다른 누군가에게 보여주기 위해서가 아니라 오로지 나자신을 위해서 그렇게 하는 것이다.

또 한 번 돌아온 생일! 이제는 생일 초를 끄며 특별한 소원을 빌지 않는다. 그저 지금처럼 내가 원하는 모습대로 살 수 있기를 바랄 뿐이다.

내일은 또 어디로 가게 될지, 누군가를 만나게 될지 모른다. 하지만 무슨일이 벌어질까 봐 걱정하지 않는다. 이별이 있으면 만남도 있다. 헤어질 때는 너무 쉽게 포기하지 않고, 새로운 만남 앞에서는 조금 더 친절해질 것이다. 중요한 것은 지금 하고 있는 일, 듣고 있는 음악, 읽고 있는 책을 즐기고 무엇보다 내 옆에 있는 사람들과 함께 보내는 것이다. 과거는 이미 지나갔고 미래는 아직 오지 않았다. 그러므로 바로 지금이 가장 중요하다.

나이를 먹을수록 누군가에게 속내를 털어놓기란 쉽지 않다. 세상 만천하에 나의 일이 까발려질지도 모른다는 막연한 두려움 때문이다. 그러니 무슨 일이 생겨도 함부로 이야기하지 못한다. 그럼에도 이렇게 글을 통해 조금이나마 내 이야기를 털어놓을 수 있어서 다행이다. 자질구레한 생각을 모아 쓴 글들임에도 불구하고 오랜 기간 내 이야기를 들어준 독자들께 이 자리를 빌려 다시 한 번 감사의 마음을 전한다.

_나의 생일날에

자기 자신과 약속한 일들은 온전히 지켜질 때 의미가 있다. 그런데 실상 많은 이가 결심을 하고 얼마 지나지 않아 너무 쉽게 자신과의 약속을 저버린다. 행동은 하지 않으면서 핑곗거리만 늘어놓는다. 자신을 위로하며 너무 쉽게 타협한다. 이제는 때가 되었다. 단호히 그 틀에서 벗어나자. 예전보다 더 견디고, 자신과 타협하려는 마음을 과감히 잘라내자. 그렇게 좋은 습관을 기르며 자신을 위해 훨씬 더 멋진 일을 해나가자.

● 추운 겨울을 나는 법

몇 년 전 동지 무렵, 나와 바오즈는 상하이에 머물렀다. 그날 나는 필기시험을, 바오즈는 면접시험을 망쳤다. 우리는 한밤중에 갑자기 야식이 먹고 싶어 전화로 위터우를 불러냈다. 당시 그녀 역시 실연한 직후라 상황이 그리 좋지 않았다.

우리 셋의 공통점은 이뿐만이 아니었다. 우리는 모두 겨울에 내복을 입지 않았다. 나는 내복이 거추장스럽다고 생각했고, 바오즈는 워낙 뚱뚱해서 내복 따위가 필요하지 않았다. 위터우는 늘씬한 각선미를 뽐내기 위해 내복을 입지 않았다.

그날 위터우는 얇은 반팔 티셔츠에 코트 차림으로 나타났다. 그 꼬락서니를 보고 나와 바오즈는 소리쳤다.

"야, 넌 춥지도 않냐!"

"당연히 춥지! 하지만 멋을 부리려면 이 정도 추위쯤은 감당해야 하는 거 아니니?"

나는 위터우의 말에 잠자코 고개를 끄덕였다.

그때 우리는 젊었고 하루하루를 세상의 마지막 날인 것처럼 거침없이 살

왔다. 그때는 작은 일에도 호들갑을 떨며 달려들었고 무엇을 하든 제대로 해야 직성이 풀렸다.

우리는 야식을 다 먹은 뒤 와이탄으로 바람을 쐬러 갔다. 기분이 안 좋을 때 바람을 쐬러 가는 건 흔한 일이다. 하지만 살인적인 한파가 매섭게 휘몰아치는 한겨울 날 새벽에 오리털 잠바는커녕 내복조차 입지 않은 채 굳이 바람을 쐬러 가는 바보들은 흔치 않다.

그날 위터우는 거의 미친 여자처럼 날뛰었다. 거리를 이리저리 뛰어다니다가 와이탄 난간 앞에 서서 황푸강을 향해 고래고래 고함쳤다. 세찬 강바람에 산발한 머리를 휘날리며……. 지금도 위터우를 생각하면 그날의 뒷모습이 떠오른다. 위터우는 그날 굉장히 즐겁고 흥분한 것처럼 보였다. 하지만 실은 그 사람에 대한 그리움을 억누르려던 발악의 연극이었다. 나는 그 사실을 한참이 지난 후에야 알게 되었다.

겨울날에 가장 어려운 숙제는 그리움을 참는 것이다. 누구에게도 말해본 적 없는 비밀스러운 감정, 들을 때마다 가슴 떨리는 그 이름……. 나만이 알고 있는 이 모든 그리움은 깊은 밤 칠흑 같은 어둠이 드리운 후에야 잠잠해진다. 그런데 간혹 칠흑 같은 어둠이 드리워져도 여전히 마음속을 활보하는 이들이 있다. 그럴 때는 억지로 잠을 청해 추억들을 잠재워본다. 그날 위터우는 새벽까지 깨어 있었으니 그리움의 무게가 얼마나 컸을까.

아이폰이 유행하기 전에는 지금처럼 벨소리가 모두 비슷하지 않았다. 나와 바오즈는 '온유'라는 노래를 좋아했는데, 바오즈는 휴대전화 벨소리를 이 곡으로 설정해놓았다. 누군가 그에게 전화를 걸어왔고 휴대전화에서 '온유'의 인트로가 흘러나왔다.

내가 말했다.

"벨소리 좀 신나는 걸로 바꿀 수 없어?"

어둠 너머로 태양은 떠오르게 마련이다. 눈을 감고 있으면 당연히 어둠 속에서 헤어날 수 없다. 갈 길이 멀고 험난할지라도 그 길 위로 희망의 태양은 반드시 떠오른다. 두려움을 이겨내고 어둠 속에서 눈을 뜰 수 있다면 마음의 겨울은 지나갈 것이다.

바오즈가 대답했다.

"이 정도면 충분히 신나는 노래잖아!"

내가 다시 말했다.

"도대체 어디가 신난다는 거야? 좀 알려줘봐."

사실, 노래가 어떻다기보다는 벨소리가 울린 타이밍이 적절하지 않았다. 노래가 흘러나오자 위터우는 잠시 따라서 흥얼거리더니 한동안 아무 말도 없었다. 한창 신나게 떠들던 사람이 갑자기 정색하며 침묵했기에 나와 바오즈는 당황했다. 그야말로 폭풍 전야의 고요였다. 잠시 후 위터우가 말문을 열었다.

"내가 그 노래에서 가장 좋아하는 가사가 뭔지 알아?"

내가 말했다.

"당신을 귀찮게 하지 않을게요. 당신을 배려하니까요! 이 부분 아니야? 위터우, 배려한답시고 참지 말고 그 사람한테 전화라도 걸어봐. 그 사람도 어쩌면……."

위터우가 내 말허리를 잘랐다.

"추운 겨울은 어떻게 보내야 하나요! 바로 이 부분이야."

그 순간 그녀를 위로해주려고 준비했던 말들은 하얗게 증발해버렸다. 나는 그저 이렇게 중얼거렸다.

"뭘 어떻게 보내? 그냥 잘 보내는 거지, 뭐."

그때 아무런 준비도 없이 튀어나온 이 말이 겨울만 되면 종종 생각난다. 겨울은 너무나 춥다. 어쩌면 당신의 마음은 차가운 날씨보다 더 추울지 모른다. 그래서 도대체 이 길고 긴 겨울을 어떻게 보내야 할지 걱정될 것이다. 하지만 무슨 방법이 있겠는가? 그냥 잘 보내면 되는 거다. 다만 추운 겨울이 지나간 후에도 마음이 여전히 겨울일까 봐, 날씨는 이미 따뜻해졌는데 마음은 여전히 추울까 봐, 해가 길어졌는데도 여전히 어둠 속을 헤매고 있을까 봐 그게 걱정이다.

내 시간을 바쳐 누군가를 기다리는 것은 괜찮다. 하지만 자기 모습을 잃어버리면서까지 타인의 이기심을 채워주는 일은 하지 말아야 한다.

날씨가 추우면 옷을 두껍게 껴입고, 마음이 추우면 좋아하는 일들을 해보자. 어둠이 무서우면 불을 밝게 켜고, 마음이 답답하면 밖으로 나가 달려보자. 우울하면 맛있는 것을 먹고 커튼을 활짝 걷어보자.

겨울이 즐겁든 즐겁지 않든 좋아하는 일을 하다 보면 그럭저럭 지낼 만하다. 누구나 간절한 기다림 속에서 산다. 누군가는 좋은 기회가 오기만을 기다리고, 누군가는 운명의 그 사람이 나타나기만을 기다린다. 하지만 그 누구도 기다림의 끝에 자신이 원하는 것을 얻을 수 있을지 여부는 알 수 없다. 그러니 가만히 서서 기다리지만 말고 조금씩 앞으로 나아가자. 그러면 설령 원하는 것을 얻지 못할지라도 최소한 자신에게 부끄럽지는 않을 것이다.

이별에 대처하는 우리의 자세

1

얼마 전 이별한 샤오원이 친구들을 모두 불러냈다. 그녀는 음식을 입에 마구 쑤셔 넣으며 말했다.

"제기랄! 대학 시절 내내 저 한 놈만 바라봤는데, 어떻게 이토록 쉽게 헤어지자고 할 수 있지?"

내가 말했다.

"샤오원, 그 세기랄 소리 좀 그만하면 안 돼? 너랑 정말 안 어울려."

샤오원이 눈을 흘기는 바람에 나는 하고 싶은 말을 꾹 참고 입을 다물었다.

"제기랄! 매일 아침밥도 해주고, 빨래도 해주고, 그런 쓰레기 같은 놈한테 스웨터도 짜줬는데…… 제기랄! 나 놀고 싶은 건 다 포기하고 같이 피씨방에 가서 밤새 게임도 해줬건만……."

샤오원은 더 이상 말을 잇지 못했다. 그녀는 이내 술을 더 주문했다. 주문한 술이 나오자 그녀는 우리에게도 차례로 한 잔씩 권했다. 평소 얌전하기만 했던 그녀가 이렇게 적극적으로 나오자 모두 순순히 잔을 들고 말했다.

"그래. 오늘은 네가 주인공이니까. 우리는 원샷할 테니 너는 천천히 마셔라."

하지만 샤오윈은 매번 술잔을 비웠다. 그렇게 한참 동안 술잔이 돌고 돌았다. 갑자기 그녀가 술잔을 내려놓더니 테이블을 박차고 일어났다. 그녀는 바에서 피아노를 연주하던 남자에게 다가가 소리쳤다.

"아저씨, 연주 좀 똑바로 할 수 없어요? 귀에 거슬려서 눈물이 날 정도라고요! 못 믿겠어요? 이것 봐요. 지금 당장이라도 펑펑 울어버릴 것 같다니까!"

우리가 서둘러 남자에게 사과하는 사이, 샤오윈은 결국 울음을 터뜨렸다.

2

다쭈이는 고등학교 동창이다. 지난번 상하이에서 강연을 할 때 그가 들으러 왔었다. 그런데 다쭈이 이놈은 사내자식이 늘 머리를 땋고 다녔다. 더 중요한 건 땋은 머리를 정수리에 올려 묶고 다닌다는 사실이다. 그동안 나와 바오즈가 제발 머리 좀 풀면 안 되겠냐고 수십 번 말했지만 그는 들은 척도 하지 않았다.

남자들의 만남에는 역시 술이 빠질 수 없다. 그날 우리는 조용한 바에 가서 '죽여줘'라는 이름을 가진 술을 주문했다. 다쭈이는 주저 없이 다섯 병을 주문했다. 그 술이 정말 죽여주는지 확인해봐야겠다고 했다. 다들 주량이 적지 않았기 때문에 나와 바오즈 역시 세 병씩 주문했다.

술만 마시다 보니 무료해져서 나는 게임을 제안했다. 이과 출신인 다쭈이가 주머니에서 포커 카드를 꺼내더니 진지하게 말했다.

"내가 머리를 써야 하고 게다가 스릴까지 넘치는 게임 하나를 소개하지."

다쭈이의 진지한 표정에 바오즈와 나는 잔뜩 기대하며 그의 입을 노려보았다. 그가 빠르게 카드 네 장을 테이블에 올려놓았다. 바오즈와 나는 한껏 기대에 부푼 얼굴로 카드를 내려다봤다. 갑자기 다쭈이가 테이블을 탁 치며 말했다.

"사 곱하기 삼 더하기 이 곱하기 육! 하하하! 내가 이겼지!"

다쭈이는 누구나 다 아는 '24점(4개의 숫자를 이용해 24를 만드는 게임)'을 하고 있었던 것이다. 바오즈 역시 대단히 실망한 표정이었다. 어쨌든 다쭈이는 게임에서 계속 이겨 자신의 술병을 다 비우고 나와 바오즈의 술까지 몽땅 마셔버렸다. 다쭈이가 말했다.

"'죽여줘'를 열한 병이나 마셨는데 아직 멀쩡하게 살아 있네. 하하하. 전 여자 친구한테 전화 걸어서 알려줘야겠다. '죽여줘'를 열한 병이나 마셨는데 아직 살아 있다고 말이야."

그 순간 나는 바오즈를 쳐다보며 의아한 표정을 지었다. 바오즈도 나와 같은 생각을 하고 있는 것 같았다.

'얘 오늘 좀 이상한데?'

하지만 다쭈이를 말리지는 않았다. 그저 침을 삼키며 사건이 벌어지는 현장을 초조하게 지켜볼 뿐이었다. 전화가 연결되자 다쭈이의 목소리가 갑자기 부드러워졌다. 두 사람의 대화는 생각보다 차분했다. 그는 '죽여줘'에 대해서는 한 마디도 하지 않고 친구들과 밖에 있다고만 말했다. 그가 물었다.

"잘 지내고 있지?"

그의 말이 이어졌다.

"그래. 그럼 됐어. …… 나도 잘 지내고 있어."

전화 통화는 1분도 채 되지 않아 끝났다. 전화를 끊은 뒤 다쭈이가 말했다.

"사실…… 난 하나도 잘 지내고 있지 않아. 하하하하! 이런……."

그는 그렇게 웃다가 인사불성이 되어 테이블에 얼굴을 처박았다.

3

후요요는 내가 아는 사람 중에 가장 정상이라고 말할 수 있는 친구다. 그녀는 평소 콘서트를 자주 보러 다녔다. 예전에는 남자 친구와 함께 갔지만 헤어진 이후에는 혼자 보러 다닌다.

그녀는 헤어진 다음에도 가끔 좋은 노래가 있으면 그에게 전화해서 들려줬다. 그러다가 최근에서야 연락을 완전히 끊었다고 한다. 그녀는 콘서트가 있을 때 누군가에게 같이 보러 가자고 언제든 전화 걸 수 있는 사람이 가장 부럽다고 했다.

누군가가 그리울 때 언제든 연락을 할 수 있으면 얼마나 좋을까. 거기에 상대방이 답장을 보내준다면 더없이 행복할 것이다. 하지만 대부분의 사람은 누군가가 그리워도 어떻게 연락을 해야 좋을지 몰라 주저하다가 포기해버리곤 한다. 그 사람한테 방해가 될까 봐, 그 사람을 더 이상 귀찮게 하지 않는 것이 바로 사랑이라고 생각하니까.

운명의 상대를 만났다고 생각했는데 그 사람은 너무 쉽게 떠나갔다. 이번에야말로 정말 확신이 있었는데 우리의 사랑은 이루어질 수 없었다. 처음에는 밤새 이야기해도 끝이 없었는데 언제부터인가 둘 사이에는 침묵만이 흐르기 시작했다.

사람들은 그 사람을 잊을 거라고 말하면서 함께 들었던 음악을 듣고, 함께 봤던 영화를 보고, 함께 갔던 곳으로 여행을 떠난다. 사람들은 그 사람을 떠나보내고 돌아서 추억 속에 자신을 가둬버린다. 입으로는 잊어야 한다고, 잊을 거라고 말하지만 마음으로는 그 사람을 놓지 못한다.

이별할 때는 '쿨'하게 돌아서고, 이별 후에는 이를 악물고 그리움을 참아낸다. 매일 밤 떠들썩한 술자리로 견디어보지만 아무도 없는 텅 빈 거리에서는 슬픔을 감출 방법이 없다.

사랑할 때 우리는 모두 소설가다. 기쁨과 슬픔 그리고 분노의 순간이 모두 어우러져 한 편의 이야기가 탄생한다. 이별할 때 우리는 모두 연극배우다, 지나간 추억에 만신창이가 되어도 아무렇지 않은 척 웃어 보이는.

이별의 모습은 천태만상이지만 모두 같은 순간이 오기만을 기다린다. 그 순간이란 떠나간 사람이 되돌아보는 순간이 아니다. 지나간 추억과 나 자신이 화해하는 순간이다.

당신과 손을 잡고 걸으면 거리의 가로수들도 사랑하고 있는 것 같다. 당신이 곁에 있을 때는 공기마저 달다. 당신과 다툰 날은 맑은 하늘에서도 비가 내리는 듯하다. 당신이 나를 떠나간 날, 거리의 가로수들이 나를 보며 비웃는다. 당신과 연락이 끊기니 공기마저 쓰다.

청춘은 세월을 두려워하지 않는다

　　　　　　　　살면서 가장 가난했던 그 시절, 나는 라오탕 그
리고 라오린과 작은 단칸방에서 침대를 나눠 썼다. 어느 날, 저녁에 술이
마시고 싶어 돈을 모아보니 겨우 맥주 한 병 살 돈이었다. 우리는 맥주 한
병을 사서 돌려가며 한 모금씩 마셨다. 당시 한창 〈서유기〉 열풍이 불고 있
었는데 마침 라오탕에게 해적판 CD가 있었다. 그날 저녁 우리는 컴퓨터
앞에 옹기종기 모여 앉아 함께 〈서유기〉를 봤다.

　지사선자(紫霞仙子)가 우마왕(牛魔王)의 칼에 찔리는 결정적인 순간에 화
면이 멈추었다. 나와 라오린은 이구동성으로 손오공의 대사를 따라 했다.

　"이런 씨앙!"

　화면이 간간히 끊겼지만 우리는 영화를 끝까지 봤다. 마지막 장면에서 환
생을 해 기억을 잃은 지존보가 손오공으로 변한 지존보에게 말했다.

　"저 사람은 개만도 못해 보이는군."

　여태껏 낄낄거리며 영화를 보던 우리는 그 순간 갑자기 조용해졌다. 침
묵을 깬 것은 라오탕이었다. 그가 맥주병을 들며 말했다.

　"우리 신세 역시 개만도 못하지, 뭐."

그는 농담조로 말했지만 누구 하나 웃을 수가 없었다.

그때가 2009년 겨울이었다. 집을 나와 떠도는 생활이 아직은 너무 힘겨웠다. 당시 라오탕의 단칸방은 이틀 뒤 비워줘야 했다. 더 이상 월세를 낼 수 없었기 때문이다. 우리는 꼼짝없이 거리에서 노숙을 해야 할 판이었다. 그때 우리는 만약을 대비해 침낭 세 개를 준비해두었다.

지금 이 순간 당신도 그 시절의 우리와 같을지도 모르겠다. 누구나 한 번쯤은 세상을 구하는 멋진 영웅이 되고 싶다는 생각을 한다. 하지만 영웅이 된다는 것은 결코 쉽지 않다. 젊은 날 꿈을 따라 호기롭게 집을 떠나지만 나중에 돌아보면 꿈을 이루기는커녕 돈도 사람도 잃어버려서 이룬 것보다 잃은 것이 더 클 지경이다.

많은 사람이 말한다. 밖에서 고생하느니 차라리 집으로 돌아가는 것이 어떻겠냐고……. 그러나 집을 떠나 떠돌아본 사람은 알 것이다. 집을 나오는 그 순간 예전의 삶으로 돌아갈 수 없다는 사실을……. 어쩌면 훗날 나 자신을 돌아보며 이렇게 비웃을지도 모른다.

"정말 개만도 못한 신세군."

수많은 청춘이 낯선 도시에서 정처 없이 방황한다. 그 시절에 우리가 그랬다. 세상은 넓었지만 우리에게는 편히 누울 작은 방 한 칸조차 없었다.

수많은 겨울날이 지나고 그동안 여러 도시를 다녔다. 그중에서도 내 발길을 머무르게 한 도시가 바로 이곳 멜버른이다. 처음 이곳에 왔을 때는 모든 게 상상하던 것과 달라 낯설기만 했다. 하지만 머무는 시간이 길어지자 어느덧 고향처럼 느껴지기 시작했다. 내가 매일 지나다니는 길이 어디인지, 내가 좋아하는 음식점은 어디에 있는지 눈을 감고도 찾아갈 정도가 되었다. 하지만 나는 곧 멜버른을 떠날 예정이다. 많은 사람이 동경하는 곳이지만 멜버른에서는 내가 원하는 것을 얻을 수 없다는 사실을 깨달았기 때문이다. 사람들은 집을 떠나 다른 도시에 살고 있는 이들을 그저 부러워한다. 그러나 그들은 그 이면에 어려움과 고통이 있음을 간과한다.

곧 떠날 생각을 하니 알 수 없는 아쉬움이 몰려온다. 멜버른을 선택한 것이 옳은 일이었는지 아닌지를 떠나 내 청춘이 고스란히 녹아 있는 곳이기 때문이다. 아마 먼 훗날 돌이켜보면 이곳에서의 생활이 얼마나 무료했는지, 얼마나 고달팠는지는 까맣게 망각하고 내게 남겨준 것들만 떠오를 것이다.

지금 당신도 나처럼 낯선 도시에서 홀로 떠돌고 있을지 모르겠다. 그렇다면 아마도 왜 집을 떠나 이 먼 곳까지 왔을까 스스로에게 묻고 또 물었을 것이다. 하지만 시간이 흐르면서 고향과 비슷한 점이 하나도 없는 곳이라 해도 타향은 내 삶의 떼려야 뗄 수 없는 일부분이 된다.

이 글을 쓰고 있는 지금은 겨울이다. 지금 당신이 어느 곳에서, 어떤 계절에 이 글을 읽고 있는지 나는 모른다. 어쩌면 당신은 이미 머물고 싶은 도시를 찾았을지도, 아직 낯설기만 한 도시에서 방황하고 있을지도 모르겠다. 매섭게 추운 겨울, 난방도 되지 않는 방에서 떨고 있을지도 모르겠다.

익히 알고 있는 진리 하나! 겨울이 지나면 반드시 봄이 온다. 그리고 봄이 지나면 시나브로 겨울이 돌아온다. 그러니 당신이 할 수 있는 일은 겨울에 적응하고 봄이 왔을 때 마음껏 즐기는 것뿐이다. 그러면 겨울이 찾아와도 더 이상 두렵지 않을 것이다.

요즘 나는 매일 이곳저곳을 바쁘게 돌아다닌다. 어제는 하얼빈에 있었다면, 오늘은 베이징, 내일은 상하이에 가는 식이다. 매일 잠을 몇 시간밖에 자지 못해도 힘들다는 생각이 들지는 않는다. 이런 생활에 적응하는 법을 배웠기 때문일 것이다.

오늘은 추수감사절이다. 나는 그동안 이곳에서 사랑스러운 독자들을 많이 만났고 그들 덕분에 혼자가 아님을 느낄 수 있었다. 아무리 큰 도시라 해도 홀로 떠돌고 있는 이는 결코 나 한 사람만이 아닐 것이다. 설령 그 사람이 누군지 영원히 만날 수 없어도 같은 처지에 있는 사람들이 존재한다는 사실만으로도 위안이 된다.

어디에 머무를 것인가는 당신이 선택하는 것이다. 어쩌면 청춘이 녹아 있는 곳이라는 이유로 머무르고 있을지도 모른다. 하지만 그 도시를 떠난다고 해도 그곳은 이미 당신의 일부분이다. 그렇기 때문에 오랜 시간 머물렀던 그 도시에서 어떤 슬픈 일이 있었다 해도, 사랑하는 사람이 떠났다 해도 남다른 애착을 느끼게 되는 것이다.

이제 곧 새로운 도시로 떠나려는 사람도 있을 것이고, 여전히 정착할 곳을 찾지 못한 채 방황하는 이도 있을 것이다. 당신의 앞날이 무조건 밝을 거라고 말해줄 수는 없다. 그것은 누구도 확신할 수 없는 일이니까. 하지만 이것만큼은 분명히 말해줄 수 있다. 우리는 누구나 똑같은 사람이라고! 그러니 겁먹을 필요 없다고!

지금 낯선 곳에서 떠돌고 있는 사람들은 언젠가 더 이상 떠돌지 않기 위해 그런 선택을 했을 것이다. 자신의 힘으로 주변 사람들을 보호하고, 사랑하는 사람을 지키기 위해서 말이다.

우리는 햇빛을 받지 못하는 씨앗과 같다. 더 키가 큰 식물들에게 햇빛을 모두 빼앗겼지만 땅속의 영양분을 흡수하며 꿋꿋이 성장하고 있다. 언젠가 햇빛이 내가 있는 곳까지 닿으면 그때 싹을 틔우면 그만이다.

추수감사절에 이 글을 쓰고 있지만 오늘만 감사함을 느끼는 것은 아니다. 어쩌면 당신은 여전히 더 좋은 곳을 찾아 떠나려고 하고 있을지도 모르겠다. 하지만 어디에 있건 지금 이 순간 내가 있는 곳의 풍경을 잊지 말자. 지치고 힘든 순간이 찾아오면 최소한 내 곁에 누군가 있다는 사실을, 최소한 내가 당신 곁에 있다는 사실을 기억하자.

　내가 글을 쓰는 이유는 나 자신만을 위해서가 아니다. 이 책을 보고 있을 당신을 위해서이기도 하다.

　죽을힘을 다하고 있다는 것은 마음속에 열정이 남아 있다는 뜻이다. 그러니 앞으로 힘껏 달려 나아가자. 청춘은 세월을 두려워하지 않는다.

　혹시 이별했는가? 이별은 때때로 더 좋은 만남을 위한 불가피한 선택이다. 그러니 두려워하지 말자.

우리는 때대로 어디로 가야 할지 몰라 헤맨다. 이토록 넓은 세상에 왜 내 한 몸 정착할 곳은 없는 걸까. 발버둥도 쳐보고, 무작정 방황하기도 한다. 아직 절망하기에는 이르다. 그럴수록 계속 앞으로 걸어 나아가자. 계속 발버둥을 치고, 계속 찾아보자. 다가올 결과는 단 두 가지다. 더 이상 발버둥을 칠 힘이 없어 쓰러지거나 내게 꼭 맞는 길을 찾는 것이다. 청춘은 세월을 두려워하지 않는다. 포기하기 전에 다시 한 번 노력해보자. 어떤 길을 선택하든 초심을 잃지 말자.

🎁 혼자 하는 사랑

그는 당신의 목소리를 듣지 못한다. 당신은 혼자 사랑을 하고 혼자 이별을 한다.

내 친구들 중 샤오페이만이 유일하게 북방 출신의 아가씨다. 옛날부터 다롄(大連)에 예쁜 여자가 많다고 했는데 샤오페이 역시 얼굴이 예쁠뿐더러 키도 컸다. 성격도 시원시원했는데 말을 많이 하지 않는 것이 흠이라면 흠이었다. 친구들과 오랜만에 모인 자리에서도 그녀의 목소리는 쉽게 들을 수가 없다. 물론 모든 일에는 예외가 있다. 샤오페이도 말을 많이 할 때가 있는데 술에 취했을 때, 그리고 라오량과 있을 때였다.

2011년 솔로의 날(중국에서는 11월 11일을 솔로의 날, 독신자의 날이라고 부른다) 친구들과 오랜만에 우한(武漢)에서 모였다. 우한을 선택한 이유는 단 하나다. 저우헤이야의 오리고기 때문이다. 우리는 이 특별한 기념일에 선반 위에 남아 있는 모든 오리고기와 맥주 한 박스를 사서 다터우의 집으로 갔다.

그날 저녁 나는 오리고기를 세 그릇이나 먹어치우고 다터우의 침대에 기대어 있었다. 라오천은 새로 산 휴대전화를 잃어버려 다터우네 집 화장실에서 울고 있었고, 맥주 세 병을 마시고 술에 취한 다터우는 거실 카펫 위에 쓰러져 있었다. 팅팅은 12시가 되자 졸음에 취해 소파에 몸을 던졌다. 그리고 그날 랴오량을 처음 본 샤오페이는 첫눈에 반했다.

사실, 나는 그런 어수선한 자리에서 어떻게 사랑에 빠질 수 있는지 이해할 수 없었다. 어쨌든 그날 나는 지금까지 알던 모습과는 전혀 다른 샤오페이를 보았다. 샤오페이와 랴오량은 처음 만난 순간부터 쉼 없이 이야기를 했다. 다음 날 아침 내가 거실로 나왔을 때까지 두 사람은 여전히 이야기를 하고 있었다. 랴오량이 아침에 일이 있다며 먼저 나가자, 그녀는 다시 말수가 적은 조용한 샤오페이로 돌아왔다.

우리가 우한을 떠날 때까지 랴오량은 다시 돌아오지 않았다. 떠나기 전날 밤, 나는 사흘 동안 먹은 열 번째 오리고기 접시를 비우고 소파에 기대어 누웠다. 그때 샤오페이가 맥주 한 병을 내게 건네며 원샷을 외쳤다. 방금 먹은 오리고기 때문에 배가 너무 불렀지만 여자 앞에서 약한 모습을 보일 수 없어 일단 들이켰다.

반 병 정도 마시자 위가 금방이라도 터져버릴 것 같았다. 나는 맥주병을 내려놓고 잠깐만 쉬었다 마시자고 말했다. 그러나 샤오페이는 내 말은 아랑곳하지 않고 한 병을 다 마시고 두 번째 병까지 모두 비운 뒤 말했다.

"하하하! 내가 이겼다!"

나는 순간 멈칫했다. 샤오페이는 지금껏 한 번도 "하하하!"한 적이 없었기 때문이다. 내가 말했다.

"샤오페이, 무슨 일 있어? '하하하'라니…… 예전의 도도하던 그 샤오페이는 어디 간 거야?"

그녀가 물었다.

"그 사람 오늘 다시 온다고 하지 않았어?"

세상에는 이유를
설명하기 힘든 일들이 많다.
왜 하늘은 파란색인지,
왜 나무는 초록색인지,
왜 한밤중에 갑자기 탕수육이 먹고 싶어졌는지,
왜 그 사람을 사랑하게 되었는지 모르는 것처럼…….
비틀거리고 넘어지고,
스스로 생각해도 정신이
어떻게 된 게 아닌가 싶기도 하지만
멈출 수가 없다.

내가 되물었다.

"누구?"

샤오페이가 말했다.

"누구긴 누구야."

샤오페이는 그 순간 자신이 라오량을 좋아하고 있다는 사실을 깨달았다. 하지만 나를 비롯한 친구들은 진지하게 여기지 않았다. 두 사람은 겨우 한 번 만났을 뿐이고, 평소 자주 만날 수 있는 사이도 아니니 호감도 금방 사라질 거라 생각했으니까. 그런데 샤오페이가 벌떡 일어나며 말했다.

"나는 진지하다니까! 태어나서 이렇게 대화가 잘 통하는 사람은 처음이란 말이야. 그 사람이랑 밤새 얘기했는데도 전혀 지루하지 않았어!"

라오천이 가장 먼저 샤오페이의 편을 들어주었다.

"그래. 그렇게 대화가 잘 통하는 사람을 만나기란 쉬운 일이 아니지."

내가 끼어들었다.

"그건 그렇지. 대화가 잘 안 통하는 사람이랑 만나느니 차라리 혼자 있는 편이 나으니까."

샤오페이가 말했다.

"내 말이!"

그날 저녁 샤오페이는 우리가 모두 잠에 곯아떨어질 때까지 라오량에 관한 이야기를 늘어놓았다. 나는 그제야 깨달았다. 원래부터 과묵하고 도도한 사람은 없다는 사실을 말이다. 내 앞에서는 과묵하던 사람도 다른 사람 앞에서는 수다쟁이로 변한다. 지금 그 사람 앞에 누가 있느냐에 따라 전혀 다른 모습으로 바뀔 수 있다. 샤오페이가 라오량 앞에서 그러는 것처럼!

그런데 그 와중에 숨길 수 없는 것이 하나 더 있었으니 그건 바로 내 식욕이었다. 나는 샤오페이의 이야기를 들으며 우한에서의 마지막 오리고기

한 접시를 비우고 있었다. 어쨌든 그렇게 샤오페이의 짝사랑은 시작되었다.

다롄으로 돌아온 후 그녀는 이런저런 방법으로 자신의 마음을 전하려고 시도했다. 예컨대 아침저녁으로 안부 문자를 보낸다든가, 자신이 하고 싶은 얘기를 편지지에 빼곡히 적은 다음 하트 모양으로 접어 그에게 보내는 식이었다.

그러던 어느 날 샤오페이는 갑자기 다롄에서 상하이로 그를 만나러 갔다. 그리고 그날 밤 친구들에게 이렇게 문자를 보냈다.

'오늘 그 사람을 만났어. 정말 행복해.'

다음 날 샤오페이는 마침 볼 일이 있어 상하이에 와 있던 나를 와이탄으로 불러냈다. 그때는 크리스마스가 며칠 남지 않은 추운 겨울날이었다. 차가운 바람이 뼛속까지 파고드는 것 같아 나는 옷을 잔뜩 껴입고 나갔다. 그런데 샤오페이는 짧은 치마에 아주 얇은 외투를 걸치고 있었다. 그녀가 왜 그랬는지 굳이 설명하지 않아도 알 수 있었다. 그에게 예쁘게 보이고 싶었을 테니까.

"원래 오늘 다시 만나기로 했었어."

"그런데 안 나온 거야?"

"응……."

"그래서 이제 어떻게 할 거야?"

"계속 기다려보려고."

"이렇게까지 했는데 아직도 라오량의 마음을 모르겠어? 라오량은……."

샤오페이가 내 말을 끊었다.

"그가 우리는 이루어질 수 없는 사이라고 말했어. 나도 알아. 그가 나한테 마음이 없다는 걸. 하지만 내가 더 잘하면 그 사람도 결국에는 나밖에 없다는 걸 알게 되지 않을까? 이렇게 대화가 잘 통하는 사람을 놓치고 싶지는 않아. 정말 포기하고 싶지 않아. 조금만 더 기다려볼게."

나는 더 이상 아무 말도 하지 않았다. 어떤 말로도 그녀를 설득할 수 없다는 걸 알았기 때문이다.

그 이후 우리 모두가 예상한 것처럼 두 사람의 교류는 눈에 띄게 줄었다. 그나마 가끔 연락하는 것도 샤오페이가 애써 핑계를 만들어 하는 것이었다. 두 사람은 여전히 대화가 잘 통했다. 그러나 그것뿐이었다. 시간이 흐르면서 샤오페이는 더 이상 아침저녁으로 문자를 보내지 않았고, 더 이상 자신이 좋아하는 노래를 공유하지 않았다.

어디를 가고, 누군가를 만나고, 누군가와 사랑에 빠지고, 누군가와 친구가 되는 일은 모두 인연이 있어야 한다.

2014년 솔로의 날 전날 밤, 샤오페이가 말했다.

"나 마지막으로 한 번만 더 고백해볼래."

샤오페이는 라오량에게 만나자고 연락을 했다. 하지만 그에게서는 "미안해"라는 짧은 대답이 돌아왔다.

그 이후로 지금까지도 샤오페이는 여전히 솔로다. 가끔 친구들에게 노래를 보내는데 모두 예전에 라오량에게 보내줬던 노래다. 샤오페이는 이야기나 하자며 종종 밤에 나를 불러냈지만 늘 몇 마디 하고는 입을 닫았다. 그 몇 마디도 온통 라오량에 관한 것이었다. 더 이상 만나지는 못해도 샤오페이는 여전히 그를 포기하지 않은 듯했다.

우리가 뭐라고도 해봤지만 샤오페이 자신이야말로 라오량의 마음을 가장 잘 알고 있기에 반박하지도 않았다. 그러나 우리가 뭐라고 한들 그녀는 쉽게 마음을 접지 않았다. 그녀는 분명 출구가 없는 막다른 길이라는 사실을 알면서도 가려는 것이다. 벽에 부딪혀 피가 철철 나기 전에는, 막다른 길에 이르러 힘겹게 발걸음을 돌려야 하기 전에는 희망이 있을지도 모른다는 생각을 버리지 못하기 때문이다.

　세상에는 이유를 설명하기 힘든 일들이 많다. 왜 하늘은 파란색인지, 왜 나무는 초록색인지, 왜 한밤중에 갑자기 탕수육이 먹고 싶어졌는지, 왜 그 사람을 사랑하게 되었는지 모르는 것처럼……. 비틀거리고 넘어지고, 스스로 생각해도 정신이 어떻게 된 게 아닌가 싶기도 하지만 멈출 수가 없다.

　그는 당신의 목소리를 듣지 못한다. 당신은 혼자 사랑을 하고 혼자 이별을 한다.

⬤ 스쳐 지나가는 인연

　　항저우에 콘서트를 보러 갔다가 한 여자를 알
게 되었다. 그녀는 내 옆자리에 앉아 있었다. 그날 콘서트가 시작된 지 얼
마 되지 않아 갑자기 비가 내리기 시작했고 우산이 없는 나를 보고 옆자리
그녀가 우산을 같이 쓰자며 먼저 말을 걸었다. 하지만 비가 워낙 많이 내리
는 데다가 바람까지 불어 우산을 함께 쓰기란 어려워 보였다.

　나는 남자가 이 정도 비는 맞아도 괜찮다며 극구 사양했다. 하지만 그녀
는 내가 우산을 쓰지 않으면 자기도 쓰지 않겠다며 고집을 피웠다. 얼마 후
비는 그쳤지만 그녀 또한 비에 흠뻑 젖어버렸다.

　콘서트가 끝난 후 그녀에게 야식을 함께 먹자고 청했다. 신세를 졌으니
어떻게든 밥이라도 한 끼 사야 할 것 같았다. 나는 친한 친구 세 명과 함께
왔고 그녀 역시 여자 친구 두 명과 함께였다. 우리는 패스트푸드점에서 간
단한 음식을 시켜 말없이 먹었다. 그리고 헤어질 때 휴대전화 번호를 서로
교환했다. 하지만 집에 돌아온 이후 바쁘게 지내다 보니 그날 일은 곧 까맣
게 잊어버렸고 그녀 역시 연락을 하지 않았다.

　시간이 흘러 1년쯤 지났을 무렵, 돌연 그녀에게서 전화가 걸려 왔다. 휴

대전화에 표시된 발신자 이름을 보고 누구였는지 기억해내느라 한참 동안 애를 먹었다. 그녀는 내 목소리를 듣자마자 흥분해서 말했다. 자신이 오늘 콘서트를 보러 왔는데 지난번 콘서트장에서 당신이랑 정말 닮은 사람을 봤다고, 정말 당신이 온 줄 알았다고! 내가 말을 꺼내려는 순간 그녀는 자신이 전화를 잘못 걸었다는 사실을 깨달은 모양이었다.

콘서트가 끝나고 그녀에게서 다시 전화가 왔다.

"죄송해요. 제가 아까는 너무 흥분했어요."

"괜찮습니다. 덕분에 저도 좋은 노래를 들었는걸요."

"고마워요."

"뭐가요? 제가 한 게 뭐 있나요?"

"제 전화를 받아줘서요."

그날 이후 우리는 한동안 연락을 주고받았다. 항저우 콘서트 당시 그녀는 남자 친구와 막 헤어진 상태였다. 헤어진 다음 그녀는 전 남자 친구에게 계속 전화를 걸었지만 그는 받지 않았고 나중에는 아예 전화기를 꺼놓았다.

어느 날 그녀가 말했다.

"고마워요. 당신 덕분에 이제 마음 정리가 된 것 같아요."

내가 말했다.

"다행이네요."

그 후 우리는 다시 연락이 끊겼고 나는 그녀와의 일을 잊고 살았다. 나중에 장팅의 이야기를 듣게 되기 전까지 말이다.

장팅은 고등학교 시절 라오린을 좋아했다. 하지만 라오린은 몇 년 동안이나 장팅의 존재를 알지 못했다. 장팅은 라오린의 중학교 후배였고 그녀가 진학한 고등학교는 마침 라오린의 학교와 교문을 마주하고 있었다.

장팅은 매일 수업이 끝날라치면 제일 먼저 교문으로 뛰어나갔다. 멀리서

나마 라오린을 보기 위해서 말이다. 하교 시간에는 학생들이 동시에 몰려나와 교문 앞 골목은 북새통을 이루었다. 하지만 장팅은 매일 복잡한 인파 속에서도 한눈에 라오린을 찾았다. 물론 라오린은 이 사실을 전혀 알지 못했다.

짝사랑을 하는 사람은 아무리 사람이 많을지라도 한눈에 상대방을 포착하는 탁월한 능력을 갖게 된다. 그러나 상대방이 자신의 그런 재주를 알아보게 만드는 능력은 없다.

장팅의 짝사랑은 고등학교 3학년이 될 때까지 계속되었다. 그녀는 라오린에게 고백해야겠다고 수없이 생각했지만 그에게 말을 걸 용기조차 없었다. 그저 멀리서 그를 바라볼 뿐이었다. 다행히 친한 오빠가 라오린과 같은 반이어서 그의 소식을 자주 전해들을 수 있었다. 그녀는 자신이 좋아한다는 사실을 라오린에게 절대 말해서는 안 된다고 오빠에게 신신당부했다.

라오린이 난징대학교에 지원한다는 소식을 듣고 그녀는 나중에 반드시 같은 학교에 진학하겠노라 결심했다. 그리고 번듯한 성인이 되어 라오린에게 고백하리라 마음먹었다.

"중학교 때부터 오빠를 좋아했어. 이제야 얘기하네."

나중에 장팅은 정말로 난징대학교에 진학했다. 하지만 라오린은 대학교 2학년 때 유학을 떠났다.

장팅이 말했다.

"그가 떠난 후로는 길을 걸을 때 바닥만 보고 걸었어. 어차피 그는 떠나고 없으니까."

그녀는 자신의 생일날 이 이야기를 친구들에게 해줬다.

우리가 물었다.

"그 이후에는 어떻게 됐어?"

장팅이 말했다.

"그 이후에는 아무 일도 없었어. 하지만 그 사람이 없었다면 나는 난징대학교에 진학하지도 않았을 테고, 그랬다면 너희를 만나지도 못했겠지."

장팅은 이제 성숙한 여인이 되었지만 그녀는 이미 라오린을 마음속에서 놓아주었다. 그녀는 모든 것이 혼자만의 이야기며, 어쩌면 그는 이 사실을 알 필요도 없을 거라고 말했다.

"내 인생에서 그 사람을 알게 된 것만으로도 감사한 일이야."

그녀는 이렇게 자신의 이야기를 정리했다.

사실, 콘서트장에서 만난 그녀의 이야기와 장팅의 이야기는 전혀 관련이 없다. 내가 하고 싶은 이야기는, 사람은 누구나 살면서 스쳐 지나가는 인연을 만나게 된다는 것이다. 잠시 스쳐 지나가는 그 사람은 내 인생에 직접적으로 관여하지 않아도 무의식중에 어떤 힘을 발휘한다. 그 사람은 아주 평범한 누군가일 수도 있고 절대 가까이할 수 없는 우상 같은 존재일 수도 있다. 하지만 누가 되었든 상관없다. 훗날 그 사람과 더 이상 연락이 닿지 않을 수도 있고, 더 이상 내 인생에서 중요하지 않은 사람이 될지도 모른다. 그 사람은 그렇게 당신의 인생을 스쳐 지나가고 언젠가는 사라져버린다. 그리고 어쩌면 누군가에게 당신이 바로 그런 사람일지도 모른다.

힘과 용기가 간절히 필요한 순간에 거짓말처럼 당신이 나타났다. 비록 이제는 당신이 듣지 못한다 해도 내 인생에서 당신을 만난 건 크나큰 행운이라고, 감사하다 말하고 싶다. 만약 내가 당신의 인생에서 조금이나마 힘이 되었다면 고맙다는 인사는 생략해도 좋다. 당신이 더 나은 모습으로 성장할 수 있다면 그걸로 족하다. 어떤 만남은 이별을 위한 것이니까.

사람은 누구나 살면서 스쳐 지나가는 인연을 만나게 된다. 잠시 스쳐 지나간 그 사람은 내 인생에 직접 관여하지는 않아도 무의식중에 어떤 힘을 발휘한다. 그 사람은 아주 평범한 누군가일 수도 있고 절대 가까이할 수 없는 우상 같은 존재일 수도 있다. 하지만 누가 되었든 상관없다. 훗날 그 사람과 더 이상 연락이 닿지 않을 수도 있고, 더 이상 내 인생에서 중요하지 않은 사람이 될지도 모른다. 그 사람은 그렇게 당신의 인생을 스쳐 지나가고 언젠가는 사라져버린다. 만남에서 이별까지 당신 혼자만의 이야기일지도 모른다. 그리고 어쩌면 누군가에게 당신이 바로 그런 사람일지도 모른다.

📀 그럼에도 여전히 심장이 두근거린다면

얼마 전 라오천과 다딩의 결혼 1주년 기념일이었다. 친한 친구들의 첫 번째 결혼기념일을 맞이하여 나는 뭐라도 선물해야겠다고 생각했다. 하지만 그들이 살고 있는 난징에서 멀리 떨어져 있었기 때문에 직접 만나서 전해줄 수가 없었다. 한참을 고민하다가 나는 메신저로 축하 노래를 불러주기로 결심했다.

나는 타고난 음치였기 때문에 음정, 박자가 모두 제멋대로였고 5분짜리 곡을 3분 만에 다 불러버렸다. 라오천과 다딩은 한 시간이 지나도록 아무런 대답이 없었다. 나는 노래가 제대로 전송이 되지 않았나 싶어서 다시 한 번 불렀다. 그런데 이번에도 그들은 한참 동안 아무 말이 없었다. 그래서 대화창에 이렇게 썼다.

'보아하니 내 노래가 제대로 전송되지 않은 모양이군. 그럼 다시 불러줄게!'

그제야 라오천이 재빨리 답했다.

'제발 그만 불러!'

'하하하. 역시 듣고 있을 줄 알았어.'

'도대체 무슨 노래를 부르는 건지 몰라서 30분도 넘게 다시 들었어. 하하하. 알고 보니 칠리향(七里香)을 부른 거였더군.'

'내가 너희에게 주는 결혼기념일 선물이야. 너무 고마워할 필요는 없어.'

라오천이 흥분했다.

'야, 그나마 우리 우정을 생각해서 음정, 박자 하나도 안 맞는 네 노래를 들어준 거라고. 약속했던 축의금이나 얼른 줘. 축의금! 축의금!'

나도 흥분했다.

'내가 분수쾌락(分手快樂, 가수 양정여의 대표곡으로, 행복한 이별이라는 뜻이다)을 불러주려다 참은 거라고. 그리고 내가 언제 축의금을 준다고 약속했었나? 줄 거라면 너희가 나한테 먼저 줘야 하는 거 아니야?'

갑자기 다딩이 끼어들었다.

'하하. 너한테 축의금이라고? 결혼부터 하고 얘기하시지!'

나는 뭐라고 반격할지 한참을 생각하다가 결국 마침표 세 개만을 찍고 말았다.

살면서 절대로 해서는 안 되는 일 중 하나는 한 쌍의 부부와 말싸움을 벌이는 것이다. 평소에는 사이가 안 좋은 부부일지라도 이런 순간이 오면 대동단결하여 상대편을 철저히 무너뜨리기 때문이다.

두 사람 모두 나와 고등학교 동창이다. 졸업 후에 라오천과는 줄곧 연락해왔지만 다딩과는 4년 가까이 연락이 끊겼었다. 그래서 두 사람의 러브스토리는 라오천의 입을 통해서만 들은 게 전부였다. 나는 라오천이 다딩을 여러 해 짝사랑해왔고 그녀를 위해 어떻게 변했는지도 알고 있다. 하지만 그가 어떻게 해서 다딩의 마음을 얻었는지에 대해서는 한 번도 들은 바 없다.

라오천이 어느 날 내게 말했다.

"다딩이 어떻게 나처럼 똑똑하고 잘생긴 남자한테 관심이 없을 수 있지? 결국 자기만 손해 아니야? 안 그래?"

나는 진심으로 라오천이 안타까웠다.

"야, 인마! 너는 그렇게 잘났다는 놈이 몇 년 동안 좋아한다는 말 한마디도 못하냐? 등신!"

그날 이후 우리는 더 이상 이 얘기를 꺼내지 않았다.

그렇게 세월이 흘렀고, 뜻밖에도 결혼을 했고, 어느덧 두 사람이 결혼을 한 지도 1년이 지났다. 나는 이참에 대화창을 통해 다딩에게 그동안 궁금했던 것들을 물어보기로 했다.

다딩은 대학교 1학년 때 이후로 남자 친구가 없었다고 했다. 그런데 어느 날 갑자기 라오천이 나타나 자신의 삶 전반으로 들어왔다. 다딩은 그때 기분이 좋으면서도 어찌할 바를 몰랐다고 했다.

내가 말했다.

'갑자기는 아니지. 라오천은 2006년부터 너를 좋아했으니까.'

다딩이 말했다.

'그걸 내가 모르니? 몇 년 후에 그 사람이 다시 내 앞에 나타났을 때는 예전과는 느낌이 달랐어. 세상의 인연이라는 게 참 신기하다고 생각했지. 그렇지만 여전히 그 사람의 마음을 받아들여도 될지 고민이 많이 되더라고.'

다딩과 라오천은 처음부터 잘 맞는 사이는 아니었다. 두 사람은 취미가 달랐을뿐더러 대학교 졸업 후의 진로도 완전히 달랐다. 하지만 라오천은 줄곧 그녀 곁을 지켰고 결국 자연스럽게 사귀어 결혼까지 이르렀다.

'다딩, 자연스레 사귀게 되었다는 것이 말이 돼? 그러지 말고 자세히 좀 얘기해봐.'

'정말 자연스럽게 사귀게 되었다니까. 특별한 고백은 없었어. 그냥 우리 둘 다 지금 앞에 있는 사람이랑 함께해야겠다는 생각을 한 거야. 군이 정리하자면 라오천이 나를 쫓아다닌 게 맞지.'

나는 근사한 러브 스토리를 기대하고 있었지만 그들의 이야기는 생각보다 평범했다. 그러나 내 물음에 대한 다딩의 그다음 답은 대단히 인상적이었다.

'그럼 라오천과 결혼을 결심하게 된 이유는 뭐야?'

'예전에 결혼 상대는 나보다 훨씬 뛰어난 사람이어야 한다고 생각했어. 내가 할 수 없는 일들을 모두 할 수 있는 사람 말이야. 물론 라오천은 절대 그런 사람이 아니었지. 그렇지만 나중에 깨달은 것이 있어. 두 사람이 함께 지내다 보면 그 사람이 누구든 갈등이 생기게 마련이라는 거야. 처음에는 그 사람의 장점만 보고 만나기 시작했는데 나중에 단점들이 보이기 시작하면 견딜 수가 없어. 하지만 세상에 완벽한 사람은 없어. 누군가와 함께하려면 그 사람의 부족한 면까지 받아들일 수 있어야 해. 아무리 완벽해 보이는 사람도 어딘가 내 마음에 들지 않는 구석이 있게 마련이거든. 연애는 상대의 단점도 발견하고 서로에게 적응해나가는 과정이라고 생각해. 그러면서 상대방을 보고 여전히 가슴 뛴다면 그게 진짜 사랑 아닐까?'

'다딩, 네가 이런 얘기를 하다니 정말 닭살 돋는다. 그나저나 나 같은 솔로들의 마음에 불을 지르는 말이구나!'

'하하. 잘 적어둬. 나도 내가 이런 말을 하게 될 줄은 몰랐네. 처음이자 마지막일 거야.'

나중에 라오천에게 다딩과 나눈 대화의 내용을 전해줬다. 나는 그가 분명 이런 식으로 대답할 줄 알았다.

"그녀 곁을 지키는 것이야말로 진정한 고백 아니겠어?"

하지만 그의 대답은 완전히 달랐다.

인간의 힘에는 한계가 있다. 그렇기에 살면서 진심으로 마음을 줄 수 있는 사람은 고작 몇 명뿐이다.
사람을 만나고 서로 알게 되는 것은 어렵지 않다. 어려운 것은 그렇게 만들어진 관계를 유지하는 것이다.
처음 만났을 때는 왜 이제야 만났는지 애틋하다가도 시간이 흐르면 가끔 한번 연락을 해도 아쉽지 않은 사이가 된다.
좋아한다는 것은 잠깐 만났을 때의 즐거움이고, 사랑한다는 것은 오래 보아도 싫증나지 않는 것이다.

"그것이 중요한 게 아니야. 중요한 건 내가 잘생겼기 때문이지."

나는 실소했다.

"웃기고 자빠졌네! 다딩이 눈이 삐었냐?"

사람들은 처음 사랑을 시작할 때 자신을 보호하기 위해 쉽게 마음을 열지 않는다. 그래서 많은 사람을 떠나보내곤 한다. 그런데 곁에 남은 사람들도 마음을 열고 다가가면 처음에는 보이지 않던 나의 또 다른 모습 때문에 떠나버리기도 한다.

우리는 흔히 "누구와 누구는 천생연분이다", "누구와 누구는 완벽한 한 쌍이다"라고 말한다. 하지만 처음부터 완벽한 인연이란 없다. 지금 당신 곁에 남은 사람은 당신의 모든 면을 보고도 여전히 두근거림을 느끼는 사람일 것이다.

오래 만나도 행복한 연인들은 서로를 이해하기 위해 부단히 노력하고 있다!

📷 마음속에 빛이 있다면 어둠은 두렵지 않다

2010년 한 해는 나의 첫 책《생각이 너무 많아 (想太多)》(국내 미출간)를 쓰면서 보냈다. 나는 이 책이 베스트셀러 반열에 오를 것이라는 기대를 하지 않았다. 당연히 이 책을 통해 돈을 왕창 벌겠노라는 생각 또한 하지 않았다. 그저 나의 생각과 감정을 활자화했다는 데 행복감을 느꼈고 그것으로 일단 만족했다.

나는 주변 친구들에게 문자를 보내 내 책이 곧 출간될 것이라는 사실과 더불어 아무도 내 책을 좋아해주지 않으면 어쩌나 하는 걱정을 털어놓았다.

많은 작가가 책을 낼 때 대략 10만 권 이상의 초판을 발행한다. 그에 비해 내가 쓴 책의 초판 부수는 고작 2천 권에 불과했다. 그런데 진짜 문제는 발행 부수가 아니었다. 당시 나와 계약을 맺은 출판사는 내 책을 고향에 있는 신화서점(중국의 대표적인 서점 체인)에만 달랑 갖다놓고는 전혀 신경 쓰지 않았다. 온라인 홍보를 비롯하여 오프라인 서점 노출 등의 노력을 전혀 하지 않은 것이다.

나는 어쩔 수 없이 인쇄소에 쌓여 있는 수십 개의 책 묶음을 집 창고로 가져와 쌓아놓았다. 이 많은 책을 어떻게 처리해야 할지 막막했다. 그 후로 오랫동안 천여 권 남짓의 책들이 그대로 집 창고에 방치되었다. 아무도 모르게, 아무도 보지 못하는 곳에서!

어느 날, 내 책의 사정을 누구보다 잘 알고 있는 바오즈가 물었다.

"그 많은 책을 대체 어떡할 셈이야?"

"나도 잘 모르겠어."

"네가 몇 년 동안이나 심혈을 기울여서 쓴 책인데 출판사가 어떻게 생각하든, 다른 사람들이 좋아하든 말든 무슨 상관이야? 일단 책을 나한테 줘봐. 내가 방법을 생각해볼게."

"어떻게 하려고?"

"우선 오백 권 정도만 나한테 주라. 그러면 내 고객들에게 선물로 줄게."

바오즈는 호기롭게 500권을 들고 사라졌다.

지지난해, 바오즈는 그때 그 책들의 행방을 내게 털어놓았다. 그는 먼저 베이징 길거리에서 좌판을 벌이고 책을 팔았다. 그러나 길거리에서 판 건 고작 50권에 불과했다. 결국 나머지 450권은 친구들에게 억지로 떠넘겼다.

나는 진즉 그렇게 되리라 예상했다. 베이징에서 계속 직장을 옮겨 다닌 바오즈였다. 그러니 자기 고객이라고 해봐야 얼마나 있었겠는가!

창고 신세가 된 책을 모두 해결하지 못한 채 나는 다시 캔버라로 돌아와야 했다.

어느 날, 나는 엄마와 화상채팅을 했다. 그날 모니터 속의 엄마는 많이 흥분해 있었다.

"아들! 이 엄마가 네 책 오십 권을 처리했어!"

"어떻게요?"

엄마는 내 질문을 무시한 채 엄지를 치들었다.

"엄마가 아직 네 책을 다 읽지는 못했지만 우리 아들 정말 대단해!"

엄마와 화상채팅을 끝낸 후 나는 몇 년 만에 정말 엉엉 울었다.

나는 아무것도 두려운 게 없다고 생각했다. 그런데 알고 보니 두려운 것이 하나 있었다. 바로 내가 사랑하는 사람들과 나를 사랑하는 사람들에게 내 걱정을 끼치는 것이었다. 사람의 마음은 정말 신기하다. 그 어떤 모진 말에도 꿈쩍하지 않다가 따뜻한 위로의 말 한마디를 들을라치면 그 순간 무장해제가 돼버리니 말이다.

그날 밤 메신저로 바오즈에게 말을 걸었다. 바오즈가 말했다.

'우선 그 책들은 신경 쓰지 마. 그건 그렇고 앞으로 어떻게 할 거야?'

'아주 힘들게 내가 하고 싶은 일을 찾았는데 이대로 포기하고 싶지는 않아. 이대로 주저앉는다면 지금까지 투자한 시간이 너무 아까워. 해보지 않으면 결과는 영원히 알 수 없는 거잖아. 이렇게 제자리에 서서 결과가 어떻게 될지 고민만 하고 있을 수 없어.'

'음······.'

'그래서 계속 글을 쓰려고 해.'

당시 바오즈는 매우 가난한 상태였다. 전 재산이 200위안(한화 약 3만 원) 정도밖에 되지 않았다. 하지만 자존심이 어쩌나 센지, 라오천과 내가 돈을 빌려주겠다고 해도 스스로 이겨낼 거라며 한사코 거절했다. 그는 우리 도움을 받으면 베이징에 왔을 때의 초심을 잃을 것 같다고 말했다.

'루쓰하오, 지금까지 나만 제대로 못 살고 있나 걱정했는데 이 자식 너도 만만치 않구나! 하하하! 정말 다행이다. 동지가 있으니 마음이 놓이네.'

'뭔 소리야? 난 너 정도는 아니라고!'

지금과는 다른 길을 선택한다면 인생을 좀 더 수월하게 살 수 있을지 모른다. 하지만 사람들은 대개 그런 길을 택하지 않는다.

세상은 지독한 장난꾸러기다. 때때로 세상은 열심히 걷고 있는 그 길 너머로 전혀 다른 양상의 길을 펼쳐놓는다. 걷다가 맞닥뜨린 장벽을 온 힘을 다해 뛰어넘었더니 그 뒤로 절벽을 내놓기도 한다. 물론 생각했던 것 이상으로 가는 길이 힘겨울지라도, 혹여 절벽에서 떨어져 만신창이가 될지라도 나는 괜찮다. 내가 가고 싶은 길을 갈 수만 있다면 말이다. 하지만 의지와 상관없이 불확실성을 깨뜨릴 도리는 당최 없다. 앞길에 더 험악한 산이 버티고 있을지, 더 드센 물살의 강이 나타날지, 가보기 전에는 알 수 없는 것이다.

어느 날 친구가 물었다.

"지금 하고 있는 일이 어떻게 될지 안 두렵냐?"

"나라고 왜 안 두렵겠어? 하지만 결과가 어떻게 될지 걱정할 만큼 난 여유롭지 않다고!"

자기 앞날이 어떤 방향으로 흘러갈지는 그 누구도 알 수 없다. 하지만 그렇다고 지금 멈춘다면 어디로도 갈 수 없다. 지금 자기 앞에 펼쳐진 산이 마지막 산인지 아닌지는 그저 넘어보는 수밖에!

2012년은 그야말로 기다리는 해였다. 나는 출판사에 퇴고한 원고를 모두 보낸 상태였다. 새 책은 원래 2012년에 출간될 예정이었는데 계속 소식이 없었다. 나는 캔버라에서 시차를 이겨내면서까지 출판사에서 연락이 오기만을 매일 기다렸다. 하지만 함흥차사였다. 나중에 알고 보니 내가 계약한 출판사가 파산 위기에 몰려 있었다. 그러니 내 책을 신경 써줄 여유가 없을 수밖에! 결국 내 책은 구렁이 담 넘어가듯 은근슬쩍 유야무야되었고, 내가 기대하던 나에 대한 사람들의 주목도 물 건너갔다.

기다림이 싫었다. 어느 순간 두렵기까지 했다. 그 두려움은 한동안 나를 괴롭혔다. 나는 결과가 좋지 않을까 봐 두려운 것이 아니라 아무런 결과도 확인할 수 없을까 봐 두려웠다. 심혈을 기울여 완성한 원고가 출판사 책상

한구석에 아무렇게나 처박혀 서서히 먼지가 쌓여가는 모습을 상상해봤다. 천불이 났으나 내가 할 수 있는 일은 아무것도 없었다.

나는 무엇을 해야 좋을지 몰랐다. 그저 마음을 가라앉히고 닥치는 대로 책을 읽을 뿐! 책을 읽는 순간만큼은 마음이 평온해졌다. 집중이 안정감을 불러온 것이다.

2013년 여름, 오랜 기다림 끝에 내 원고는 《믿음이 있으면 내일은 반드시 온다(你要去相信, 没有到不了的明天)》(국내 미출간)라는 제목으로 출간되었다. 출판사에 원고를 제출한 지 1년도 훨씬 지난 뒤였다. 나는 멜버른에 머무르고 있었기 때문에 책이 나왔을 때 곧바로 확인하지 못했다. 그래서 책이 출간되었다는 사실이 전혀 실감나지 않았다. 그때는 출간이 늦어진 터라 책 속에 어떤 내용이 담겨 있는지조차 가물가물했다.

바오즈가 메신저로 말을 걸어 나보다 더 기뻐해줬다. 나는 그제야 책이 정말로 출간되었다는 사실이 믿겼다. 문득 첫 책을 출간했을 때의 심정이 떠올랐다. 내 생각과 감정을 종이 위에 새기는 일은 여전히 행복한 일이었다. 기다림의 시간이 얼마나 길었든 간에 말이다.

시간이 흘러 그동안 여러 도시를 다니고 수많은 사람을 만났다. 사람은 살면서 예전의 모습을 과거 속에 남겨놓는다. 하지만 언제까지나 과거의 기억을 붙들고 있을 수만은 없다.

한참 낙담했을 때 나는 이런 글을 썼었다.

'우리는 어쩔 수 없이 떠밀려 선택을 하고, 어쩔 수 없이 많은 것과 이별을 한다. 갈림길에 섰을 때야 비로소 예전의 내 모습은 떠나보내야 한다는 사실을 깨닫는다. 그 시절 뛰놀던 복도와 교실 그리고 비 오는 날의 추억…… 남기고 싶은 모든 이야기를 책으로 쓰자면 페이지 수는 끝도 없이 늘어난다. 그러면 언젠가 더 이상 내 이야기를 들어줄 사람을 찾을 수 없게

될까 두렵다.'

하지만 시간이 흐르면서 생각에 변화가 생겼다.

'이야기는 쓰면 쓸수록 페이지 수가 늘어난다. 하지만 꼭 누군가가 내 이야기를 읽어줘야 하는 것은 아니다. 내가 기억하고 싶은 감동적인 순간에 책갈피를 꽂아두었다가 생각날 때마다 펼쳐 보면 그만이다. 우리가 지나온 길은 시간이 흐를수록 점점 길어진다. 그래도 다행인 건 갈림길에서 방황하는 순간이 오더라도 결코 혼자가 아니라는 것이다. 누군가와 함께 이야기하고 고민을 나눌 수 있다면 험한 산도 힘들지 않게 건널 수 있을 것이다.'

언제나 당신을 응원하고 곁에 함께 있어주는 사람을 만나기란 결코 쉬운 일이 아니다. 그러니 그들에게 부끄럽지 않도록 더 열심히 살아야 한다.

나는 글을 쓸 때 여전히 음악을 듣는다. 때로는 농담을 잔뜩 적어놓기도 하고, 때로는 누군가의 이야기를 담기도 하고, 때로는 주제 없이 아무렇게나 끄적거리기도 한다. 내가 언제까지 글을 쓸 수 있을지는 모르겠다. 그리고 이렇게 글을 쓰는 것이 내게 어떤 도움이 될지도 모르겠다.

우리는 종종 자신의 고충을 확대해석한다. 그리고 늘 나 혼자만 힘들다고 생각한다. 거듭 말하지만, 자기 앞날이 어떻게 될지 완벽히 예측할 수 있는 사람은 이 세상에 없다. 좋을 수도 나쁠 수도 있고, 정말 최악의 상황이 들이닥칠 수도 있다. 하지만 결코 나 혼자 힘든 길을 걷고 있는 것은 아니다. 누구나 자신의 위치에서, 힘들지만 묵묵히 자기 갈 길을 가고 있다.

당신은 결코 혼자가 아니다!

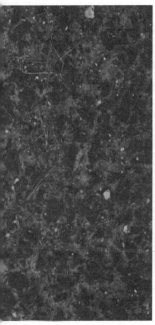

길을 걷고 있는데 금방이라도 잠이 들 것 같다. 이런 고단한 날들이 이제 곧 끝날 때도 되지 않았나 생각해본다. 하지만 저 멀리 나를 기다리고 있는 또 다른 관문이 보인다. 죽을힘을 다해 관문을 통과하지만 아직도 넘어야 할 굴곡은 많다. 한 가지 목표를 실현했다고 해서 인생의 모든 문제가 해결될 리 만무하다. 캄캄한 밤길을 걷다 보면 환한 낮이 오지만 이내 또다시 밤은 찾아온다. 그렇지만 당신은 이를 악물고 계속 길을 걸을 것이다. 캄캄한 밤을 두려워하지 않는 것은 마음속에 밝은 빛을 간직하고 있기 때문이다.

나를 지켜주는 사람들

1

집으로 돌아가는 길에 문자 한 통을 받았다. 중추절 잘 보내라는 친구의 메시지였다. 나는 그제야 오늘이 중추절이었다는 사실을 깨달았다.

나는 어렸을 때부터 월병(중추절에 먹는 중국 과자)을 그리 좋아하지 않았다. 그때는 지금처럼 월병 종류가 다양하지 않았다. 그러니 내가 먹을 수 있는 건 오직 계란 노른자를 입혀 구워낸 월병뿐이었다. 왜 월병에 계란 노른자를 입히는지 이해할 수 없었지만 엄마는 그게 가장 맛있다고 했다.

성인이 된 후에는 줄곧 집을 떠나 있었고 명절이라고 해서 고향에 돌아가는 일도 거의 없었다. 혼자 살다 보니 중추절을 특별히 챙기고 지나간 적은 없다. 당연히 월병을 사 먹어야겠다는 생각도 해본 적이 없지 싶다.

집에 돌아온 뒤 나는 룸메이트 친구에게 투덜댔다.

"고향에 있다면 지금 신나게 놀 판인데, 여기에 있으니 밤새워 일이나 해야 하고…… 이거 진짜 억울하지 않냐?"

"하하! 나는 일 다 끝내서 밤샐 필요 없는데?"

나는 이 세상에 처음이자
마지막으로 사는 것이다.
그러니 노력하지 않을
이유가 없다!

그때는 자정을 훌쩍 넘긴 시각이었고 우리 둘은 베란다에서 맥주를 마시고 있었다.

친구가 말했다.

"오늘 밤 달이 유난히 밝네!"

내가 말했다.

"갑자기 월병이 당기네. 견과류가 들어간 화려한 월병이 아니어도 참 맛날 텐데……."

고향 집에서는 무던히도 시큰둥하게 느껴졌던 중추절이 이역만리에서는 징그럽게 가슴에 사무쳤다. 타향살이를 하다 보면 명절에 특히 더 가족들이 그립다. 이런 감정은 집을 떠나봐야만 제대로 알 수 있다.

올해도 엄마가 가장 좋아하는 계란 노른자 입힌 월병을 먹었는지 궁금해졌다.

2

어린 시절을 떠올리자면 온통 먹는 것들뿐이다. 그만큼 나는 타고난 먹보다.

내가 다니던 길에는 달달한 과일 꼬치, 솜사탕, 꼬치구이, 분식 등을 파는 가게들이 즐비했다. 나는 그중에서도 라면 과자를 특히 좋아했다. 그 시절에는 탕수육, 생선조림, 곰탕, 생선찜, 토마토 계란탕, 홍새우 요리 등을 좋아했는데 특히 할머니가 만들어주신 게 맛있었다.

매일 뭐가 먹고 싶은지 얘기하면 할머니는 그날 저녁 뭐든 바로 만들어주셨다. 그런데 어느 날은 분명 새우가 먹고 싶다고 말했는데 저녁상을 보니 내가 좋아하는 홍새우 요리가 올라와 있지 않았다. 나는 새우를 달라고 막무가내로 떼쓰기 시작했다. 할머니는 나를 어르고 달랬지만 나는 화가 나서 밥을 먹지 않겠다고 소리쳤다. 결국 밥그릇을 엎어버리고 방문을 쾅 닫아버렸다. 지금 생각해보니 그때 할머니의 눈빛이 굉장히 쓸쓸해 보였던 것 같다.

어렸을 때 살던 곳은 시골이라 집 앞에는 산이 있었고 멀지 않은 곳에 연못이 하나 있었다. 그때는 남는 게 시간이었기 때문에 집 앞에 우두커니 앉아 하루 종일 개미들을 관찰하기도 하고 오후 내내 연못 속 물고기들을 구경하기도 했다.

한번은 장난을 치다가 연못에 빠진 적도 있었다. 추운 겨울날이어서 연못에는 얼음이 얼어 있었다. 나는 얼음 위에서 스케이트를 탈 생각으로 한 치의 의심도 없이 연못에 뛰어들었다. 그런데 연못의 물은 완전히 얼어 있지 않았고 나는 그대로 물에 빠져 사흘간 고열에 시달렸다. 그 이후 엄마는 연못에서 노는 것을 금지했다. 하지만 엄마가 출근하면 할머니는 내가 연못에서 놀 수 있도록 몰래 내보내주셨다.

나는 어렸을 때부터 책 읽는 것을 좋아했다. 여름이 되면 바닥에 돗자리를 깔고 그 위에 책을 잔뜩 쌓아놓았다. 그리고 돗자리에 누워서 책을 보며 낮잠을 자기도 했다. 그런데 책을 너무 많이 본 탓인지 초등학교 4학년 때 근시가 생겼다. 엄마, 아빠가 여러 병원을 데려갔지만 시력은 돌아오지 않았다. 그때부터 엄마는 밤에 책과 텔레비전을 못 보게 했다.

책을 보지 못하는 것만큼 괴로운 일은 없었다. 그런 나를 위해 할머니는 엄마 몰래 작은 스탠드를 주셨다. 그 스탠드 불빛은 너무 크지도 작지도 않아서 책을 볼 수 있을 만큼 밝았지만 방문 밖으로 빛이 새나가지 않았다. 나는 그렇게 스탠드 불빛을 이용해 《슬램덩크》와 《드래곤볼》 전 권을 완독했다.

내 어린 시절은 이처럼 평범했지만 행복했다. 아직 세상을 이해하지 못했기 때문에 모든 일이 그저 즐겁기만 했고, 비바람을 막아주는 든든한 버팀목이 있었기 때문에 모든 순간 자신감이 넘쳤다.

3

나이를 먹으면서 점점 감동과는 담을 쌓게 되는 듯하다. 아무리 애절한 사랑 영화가 울고불고 난리를 쳐도 나는 좀처럼 감동하지 않는다. 하지만 딱 하나 언제나 나를 감동시키는 것이 있으니 그건 바로 가족에 관한 글이다.

얼마 전 '나와 할아버지'라는 제목의 글을 읽었다. 이 글은 나중에 실화가 아닌 것으로 밝혀졌지만 그 속에 담긴 내용들은 여전히 내게 큰 감동을 줬다.

이 글을 보고 어린 시절부터 지금까지 할머니, 할아버지와 있었던 일들을 떠올려봤다. 하지만 아무것도 글로 옮기지는 못했다. 기억나는 것이 없어서가 아니라 아주 평범한 일상 속에서 할머니, 할아버지가 보여주신 넘치는 사랑을 도무지 표현할 길이 없어서였다.

내가 일곱 살이 되었을 때, 엄마는 이제 다 컸다며 혼자 나가서 놀 수 있도록 허락해주었다. 그래서 어느 날 점심을 먹고 아무에게도 얘기하지 않고 집을 나섰다. 칠칠치 못했던 나는 대문도 제대로 닫지 않은 채 나갔다. 오후에 일이 있어 잠깐 집에 들른 엄마는 내가 보이지 않자 사방으로 나를 찾으러 다녔다.

훗날 엄마가 얘기를 꺼내기 전까지 나는 이 일을 기억하지 못했다. 하지만 얘기를 듣고 생각해보니 어렸을 때 어느 날 엄마가 나를 붙들고 계속 울었던 장면이 어렴풋이 떠올랐다.

할머니는 내가 유치원에 처음 다니기 시작했을 때 아침마다 할머니를 붙들고 놔주지 않았다고 했다. 유치원 선생님이 나를 안아서 교실로 데리고 들어가면 문틈으로 빠져나와 교문을 붙든 채 이렇게 소리쳤다고 한다.

"나 유치원 안 갈 거야! 나 유치원 안 갈래! 교실은 싫어!"

그러면 할머니는 나를 달래서 다시 교실로 데려다주셨다. 할머니는 그때 나를 보면서 굉장히 마음이 아팠다고 했다. 하지만 나는 아무것도 기억나지 않는다. 왜 어린 시절의 기억은 대부분 어렴풋한지 모르겠다. 게다가 내가 기억하는 것들은 정말 이상하고 특이한 일들뿐이다.

4

나는 '만약 어떤 일을 다시 한다면'이라는 말을 좋아하지 않는다. 하던 일이 잘못되었든, 길을 가다 넘어졌든 이미 벌어진 일에 대해서는 변명의 여지가 없다. 모두 내가 선택한 일의 결과이니까. 이미 떠나간 사랑, 지나쳐버린 길들……. 하지만 다시 그 상황이 오더라도 결과는 똑같을 것이다.

다만, 어린 시절로 돌아갈 수 있다면 그때의 일들을 더 잘 기억해두고 싶다는 생각은 가끔 한다. 그리고 그 시절의 나 자신한테 이렇게 말해주고 싶다.

"반찬 투정하지 말고 이 맛있는 요리를 맛있게 먹으렴. 나중에는 먹을 기회가 점점 줄어들 테니까."

"그렇게 떼쓰지 말거라. 나중에 제멋대로인 사람이 되고 싶지 않으면 말이야."

"가족들과 많은 시간을 보내렴. 나중에 그들이 너를 얼마나 사랑하는지 깨닫게 될 거야."

이 세상에서 나를 가장 들었다 놨다 하는 사람은 우리 엄마다. 엄마는 늘 내게 잔소리를 한다. 때때로 나를 아주 못마땅하게 생각한다. 물론 나는 안다. 엄마는 진심으로 나를 걱정해주는 분이라는 사실을! 내 블로그를 몰래 보면서 행여 내가 불쾌해할까 봐 걱정하고, 잘 지내고 있는데도 혹여 밖에서 대접받지 못하고 지낼까 봐 걱정한다. 엄마는 그런 사람이다. 내가 한 말 아주 사소한 것 하나도 기억하고 있다. 모진 잔소리와 구박도 모두 사랑의 표현이라는 것을 나는 잘 알고 있다.

이 세상에서 가장 대화하기 힘든 사람은 우리 아빠였다. 아빠는 종종 내 생각을 명쾌하게 정리하여 말씀해주시기도 하지만 평소 많은 얘기를 나누는 편은 아니었다. 그러다가 내가 어른이 되고 최근 몇 년간 상황이 달라지면서 우리 둘은 제법 많은 대화를 나누게 되었다. 아빠는 내가 이제 어른이라고 말씀하면서도 철없는 행동을 할까 봐 걱정한다. 내가 아무리 잘 지내고 있어도 아빠의 눈에는 여전히 보살핌이 필요한 어린아이 같은가 보다.

이 세상에서 가장 외로운 사람은 아마도 할머니, 할아버지일 것이다. 할머니, 할아버지는 나를 이해하고 싶어 하지만 이 시대를 따라오기가 너무 버거우시다. 하지만 그래도 나를 위해 휴대전화로 전화 거는 법과 컴퓨터 사용법을 배우셨다. 할머니, 할아버지가 얼마나 힘드셨을지 그 노고를 다 헤아릴 수 없다.

이토록 나를 걱정해주고 응원해주는 사람들을 생각하며 나는 또 한 번 다짐한다. 나를 사랑하는 그들, 내가 사랑하는 그들을 위해서라도 나 자신을 정말 잘 보살피며 부끄럽지 않게 살겠노라고! 그들에게는 걱정을 끼치고 싶지 않다. 이제 내가 그들의 버팀목이니까.

많은 일이 정확하게 기억나지 않는다. 심지어 어떤 일은 아예 기억 속에서 사라져버렸다. 그러나 머릿속에 선명하게 남아 있는 기억들도 있다. 한여름의 울타리, 별이 가득했던 밤하늘, 우리 엄마, 아빠 그리고 할머니, 할아버지……. 우리는 늘 밥상을 마당까지 가지고 나와 밥을 먹곤 했다. 밥을 다 먹은 뒤에 수박을 가져오면 할머니가 잘라주셨다. 우리 가족은 수박을 먹으며 지나가는 이웃들과 인사했다. 지금의 나는 어린 시절에 누리지 못했던 많은 것을 누리고 있다. 그러나 그때 그 시절이 훨씬 풍족했다. 마음이.

⬤ 세상의 모든 아름다움을 그대와 함께

        청즈와 샤오빠는 내 친구들 중 어렵게 사랑의 결실을 맺은 또 하나의 커플이다.

청즈는 대학교 3학년 때 샤오빠를 처음 보았다. 당시 두 사람은 모두 영국에 있었는데 청즈는 전공이 3학년제라 곧 졸업을 앞두고 있었고 샤오빠는 갓 입학한 신입생이었다. 신입생 환영회 자리에서 청즈는 첫눈에 샤오빠에게 마음을 빼앗겼다. 하지만 그녀에게 연락처를 묻지 못했다.

집에 돌아온 청즈는 메신저로 내게 말을 걸어 다급히 사정을 털어놓았다. 나는 잠을 자다가 메신저와 마주했기에 영문을 몰라 물음표를 보냈다. 그는 오늘 신입생 환영회에서 자신의 이상형을 만났는데 연락처를 물어보지 못했다며 어떻게 하면 좋겠냐고 호들갑을 떨었다.

내가 물었다.

'걔 이름이 뭔지는 아냐?'

청즈는 한참을 침묵했다.

'몰라.'

'단념해!'

하지만 청즈는 단념하지 않았다. 그는 샤오빠가 같은 과라는 것을 알고 자신의 1학년 때 시간표를 찾아냈다. 그리고 매일 아침 일찍 일어나 한껏 꾸미고 강의실을 찾아가 그녀를 기다렸다.

한 달이 지난 뒤 청즈가 메신저로 내게 물었다.

'매일 기다리는데 왜 못 만나는 걸까?'

'그 시간표가 확실한 거야?'

'당연하지. 내 1학년 때 시간표에 맞춰서 찾아다니는 거라구.'

잠시 후 청즈가 광분했다.

'이런 병신! 올해부터 시간표가 바뀌었잖아! 그게 이제야 생각나다니!'

나는 답답한 심정을 어금니로 꾹 눌렀다.

'한 달 동안이나 그걸 몰랐단 말이냐?'

"그녀를 만나면 어떻게 말을 꺼내야 할까 고민하느라 수업 내용은 자세히 듣지 않았거든."

청즈는 졸업 후에 계속 학교에 남아 대학원 과정을 밟았다. 그는 같은 학교에 있으니 언젠가 만나지 않겠냐고 말했다.

1년이 지나고 청즈는 다시 졸업을 앞두게 되었다. 그는 고심 끝에 귀국해서 장래를 모색하기로 결정했다.

졸업식 날, 청즈는 마지막 기회라는 생각으로 졸업 사진을 찍으며 교정을 계속 배회했다. 간절하면 하늘도 돕는 법! 청즈는 교내 한구석에서 샤오빠를 발견했다. 그는 졸업 가운을 벗어던지고 그녀에게 달려갔다. 하지만 그녀의 이름조차 몰랐기 때문에 이렇게 소리쳤다.

"거기 학생! 잠깐 기다려!"

청즈는 그날 입학한 이래로 가장 많은 사람의 주목을 받았다. 하지만 정작 그녀는 이어폰을 귀에 꽂고 있었으므로 청즈가 소리치는 것을 듣지 못했다. 만약 그녀가 그 소리를 듣고 뒤를 돌아봤다면 석사모를 쓴 웬 사내 하나가 티셔츠 차림으로 미친 듯이 달려오는 모습에 기겁했을 것이다.

청즈는 샤오빠가 버스 정류장으로 가는 것을 봤지만 정류장에 도착했을 때 버스는 이미 떠나버렸다. 그는 가쁜 숨을 몰아쉬며 떠나가는 버스를 바라봤다.

그날 밤, 청즈는 메신저로 이 이야기를 넋두리처럼 늘어놓았다.

'평생 다시는 그녀를 만날 수 없을 것 같아.'

'이제 단념한 거냐?'

'응. 나는 정말 운이 없는 놈인가 봐.'

이틀 후 청즈는 베이징으로 떠났다. 그는 5년 넘게 생활한 영국과 2년 동안 자신을 설레게 한 이름조차 모르는 그녀에게 작별을 고했다.

2010년 여름, 청즈에게 전화가 왔다. 이 자식은 늘 시차에 아랑곳하지 않고 나의 단잠을 깨운다. 청즈는 비몽사몽간에 전화를 받은 나에게 다짜고짜 소리쳤다.

"루쓰하오! 오늘 내가 누굴 만났는지 알아?"

"알 게 뭐야? 그냥 알려주든지, 아니면 나 좀 자게 내버려둬."

"뭐야! 궁금하지 않아? 그럼 관둬!"

"내가 널 모르냐? 네 입이 가만히 못 있을 텐데? 마음대로 해라."

나는 전화를 끊었다.

정확히 2분 뒤 청즈에게 다시 전화가 왔다. 그의 목소리는 한층 더 격앙되어 있었다.

"드디어 샤오빠를 만났어!"

"샤오빠가 누구야?"

"내가 첫눈에 반했는데 이름도, 연락처도 몰라서 못 만났던 그 여자애 말이야!"

청즈가 갑자기 미친놈처럼 웃기 시작했다.

"하하, 하하하! 내가 드디어 그 애의 이름을 알았어! 하하하하!"

웃는 소리가 어찌나 큰지 나는 깜짝 놀란 나머지 그만 휴대전화를 바닥에 떨어뜨렸다. 그날 이후 청즈의 전화를 받기 전에는 먼저 크게 심호흡을 하는 버릇이 생겼다.

청즈와 샤오빠는 베이징의 금융가에서 다시 만났다. 두 사람은 같은 건물에서 일하고 있었는데 어느 날 엘리베이터 안에서 청즈가 그녀를 발견했다. 그 당시 청즈는 자신이 말했던 것처럼 여전히 굉장히 운이 없는 놈이었다. 하루 동안 출근길에 차 사고를 당하고 퇴근길에 휴대전화를 잃어버리는 식이었다.

나는 청즈에게 말했다.

"사람의 운은 총량이 정해져 있다는 말이 맞나 봐. 그렇게 계속 운이 없더니 이제 좀 좋은 일이 생기려나 보네."

청즈가 말했다.

"하히하! 난 진즉 그런 줄 알았지. 그래서 재수 없는 일이 생길 때마다 왠지 곧 그녀를 만날 수 있을 것 같아 은근 기대했다니까. 하하하하!"

"청즈, 네가 지금 엄청 기쁜 건 알겠는데 그만 좀 웃으면 안 될까?"

"하하하! 미안하지만 네가 좀 참아. 오늘은 내 인생에서 가장 기쁜 날이라구! 하하하하!"

"그럼 오늘은 연락처를 물어봤냐?"

청즈가 잠시 침묵했다.

"그게…… 또 까먹었어. 하지만 괜찮아, 이제 그녀의 이름을 알았으니까!"

나는 또 어금니를 물지 않을 수 없었다.

"그래, 이놈아! 힘내라. 언젠가 연락처를 알게 되는 날이 오겠지."

청즈는 곧 샤오빠가 일하는 곳을 알아냈고 사무실 앞에서 그녀를 기다렸다. 그는 무슨 말을 어떻게 꺼내야 할지 몰라 한참을 망설였다. 다행히 샤오빠가 먼저 말을 걸어주었다. 그렇게 말을 섞은 청즈는 영국에서 처음 봤으며, 같은 학교 동창이라는 사실을 그녀에게 알려줬다. 그러고는 아주 어렵게 그녀의 연락처를 물어봤다.

그날 이후부터 청즈는 매일 아침 부산을 떨었다. 좋은 옷으로 멋을 냈고, 샤오빠보다 먼저 출근했고, 출근길에 산 커피 두 잔을 양손에 든 채 폼을 잡았다. 그렇게 그는 1층 엘리베이터 앞에서 그녀를 맞이하곤 했다.

하지만 겨울로 접어들 무렵, 샤오빠가 이직했다. 당연히 사무실도 멀어졌다. 그때부터 청즈는 알람을 두 시간 일찍 맞춰놓고 아침마다 샤오빠의 새 직장 앞에서 그녀를 기다렸다. 베이징의 겨울은 굉장히 추웠지만 그는 그녀에게 멋있게 보이기 위해 옷도 아주 얇게 입었다. 그의 손에는 언제나 커피 두 잔이 들려 있었는데 한 잔은 샤오빠에게 주고, 한 잔은 자신이 마셨다. 청즈는 그렇게 매일 하루도 빠짐없이 샤오빠를 기다렸다.

샤오빠가 물었다.

"정말 신기한 일이네요. 그쪽도 직장을 이쪽으로 옮겼어요?"

청즈는 고개를 끄덕였다.

"네. 정말 신기하네요."

그는 늘 샤오빠에게 커피를 건네고 사무실까지 바래다준 다음 재빨리 지하철역까지 뛰어가 자신이 일하는 금융가로 돌아왔다. 청즈는 2주일 넘게 매일 지각하는 바람에 하마터면 회사에서 짤릴 뻔했다.

겨울이 다 가도록 청즈는 어떻게 고백을 해야 할지 몰라 고민했다. 그러던 어느 날, 샤오빠가 먼저 사귀자는 얘기를 꺼냈다.

그날 청즈는 내게 전화를 걸었다. 나는 그동안의 일을 생각해 통화 음량을 가장 낮게 설정한 다음 전화를 받았다. 하지만 그럼에도 불구하고 수화기 너머에서 광분한 청즈의 목소리가 생생히 전해져왔다.

샤오빠가 대학교 1학년일 때 청즈는 졸업을 앞두고 있었고, 샤오빠가 대학원을 다닐 때 청즈는 이미 베이징으로 떠난 상태였다. 그렇게 계속 엇갈리던 두 사람은 4년 만에 다시 만나 연인이 되었다.

청즈와 다시 연락이 닿았을 때 그는 이미 샤오빠와 결혼을 생각하고 있었다.

"청즈, 아직 일 년도 채 만나지 않은 거 알지? 결혼 너무 빠른 것 같지 않냐?"

"사 년을 기다려서 그녀를 겨우 다시 만났어. 또다시 놓치고 싶지는 않아. 샤오빠와 꼭 결혼한다."

샤오빠도 같은 생각이었다. 그녀 역시 청즈 같은 사람을 놓치고 싶지 않다고 했다. 하지만 결혼은 그들이 생각하는 것만큼 간단한 문제가 아니었다. 샤오빠는 우한 출신이었는데, 처음 베이징에 직장을 구할 때 부모님의 반대가 굉장히 심했다. 오랜 설득 끝에 베이징에 올 수 있었지만 부모님은 여전히 그녀가 혼자 떨어져 지내는 걸 안타까워했다. 샤오빠는 부모님이 청즈와의 결혼을 반기지 않을 거라는 건 충분히 예상했지만 이렇게까지 반대가 심할 줄은 몰랐다고 했다.

청즈의 고향은 하얼빈이었는데, 그의 부모님 역시 두 사람의 연애를 탐탁지 않게 생각했다. 두 사람 모두 베이징에 산다고는 하지만 고향이 서로 멀기 때문에 결혼 후에 집에 다녀가기 번거로울 거라는 이유에서였다.

샤오빠의 엄마는 매일 세 번씩 전화를 걸어 그녀를 설득했다. 이 모든 상황을 지켜본 청즈는 자신이 열심히 일하면 샤오빠의 부모님도 자신을 믿어주시리라 속으로 생각했다. 하지만 하필 그 당시 청즈의 업무 실적은 점점 나빠지기만 했다.

샤오빠는 조금씩 흔들리고 있었다. 그녀는 홀로 베이징에 살면서 모든 게 낯설었다. 보아하니 청즈의 사정 역시 다르지 않았다. 자신처럼 그 역시 지역 출신이다 보니 베이징에 자리 잡는 게 쉬운 일은 아닐 것이었다. 부모님의 반대도 문제이지만 더 큰 문제는 현실적인 데 있었다. 앞으로 어떻게 먹고살지는 차치하고 결혼식 비용도 마련하지 못한 상태였기 때문이다.

나는 그녀를 설득했다. 세상에 너희와 같은 시련을 겪는 사람은 정말 많다고! 하지만 모두 잘 이겨내니 분명 너희도 잘 살 거라고!

샤오빠는 자신도 그럴 거라고 믿지만 지금 당장 어떻게 해야 할지 모르겠다고 말했다. 그녀는 금방이라도 울음을 터뜨릴 것 같았다. 나는 더 이상 그녀를 어떻게 위로해야 좋을지 몰랐다.

견디다 보면 괜찮아질 거라는 건 누구나 다 안다. 하지만 현실의 무게를 견디는 건 생각보다 힘든 일이다.

얼마 후 샤오빠는 직장을 그만두었다. 그러고는 청즈에게 잠시 시간을 갖자고 말했다. 청즈는 누구보다 샤오빠를 잘 이해하고 있었기 때문에 말없이 그녀를 보내줬다.

며칠 후 베이징에 갈 일이 생긴 나는 청즈를 불러내어 함께 밥을 먹었다. 그런데 집에 돌아가는 길에 청즈가 지갑이며 휴대전화를 모두 잃어버렸다는 사실을 알았다.

"분명 식당에 놓고 왔을 거야. 얼른 가서 찾아보자."

하지만 청즈는 내 말을 들은 척도 하지 않은 채 계속 걸어갔다.

나는 순간 화가 나서 소리쳤다.

"휴대전화, 지갑을 다 잃어버렸는데 안 찾겠다는 거야? 너 바보냐?"

청즈가 나를 돌아보았다.

"사람의 운은 총량이 정해져 있다고 했지? 이렇게 해서 샤오빠가 돌아올 수 있다면 그깟 지갑 따위는 얼마든지 잃어버려도 좋아."

"지금 이 상황이 운이랑 무슨 상관이냐? 이상한 소리 좀 하지 마."

"이번에는 예감이 안 좋아. 샤오빠가 영영 돌아오지 않을 것 같단 말이야! 네가 지금 내 심정을 알기나 해?"

내가 무슨 말인가 하려는데 청즈가 가로막았다.

"그냥 그렇게라도 위로받고 싶어서 그래. 그러니까 제발 아무 말도 하지 마."

나는 어떻게 그를 위로해야 할지 몰라 그저 한숨만 쉬었다.

그날 이후 베이징에 자주 다녀가지 못했기 때문에 두 사람의 소식은 듣지 못했다. 그러던 어느 날 청즈가 전화를 걸어 왔다. 전화를 받자마자 미친놈 같은 익숙한 웃음소리가 귀를 훔쳤다.

"하하, 하하하하! 루쓰하오! 깜짝 소식이 있어!"

"뭐냐?"

"나 샤오빠랑 드디어 결혼한다!"

나는 벌떡 일어났다.

"정말? 진짜야?"

"그렇다니까. 내가 청혼했더니 샤오빠도 좋다고 했다."

"어떻게 된 일인지 자세히 좀 얘기해봐."

"그러니까 샤오빠에게 저녁을 먹자고 한 다음 청혼을 했어. 샤오빠도 나와 결혼하겠다고 대답했고. 하하, 하하하하!"

나는 한숨을 쉬었다.

'이 자식한테 물어봐야 평생 제대로 된 이야기는 못 듣겠어!'

나는 청즈와 통화를 끝낸 뒤 곧바로 샤오빠에게 전화를 걸었다. 나는 그녀의 이야기를 듣고서야 청즈가 어떻게 청혼했는지 알게 되었다.

당신때문에 나는 더 좋은 사람이 되고
싶다. 나는 지금 최선을 다하고 있다.
오직 당신에게 어울리는 사람이라는
걸 증명하기 위해!

청즈와 샤오빠가 저녁을 같이 먹기로 한 날이었다. 그런데 식사 도중 청즈가 회사에 급한 일이 생겼다는 전화를 받고 샤오빠를 홀로 남겨둔 채 급히 가버렸다. 그녀는 갑작스러운 상황에 어찌할 바를 몰라 당황해하고 있었다. 잠시 뒤 식당 안에 청즈의 목소리가 울려 퍼졌다.

"우리 결혼하자. 나와 결혼해줘."

샤오빠는 청즈가 청혼하려는 것임을 금방 알아차렸다. 청즈는 연애하면서 결혼해달라는 말을 입에 달고 사는 다른 남자들과는 달리 표현을 자주 하지 않았다. 기껏해야 몇 번 이야기한 게 다였다. 샤오빠는 혼자만 애를 끓이는 것 같아 늘 불만이었는데 오늘에서야 깨달았다. 몇 번을 얘기했든 청즈는 한 번도 빈말을 한 적이 없다는 것을 말이다.

종업원이 들어와 샤오빠를 밖으로 안내했다. 그때 청즈가 두 사람이 베이징에서 만난 모든 친구와 무대로 나와 '결혼해줄래'라는 곡에 맞춰 춤을 추기 시작했다. 무대 뒤의 스크린에는 두 사람이 함께 찍은 사진들과 영국에서의 신입생 환영회 당시 찍은 단체 사진이 나오고 있었다.

청즈는 그날 평생 처음이자 마지막일 춤을 췄다. 워낙 춤 실력이 없어 그날도 무대 위에서 넘어질 뻔했다. 노래가 끝나자 청즈는 꽃다발과 반지를 들고 샤오빠 앞으로 다가가 무릎을 꿇었다.

"샤오빠, 이 반지는 내가 그동안 일해서 모은 돈으로 준비한 거야. 앞으로 너에게 줄 수 있는 건 많지 않아. 너를 이해해줄 수 있는 마음과 따뜻한 이 두 손이 전부야. 그래도 괜찮다면 나랑 결혼해줘."

샤오빠는 절대 울지 않겠노라 몇 번이고 속으로 다짐했다. 그때 사람들 틈에서 샤오빠의 부모님과 청즈의 부모님이 함께 걸어 나오며 말했다.

"어서 결혼한다고 말하렴."

그 순간 그녀는 더 이상 참지 못하고 울음을 터뜨렸다.

청즈는 사랑에 굉장히 서툰 남자였다. 샤오빠는 그가 애정 표현을 자주 하지 않는 것이 늘 불만이었다. 하지만 청즈는 어떻게 고백해야 할지, 어떻게 사랑한다고 말해야 할지 잘 모르는 것뿐이었다. 그런데 이런 어수룩한 남자가 주말마다 우한으로 내려가 샤오빠의 부모님을 설득했다. 게다가 그녀 모르게 하기 위해 아침 일찍 내려갔다가 그날 저녁 늦게 돌아오곤 했다.

샤오빠는 청즈가 자신의 부모님을 어떻게 설득했는지 알지 못했다. 그러나 청즈가 자신을 얼마나 사랑하는지는 확실히 알게 되었다.

'사랑해'라는 말은 세상 사람들이 가장 많이 하는 말이지만 어떤 사람에게는 가장 하기 힘든 말이기도 하다. 청즈는 '사랑해'라는 말을 어떻게 해야 할지 몰랐다는 표현이 더 맞을 것이다. 표현을 자주 하지는 못했지만 어쨌든 그는 행동으로 사랑한다는 말을 충분히 증명해 보였다.

세상에는 시차와 거리를 극복하면서 남들보다 조금 어렵게 사랑하는 연인들이 있다. 그렇지만 두 사람이 믿음을 갖고 견딜 수 있다면 아무리 많은 시련이 닥쳐도 분명 결실을 맺을 수 있을 것이다. 반대로 매일 붙어 있지만 결국 헤어지는 연인들도 많다.

얼마 전 이런 글귀를 본 적이 있다.

'연인들은 헤어질 때 이별이 서로에게 얼마나 좋은지만 생각한다. 함께한다면 얼마나 더 좋을지는 생각하지 않는다.'

지금 이별을 고민하고 있는 모든 연인에게 필요한 말이지 싶다.

청즈와 샤오빠는 8월 18일에 결혼식을 올렸다. 나는 오늘에서야 두 사람의 결혼식 영상을 보게 되었다. 영상 중에는 샤오빠가 울면서 청즈에게 말하는 장면이 있었다.

"잠시 시간을 갖자고 하고 여행을 떠났을 때, 혼자가 되어보니 알겠더라고. 내가 정말로 원하는 것이 무엇인지! 내가 원하는 건 오직 당신이었어.

당신을 만난 건 내 인생에서 가장 행복한 일이야."

청즈는 내가 아는 사람 중 가장 운이 나쁜 녀석이다. 한 번에 휴대전화와 지갑과 집 열쇠를 몽땅 잃어버려 노숙을 하기도 했다. 복권을 사면 무조건 꽝이다. 하지만 청즈는 내가 아는 사람 중 가장 운이 좋은 녀석이다. 첫눈에 반한 사람과 결국 사랑의 결실을 맺었으니까.

우리는 매일 누군가와 엇갈리고, 누군가와 만나고, 또 누군가의 인생에 들어가기도 한다. 가능한 한 당신에게는 행운만 깃들기를 바란다. 그래서 누군가와 엇갈릴지라도 다시 만나서 사랑에 빠졌으면 좋겠다. 세상의 모든 아름다움을 함께 나눌 수 있다면 잠깐의 시련쯤은 온 힘을 다해 견뎌보는 것도 괜찮지 않을까?

우리는 매일 누군가와 엇갈리고, 누군가와 만나고, 또 누군가의 인생에 들어가기도 한다.
불과 몇 초 전에만 하더라도 그저 길을 지나가던 사람이 잠깐 사이에 내 인생에 굉장히 중요한 사람이 되어 있기도 한다.

가능한 한 당신에게는 행운만 깃들기를 바란다. 그래서 누군가와 엇갈릴지라도 다시 만나서 사랑에 빠졌으면 좋겠다.
세상의 모든 아름다움을 함께 나눌 수 있다면 잠깐의 시련쯤은 온 힘을 다해 견뎌보는 것도 괜찮지 않을까?

◉ 여행의 의미

　　　　　　　최근 그야말로 여행 붐이 일었다. 그 흐름에 맞
춰 친한 친구 녀석도 배낭여행을 떠났다. 그는 여행을 떠나기 전에 의기양
양한 말투로 말했다.

　"형님이 여행을 좀 가보련다. 여행하면서 인생에 대한 고민도 해보고 말
이야. 다녀오면 뭐라도 달라져 있겠지?"

　내가 냉소했다.

　"인생에 대한 고민은 무슨! 가서 운명의 상대를 만나지 않을까 하는 기대
나 잔뜩 하고 있는 거 아니야?"

　친구가 진지한 얼굴로 나를 응시했다.

　"이봐! 내가 여자나 밝히는 그런 사람으로 보여?"

　"응."

　친구는 더 이상 아무 말도 하지 않은 채 배낭을 메고 떠났다. 떠나는 그의
뒷모습은 꽤 멋있었다.

　2주 뒤, 나는 기차역으로 그 친구를 마중 나갔다. 그런데 하마터면 그를
못 알아볼 뻔했다. 떠날 때의 멋있는 자태는 온데간데없이 얼굴이며 몸이

며 여기저기 상처투성이에 굉장히 의기소침해진 몰골이었기 때문이다. 게다가 몇 달 동안 씻지도 않은 사람처럼 온몸에 먼지를 뒤집어쓰고 있었다. 그나마 그를 알아볼 수 있었던 건 나보다도 작은 그 눈 때문이었다.

"대체 여행을 다녀온 거야, 전쟁터를 다녀온 거야?"

"배낭여행은 무슨! 내가 다시는 배낭여행을 가나 봐라! 제기랄, 관광지라고 소매치기는 또 얼마나 많은지……. 기차에서 내리자마자 휴대전화가 없어진 거야. 다행히 이런 일을 대비해 비상용으로 챙겨간 돈이 조금 있었지. 나 좀 똑똑하지 않냐? 뭐, 브랜드도 알 수 없는 싸구려 휴대전화 하나 샀어. 그런데 이 망할 것이 사흘 썼는데 망가져버리잖아. 휴대전화 없이는 여행을 할 수가 없어서 할 수 없이 새 거를 또 하나 샀어. 그러고 나니 돈이 부족해서 호텔에는 묵을 수 없게 된 거야. 할 수 없이 기차역에서 호객행위를 하는 여자가 아주 싼 방이 있다고 해서 따라갔어. 사기꾼처럼 생기지는 않아서 믿고 따라갔던 건데 어떻게 된 줄 알아? 창문도 없고 에어컨도 없는 방이었어. 게다가 더 가관인 건 물이 안 나오는 거야! 그러니 그런 데서 묵을 수 있겠어, 없겠어?"

나는 너무 웃겨서 금방이라도 웃음이 터져버릴 것 같았지만 꾹 참고 진지한 표정으로 고개를 끄덕였다.

"그런 곳에선 묵을 수 없지."

"내 말이! 설마 나 하나 잘 데가 없을까 봐? 나는 당장 뛰쳐나와 텐트를 하나 샀어. 온 세상이 내 집 같았지. 그리고 나서 야영장을 찾아가 땅을 침대 삼아, 하늘을 이불 삼아 자려고 했지. 생각만 해도 정말 멋진 장면 아니야? 그런데 야영장을 잘못 찾아간 줄 누가 알았겠어? 사람이 한 명도 없는 게 이상하긴 했지만 너무 피곤했기에 얼른 텐트를 치고 자고 싶은 마음뿐이었어. 다행히 텐트 치는 기술을 배워놔서 문제가 없었지. 역시 기술은 많이 배워둘수록 좋아. 그렇지? 어쨌든 잠이 들긴 했는데 이내 요란한 소리가 나면서 가방이 터져버렸어. 짐을 너무 많이 넣었었나 봐. 그런데 그게 중요한 게 아니야. 그곳에서 밤새 늑대 울음소리가 들리지 뭐야. 그래서 결국 한숨도 못 잤어."

나는 결국 웃음을 터뜨리고 말았다. 하지만 친구의 심각한 얼굴을 보고 겨우 웃음을 멈추었다.

"그래서 운명의 상대는 만났냐?"

"이 자식아! 지금 내 꼴이 이런데 운명의 상대가 나타났어도 이 모습을 보고 다 도망갔겠다!"

내가 친구의 어깨를 두드리며 진지하게 말했다.

"괜찮아. 네가 지금 이 꼴이 아니어도 여자들은 원래 널 보면 다 도망간다."

나는 그를 집으로 데려와 따뜻한 물에 목욕을 하게 한 다음 맛있는 밥을 차려줬다.

이것은 내가 들었던 가장 슬프고도 웃긴 여행 이야기다. 반대로 한 편의 이야기 같은 아름다운 여행도 있다.

예전에 윈난에서 라오천의 친구를 한 번 만난 적 있다. 2년 전, 그 친구는 윈난에 처음 여행을 갔다가 그곳에 반해 아예 거기서 자리를 잡았다. 얼마 전 그가 결혼한다고 해서 라오천이 직접 다녀왔는데 신부가 굉장한 미인이라고 했다. 그녀 역시 여행을 갔다가 윈난에 살게 되었다고 한다. 여하튼 두 사람은 여행지였던 그곳에서 만나 결혼의 연까지 맺게 되었다.

또 졸업여행을 떠난 한 여학생의 이야기도 있다. 그녀는 낙타의 등을 빌려 사막을 건너고, 노래를 부르며 초원에서 뛰놀고, 비를 맞으며 폭포를 구경했다. 내가 그 여학생을 만났을 때 그녀는 여전히 여행 중이었다. 그리고 한참이 지난 후 그녀에게서 편지 한 통을 받았는데 봉투에 사진 두 장이 동봉되어 있었다. 한 장은 유럽의 거리에서 환하게 웃고 있는 사진이었고, 또 다른 한 장은 산꼭대기에서 함성을 지르고 있는 옆모습이 담긴 사진이었다. 그 사진들을 보는 순간 나는 이 여학생이 여행을 통해 자신이 원하는 것을 찾았으리라 확신했다.

젊은 시절에는 누구나 멀리 떠나고 싶어 한다. 몸은 좁은 방 안에 갇혀 있어도 마음만은 늘 세계 일주를 꿈꾼다. 더 많은 것을 경험하고 다른 사람들의 삶은 어떤 모습인지 알고 싶기 때문이다.

우리는 때로 혼란스럽거나 도망치고 싶은 마음에서 길을 떠난다. 그 길 위에서 잃어버린 자신의 모습을 되찾거나 누군가의 그림자에서 벗어나고 싶어 한다. 그래서 험한 산을 넘고, 거친 바다를 건넌다. 그리고 이름 모를 풍경 속에서 자유로운 구름이 되어보기도 한다.

사람마다 여행에 대한 생각은 다르다. 어떤 사람은 여행이 시간 낭비일 뿐이라고 말한다. 또 어떤 사람은 나를 돌아보는 소중한 시간이라고 말한다.

여행에 대한 나의 생각은 이렇다. 나는 한동안 여행에 푹 빠져 살았는데 가고 싶은 곳이 생기면 어떻게든 다녀와야 직성이 풀렸다. 나는 여행비를 마련하기 위해 평소 돈을 아꼈고, 물론 아르바이트도 했다. 그렇게 해서 모은 돈으로 정말 많은 곳을 다녔다. 하지만 넉넉한 형편은 아니었기에 돈이 없을 때는 비가 오는 날 처마 밑에서 밤을 보내기도 하고, 배낭을 메고 계단에서 잠을 자기도 했다. 낯선 도시에서 길을 잃기도 하고, 시골길을 걷다가 발을 다치기도 했다. 여행 중 마음에 드는 여자를 만나기도 했고, 휴대전화와 돈을 몽땅 잃어버린 적도 많다. 꼭두새벽에 일어나 일출을 보러 가다가 지하철에서 그대로 잠든 적도 있다.

냉철하게 생각해보니 실상 내가 여행을 통해 얻은 것은 그리 많지 않다. 늘 내 지갑만 점점 얇아질 뿐이었다.

한 시간, 일 분, 일 초……. 우리에게 주어진 시간은 조금씩 지나가고 있다. 더 이상 시간을 낭비하고만 있을 수 없다. 아직 어른이 되기도 전에 늙어버릴 수도 있고, 아직 세상을 다 구경하지 못했는데 기력이 쇠할 수도 있고, 아직 내 이야기를 다 하지 못했는데 열정이 식어버릴 수도 있다. 그러니 더 이상 망설이고만 있지 말고 한 시간, 일 분, 일 초마다 조금씩 앞으로 나아가야 한다. 우리에게 주어진 시간은 그리 많지 않다. 세상을 모두 돌아볼 수는 없더라도 나와 함께 사진을 찍어줄 사람은 만나야 하지 않겠는가.

잠시 여행을 쉬다가 어느 날 다시 떠날 채비를 했다. 지갑도 휴대전화도 잘 챙겼다. 그런데 웬걸! 공항에 도착해서 여권을 안 가져왔다는 사실을 깨달았다. 급히 집에 전화를 걸어봤지만 부모님 모두 내 여권이 어디에 있는지 찾지 못했다. 공항 여기저기에 알아봤지만 결국 여권 없이는 비행기를 타지 못한다는 사실을 다시 한 번 확인하고 비행기 표를 환불받았다.

새벽 비행기였기 때문에 표를 환불받고 났는데도 아직 해가 뜨지 않았다. 나는 기왕 공항에서 하룻밤을 보내는데 아침까지 조금 더 머물러야겠다는 생각을 했다. 밤을 꼴딱 새웠지만 잠을 자지는 않았다. 나는 가만히 앉아 음악을 들으며 지나가는 사람들을 관찰하다가 문득 저렇게 바삐 움직이는 발걸음 속에 어떤 이야기가 숨어 있을까 궁금했다. 그리고 이런 생각이 들었다.

'내가 아무리 많은 곳을 여행한다 해도 전 세계를 다 볼 수는 없을 것이고, 아무리 많은 경험을 한다 해도 이 세상의 모든 이야기를 글로 쓸 수는 없을 것이다.'

집에 가려고 짐을 챙기는데 가방 가장 아래쪽에서 내 여권이 모습을 드러냈다.

'이런 망할!'

여권은 찾았지만 이제 목적지를 잃어버렸다. 하지만 기분이 썩 나쁘지는 않았다. 오히려 그 순간 웃음이 터져버렸다. 가고 싶었던 곳을 가지 못한 것은 안타깝지만 지금 눈앞에 펼쳐진 광경도 나쁘지는 않았다. 우리는 다른 사람들의 눈에 비친 광경을 부러워하며 계속 어디론가 떠나고 싶어 한다. 그러나 정작 내 눈앞에 펼쳐진 풍경은 놓치고 지나갈 때가 많은 것 같다.

여행을 삶의 고통에서 벗어나고자 하는 도피처로 삼으면 안 된다. 삶이 언제나 순탄할 수만은 없다. 그러니 그럴 때마다 모든 걸 내던지고 여행을 떠나버리는 것은 결코 바람직하지 않다.

하지만 그럼에도 나는 자주 여행을 떠나라 말하고 싶다. 단, 여행을 할 때 중요한 것은 무엇을 보느냐가 아니라 여행을 떠나는 마음가짐이라는 사실을 잊지 말자. 같은 풍경을 보더라도 마음가짐에 따라 느끼는 바가 다를 테니까. 마음이 행복할 때는 집 앞을 걸어도 여행을 하는 것 같은 기분이 든다.

여행은 그냥 여행일 뿐이다. 여행에 어떤 의미가 있느냐는 내가 의미를 부여하기 나름이다. 만약 블로그에 올릴 사진 몇 장을 찍기 위해 여행을 가는 거라면 그 여행은 정말로 아무런 의미도 없다. 만약 안 좋은 생각을 떨쳐버리지 못한 채 여행을 떠난다면 그런 여행 또한 어떤 의미도 있을 수 없다. 자신의 생각 속에서 벗어나지 못하는 사람은 아무리 좋은 곳을 가도 똑같을 뿐이다.

너무 바쁘고 여력이 없을 때는 아예 여행을 생각하지 않는 게 좋다. 여유가 생겨 여행을 떠날 때는 좋아하는 책과 음악을 반드시 챙기자. 여행하는 틈틈이 좋아하는 음악을 들으며 길을 걷고, 낯선 도시에서 자신이 좋아하는 일을 하고, 조용한 밤에 좋아하는 책을 읽는 것이야말로 가장 의미 있는 여행이라고 생각한다.

일을 할 때는 열심히 일을 하고 여행을 할 때는 최대한 편안한 마음으로 즐기자. 새로운 사람들을 만나고 또 헤어지고, 마음이 맞는 사람들과는 살아온 이야기를 나눠도 좋다. 언제 어디서든 집에 돌아가는 길만 잊지 않으면 된다.

우리는 어디로든 멀리 떠날 수 있지만 지금 내 눈앞에 펼쳐진 풍경을 보지 못한다면 아무리 좋은 곳으로 떠난들 아무 의미가 없다.

🍵 웃음 뒤에 숨은 비밀

어느 날 자면서 훠궈 먹는 꿈을 꿨다. 뜨거운 냄비에서 새우를 건져 먹으려는 찰나, 갑자기 새우가 말을 걸었다.

"어머, 이렇게 귀여운 나를 먹으려고요?"

'요즘 세상에는 새우도 말을 하는구나. 정말 귀엽네.'

그러다가 퍼뜩 다시 생각했다.

'잠깐! 익은 새우가 어떻게 말을 하지? 살아 있는 거라면 모를까. 내가 꿈을 꾸고 있는 건가? 아니야. 이게 어떻게 꿈일 수 있지?'

나는 침대에서 벌떡 일어나 앉았다. 밖에서는 다류가 그룹 젓가락형제(筷子兄弟)의 노래 '리틀 애플(little apple, 국내에서는 티아라가 리메이크해 불렀다)'을 들으며 아침밥을 준비하고 있었다. 나는 이불을 걷어챘다.

'이런! 저 자식만 아니었으면 새우를 먹었을 건데! 내 훠궈를 돌려줘!'

다류는 '리틀 애플'에 맞춰 몸을 좌우로 흔들며 노래를 따라 부르고 있었다.

"네가 있어 나의 내일은 의미가 있어. 인생은 짧지만 영원히 널 사랑할게. 이별은 절! 대! 안! 돼! 나의 사랑은 저 드넓은 바다처럼. 사랑의 술잔으로 너를 붙잡을게. 붙! 잡! 을! 게!"

그의 노래 실력은 도저히 들어줄 수가 없는 수준이다. 나는 얼른 노래를 끊고 소리쳤다.

"다류! 내 훠궈를 돌려줘!"

다류가 화들짝 놀랐다.

"갑자기 훠궈라니?"

"어서 내 훠궈를 대령하라고!"

"멜버른에서 훠궈라니? 대체 뭔 소리야?"

"그럼 네 아침밥이나 내놔!"

"하하하! 이 형님의 아침밥 냄새 엄청 좋지? 나 아무래도 요리에 소질 있나 봐."

나는 아무 대꾸도 하지 않고 다시 방으로 들어갔다. 졸음이 쏟아져 다시 자려고 침대에 누웠는데 다류가 방문을 두드렸다.

"다류, 잠 좀 자자! 아침부터 나한테 왜 그러는 거야?"

다류가 아침밥을 들고 들어왔다.

"넌 이렇게 잘생긴 형님을 보고도 아직 잠이 오냐? 내가 말이야, 방금 화장실에 갔다가 아주 잘생기고, 똑똑해 보이고, 시크해 보이기까지 한 남자를 발견했어. 너무 멋있어서 하마터면 그 앞에 무릎을 꿇을 뻔했다니까."

"지금 내 얘기를 하는 거지? 얘기 안 해도 되는데 말이……."

다류는 내 말은 들은 척도 하지 않았다.

"바로 거울 속에 비친 내 모습이었지!"

"안 먹어!"

다류는 올해 초부터 함께 살게 된 룸메이트이자 팀의 오랜 친구이다. 그는 예전부터 재미있는 남자가 되고 싶다 했었다. 그런데 이제 보니 그의 바람대로 이루어진 것 같다. 예전에 팀이 이렇게 말한 적 있다.

"못생긴 애들은 웃기기라도 해야지."

나는 다류를 한번 바라보고는 가만히 고개를 끄덕였다.

이틀 전 다류가 귓갓길에 맥주를 한 박스 사 왔다. 그러고는 팀까지 불렀다. 그는 우리 앞에 맥주를 한 병 씩 놓고 말했다.

"두 사람은 각각 한 병씩만 마시도록 해. 나머지 열 병은 내가 다 마실 테니 건들지 말고!"

내가 말했다.

"네가 무슨 엽문(영춘권을 보급하고 대중화한 중국의 무술가)이라도 되는 줄 알아. 열 병이나 마시게. 네 주량은 다섯 병밖에 안 되잖아?"

다류가 말했다.

"내가 다 마시나 못 마시나 내기할까?"

내가 말했다.

"다섯 병밖에 못 마신다에 백 달러 건다! 만약 정말 열 병을 다 마시면 이백 달러를 주마."

다류가 턱을 내밀며 탁자를 쳤다.

"좋아. 말한 건 꼭 지켜라!"

옆에서 잠자코 있던 팀이 입을 열었다.

"나는 다섯 병밖에 못 마신다에 오 달러!"

30분 후 다류는 맥주 다섯 병을 모두 비우고 화장실로 달려갔다. 나와 팀은 그럴 줄 알았다며 웃었다. 60분 후 다류는 여덟 번째 맥주를 비우고 다시 화장실로 달려가 두 번이나 토를 했다. 그리고 80분 후 마지막 열 번째 병을 땄다. 다류는 술에 취해 몸도 제대로 가누지 못했다. 나는 더 이상 안 되겠다 싶어 맥주병을 빼앗았다.

"됐어. 그만 마셔. 우리가 졌다."

다류가 내 손에서 맥주병을 낚아챘다.

"오늘은 아무도 날 말리지 마. 알았어?"

그런 다음 휴대전화를 꺼내 천샤오춘(陳小春)의 노래 '내가 사랑하는 사람(我愛的人)'을 틀더니 고성방가를 시작했다.

"내가 사랑하는 사람은 내 사람이 아니야! 그녀의 마음은 어떤 멍청한 놈한테 가 있지! 멍청한 놈! 행복에 겨웠지! 아! 그녀에게는 그 멍청한 놈이 있지! 난 그녀가 밉지만 또 사랑한다네!"

내가 다류의 입을 막으려는데 팀이 휴대전화를 꺼내 날짜를 보여주었다.

"다른 날은 몰라도 오늘은 그냥 놔둬야 할 것 같아."

다류가 말하는 '사랑하는 사람'이 누구인지 우리는 모두 안다. 그의 휴대전화 배경화면 속에 있는 바로 그녀다. 그리고 오늘은 그녀의 결혼기념일이다. 그녀의 신랑은 다류가 노래를 부르며 외쳤던 바로 그 멍청한 놈이다.

다른 날은 멀쩡하던 녀석이 꼭 이날만 되면 이상해졌다. 다류는 마지막 열 번째 병을 모두 비우고 그대로 바닥에 쓰러져 꼼짝도 하지 않았다. 계속 그녀의 이름을 중얼거릴 뿐이었다. 다류가 그렇게까지 취한 모습은 처음 봤다.

다음 날 아침, 다류가 방문을 열어젖히며 소리쳤다.

"야! 사람이 취해서 쓰러져 있으면 방으로 좀 데려가줘야 하는 거 아니야? 이렇게 잘생긴 내가 감기라도 걸리면 어쩌려고!"

"네 몸뚱이가 커서 우리 힘으로는 꼼짝도 안 하겠더라고. 그래도 내가 담요는 덮어줬잖아."

다류는 내가 옷장 안에서 잡히는 대로 찾아 대충 덮어준 얇은 시트를 움켜쥔 채 말했다.

"이 자식아! 이게 어딜 봐서 담요야?"

다류가 돌연 화장실로 뛰어갔다. 얼마나 지났을까. 그가 소리쳤다.

"다행히 감기는 걸리지 않은 것 같군! 그런데 말이야. 난 어쩜 이렇게 잘생겼을 수가 있지?"

다류는 그녀와 3년 동안 연애를 했다. 그중 절반 이상은 서로 떨어져 지냈다. 어느 날 그녀는 다류에게 이별을 선언하며 이렇게 말했다.

"나는 재밌는 사람을 좋아해."

다류는 그녀를 붙잡기 위해 무뚝뚝한 성격을 버리고 재밌는 사람이 되기 위해 노력했다. 그 이후 두 사람은 반 년 정도 더 사귀었지만 결국 헤어졌다.

그는 마지막으로 그동안 자신이 연마한 모든 개인기를 선보였지만 그녀는 미간을 찌푸린 채 그를 아래위로 훑어볼 뿐 조금도 웃지 않았다. 그리고 차갑게 돌아섰다.

헤어지고 한 달쯤 지나서 그녀에게 문자메시지가 왔다. 오늘 결혼을 한다고! 그때 이후 다류는 매년 그녀의 결혼기념일이 돌아오면 이렇게 힘들어했다. 다류는 그녀와 헤어지고 다른 사람을 사귄 적이 없다. 그는 그녀가 바라는 대로 재밌는 남자가 되었고, 지금도 그 사실은 변함이 없다.

며칠 뒤, 나와 튐은 그날 밤 난리도 아니었던 주정뱅이의 끊어진 필름을 아주 생생하게 이어주었다. 잠자코 경청하던 다류가 얼굴을 감싸 쥐며 말했다.

"나 술에 취해도 멋있지 않았냐?"

내가 대답했다.

"지랄!"

튐이 물었다.

"대체 뭐 때문에 그렇게 매년 힘들어하는 거야? 헤어지고 한 달 만에 결혼했으면 분명 그 전부터 양다리 걸쳤을 텐데!"

사람들은 울고 싶을 때 오히려 더 기분이 좋은 것처럼 가장한다. 그 사람이 내 곁을 떠날까 봐 두려워 어떻게든 붙잡아보려고 애쓴다. 더 이상 나를 좋아하지 않는 사람은 내가 아무리 노력해도 웃지 않는다. 우정도 사랑도 마찬가지다. 중요한 것은 당신과 함께 노력하고, 함께 웃고, 함께 망가질 수 있는 사람을 찾는 것이다.

다류가 말했다.

"누가 그 애 때문에 술 마신대? 이 형님이 술에 취해도 잘생겼다는 사실을 너희한테 보여주려고 그러는 거지."

나와 팀은 침묵에 빠졌다. 이내 다류가 침묵을 깼다.

"재밌는 사람을 좋아한다는 말도 다 핑계였다는 걸 나라고 몰랐겠냐? 그래도 하루라도 더 붙잡아두고 싶은 마음에 뭐라도 하게 되더라고!"

순간 내 마음이 아파왔다. 사람들은 어떤 모임에 나가면 분위기가 가라앉을까 봐 술을 잔뜩 마시고 목청껏 노래를 부르며 흥이 가라앉지 않도록 노력한다. 누군가와 대화할 때는 순간의 침묵이 두려워 계속 실없는 농담을 해대고, 딱히 웃기지 않아도 배꼽 빠지도록 박장대소한다. 그리고 누군가를 사랑할 때는 그 사람을 놓치지 않으려고 할 수 있는 온갖 재주를 부려 기쁘게 해주려 한다. 사실, 이러한 노력이 아무 효과도 없다는 걸 스스로가 가장 잘 안다. 하지만 그럼에도 불구하고 그렇게 한다.

다류도 그녀와의 인연을 다시 되돌릴 수 없다는 걸 잘 안다. 다만, 그는 자신만의 방식으로 그녀에게 작별을 고하고 있는 것이다.

기왕에 한 이별이라면 기분 좋게 헤어지자. 기왕에 아플 거라면 조금이라도 웃어보자. 먼 훗날 기억 속에서 웃고 있을 나를 위해!

사람들은 울고 싶을 때 오히려 기분 좋은 것처럼 더 크게 웃어 보인다. 누구나 이별을 앞두고 기를 쓴다. 그 사람이 정말로 내 곁을 떠날까 봐 두려워 어떻게든 붙잡으려고 하는 것이다. 하지만 결국 둘 다 지쳐버리고 서로를 편하게 해주는 것만이 최선이었음을 깨닫게 된다.

나는 문득 다류가 그렇게 웃긴 놈으로 살기로 한 건 그가 선택한 삶의 방식임을 깨달았다. 기쁠 때는 진심으로 즐거워하고, 실망하고 힘이 들 때도 즐거운 척 가장하는 것! 이는 자기 보호이자 삶의 한 방식이다.

누군들 힘든 순간이 없겠는가? 다만, 그는 지치고 힘에 겨워 어쩔 줄 몰라 하는 모습 대신 하루 종일 웃고 다니는 모습만 보여주고 싶었던 것이다. 그가 실실 웃고 있다고 해서 간도 쓸개도 없는 사람이라고 생각해서는 안 된다. 그는 지금 자신만의 방식으로 최선을 다해 버티고 있는 것이다.

더 이상 나를 좋아하지 않는 사람은 내가 아무리 노력해도 웃지 않는다. 당신을 보고 웃어주고, 농담을 주고받는 이는 당신이 얼마나 노력하고 있는지를 볼 수 있는 사람이다.

⬤ 서로 만나지는 못해도

나는 초등학교 시절 내내 시골에 살다가 중학교에 입학하면서 도시로 올라왔다. 당시 도시에 있는 중학교에 들어가는 것은 결코 쉬운 일이 아니었다. 같은 초등학교를 졸업한 친구들은 모두 다른 학교로 뿔뿔이 흩어졌다. 단 한 명만 나와 같은 중학교, 같은 반에 배정이 되었는데 이름도 모르고 얼굴만 어렴풋이 알던 친구였다.

당연히 나는 그 친구와 가장 먼저 친해졌다. 개학 후 한 달 동안은 늘 그 친구와 함께 다녔다. 길거리에서 꼬치구이를 함께 사 먹기도 하고, 우리가 다니던 초등학교 인근 동산에 올라가 놀기도 하고, '비행장'에 가기도 했다. 비행장은 진짜 비행기가 이착륙하는 곳이 아니라 마을의 문화센터였다. 그 안에 농구장, 도서관, 작은 공원 등이 모두 있었다. 그곳의 별명이 비행장인 이유는 센터 중앙에 커다란 비행기 한 대가 놓여 있었기 때문이다. 그것은 해방전쟁 때 활약한 비행기로, 전쟁터였던 이곳을 기념하기 위해 남겨놓은 것이었다.

큰 비행기는 언제나 아이들에게 인기였다. 나 역시 도시에 있는 학교에 다니면서도 늘 낡고 커다란 비행기가 있던 그곳을 그리워했다. 그런데 생각지도 못하게 같은 초등학교 출신인 친구를 만나 어린 시절의 추억을 공유할 수 있게 되었다. 나는 그 친구를 만나서 정말 다행이라고 생각했다. 나는 종종 그 친구에게 그곳에 놀러 가자 말했고 그는 말없이 고개를 끄덕였다.

그러나 머지않아 그 친구와 멀어지기 시작했다. 우선 그 친구는 성적이 반에서 하위권이었다. 그 당시 공부 못하는 아이들 유형은 두 가지였는데, 하나는 날라리였고 다른 하나는 무엇을 하든 느려터진 답답이였다. 날라리들은 선생님의 사랑을 받지 못하는 대신 여학생들의 사랑을 독차지했다. 하지만 답답한 유형의 아이들은 선생님의 관심을 받지 못했을뿐더러 여학생들의 관심은커녕 친구들에게 괜한 미움을 샀다. 반에는 항상 아무런 이유도 없이 모든 사람의 화풀이 대상이 되는 아이가 있었는데 그 친구가 바로 그랬다. 그때 우리는 너무 어려 '편견'이라는 두 글자가 한 아이에게 얼마나 큰 상처를 줄 수 있는지 몰랐다.

그 친구는 반에서 가장 뒷줄로 밀려났고, 나는 눈이 나빠 가장 앞줄에 앉았다. 그 친구는 점점 내게 말을 걸지 않더니 어느 날부터는 하교 시간에도 나를 기다리지 않고 혼자 가버렸다. 나는 화가 났지만 그 친구가 먼저 나를 모른 척했으니 나도 똑같이 갚아줘야겠다고 생각했다.

그러던 어느 날이었다. 그 친구가 손이 부러져서 왔다. 선생님은 자전거를 타고 가다가 넘어져서 다친 거라고 했지만 나는 어쩐지 넘어져서 다친 것 같아 보이지 않았다. 아침 조회가 끝나면 어떻게 된 일인지 물어보겠노라 마음먹고 슬쩍 돌아봤다. 그 친구는 자리에 앉아 고개를 푹 숙이고 있었다. 우리는 분명 같은 교실에서 공부했지만 그 친구의 주변에는 커다란 벽이 둘려 있는 것 같았다. 그 친구에게 관심을 갖는 사람은 아무도 없었다.

나는 문득 그 친구에게 말을 걸면 다른 아이들이 놀리지 않을까 하는 겁정에 휩싸였다. 게다가 계속 나를 무시하고 말도 걸지 않으니 얄미운 생각이 들었다. 이런 고민을 하고 있는데 때마침 수업 종이 울려서 말을 걸어봐야겠다는 생각을 냉큼 버렸다.

그렇게 그 친구와의 관계는 점점 멀어져갔다. 중학교 3학년이 될 때까지 그 친구의 성적은 계속 떨어지기만 했고 점점 더 말이 없어졌다. 늘 혼자 다니고 반 친구들과도 말을 하지 않았다.

고등학교 입학시험 전날 평소보다 일찍 집에 돌아와 스포츠 채널을 틀었다. 마침 야오밍(중국의 전 농구선수로, 미국 NBA에서 활약했다)이 속해 있는 휴스턴 로케츠의 경기를 중계 중이었다. 한창 재미있게 보고 있는데 그 친구에게 전화가 왔다. 나는 솔직히 좀 귀찮았다.

"나 지금 야오밍 나오는 경기 보고 있는데 무슨 일이야?"

수화기 너머에서 그 친구가 쭈뼛댔다.

"저기…… 말이야…… 내일 시험은 어떻게 준비해야 해?"

나는 그걸 내가 어떻게 아냐고, 당장 내일이 시험인데 오늘 뭘 어쩌려 하느냐고 성의 없이 대답했다.

그다음에 그 친구가 계속 무언가 얘기했다. 텔레비전에서는 그날의 베스트 슛을 보여주고 있었는데 야오밍이 나오는 순간에 나도 모르게 "예스!"라고 외치는 바람에 그 친구의 얘기를 제대로 듣지 못했다. 정신을 차리고 그 친구에게 방금 뭐라고 했느냐고 물었다. 그 친구는 아무것도 아니라며 전화를 끊었다.

고등학교에 입학하고 기숙사생활을 하느라 집에 자주 가지 못하다가 어느 날 오랜만에 집에 들렀다. 그날은 특별히 '비행장'에도 들렀는데 비행기가 형태도 없이 한쪽 구석에 쓰러져 있는 것을 발견했다. 엄마의 말로는 누군가 비행기 부품을 하나둘 훔쳐가기 시작하더니 나중에는 비행기 좌석을

떼어가고 심지어 날개까지 없어졌다고 한다. 그렇게 망가져버린 비행기는 농구장 한쪽에 볼품없이 방치되어 있었다. 나는 문득 그 친구도 이곳에 놀러 오지 않았을까 하는 생각이 들었다. 하지만 우연히 만난다고 한들 딱히 할 얘기도 없었다.

언제부터인가 그 친구와는 완전히 연락이 끊겨버렸는데 그 이후로 다시 연락을 해야 할 이유를 찾지 못했다. 내가 기억하는 그 친구의 인상은 자신감 없던 표정과 수업이 끝나면 늘 자기 자리에 웅크리고 앉아 있던 모습이 전부다. 그 친구에 대한 기억은 농구장에 버려진 비행기처럼 형태를 알 수 없는 단편적인 것들뿐이었다.

대학교 1학년 때 나는 홀로 캔버라로 떠났다. 그곳으로 가기 전 아무런 정보도 없어 고민하다가 학교 커뮤니티 사이트에 '캔버라에 집을 알아보고 있으니 좋은 곳이 있으면 추천해달라'는 글을 올렸다. 한참을 기다려도 누구 하나 답변이 없어서 그만 나가려고 하는데 한 선배가 나타나 좋은 곳을 몇 군데 알려줬다.

나는 염치 불고하고 그 선배에게 이것저것 물어봤다. 선배는 내게 언제 캔버라에 도착하느냐고 물었다. 내가 한 달 후라고 말했더니 자기가 내일 시간이 있으니 집을 보러 가서 사진을 보내주겠다고 했다. 나는 정말 고마워서 캔버라에 가면 꼭 밥을 사겠다고 말했다.

루씨 성을 가진 이 선배는 다음 날 내게 스무 장이 넘는 사진을 보내왔다. 나중에 캔버라에 도착해서 보니 그 집들을 다 보려면 세 시간은 족히 걸려야 했다. 우리는 가난한 학생들이었기 때문에 차도 없었다. 나는 고마운 마음에 밥이라도 한 끼 사고 싶었지만 그는 한사코 거절했다.

이후 선배와 나는 캔버라에서 가장 친한 지인이 되었다. 그는 학교에서 가까운 곳에 살았는데 밤새 과제를 할 일이 있으면 늘 선배네 집으로 갔다.

보통 수업 과제는 네 사람이 한 팀으로 작업했는데 과제를 다 마치면 다 같이 선배네 집에서 카드 게임을 하기도 했다. 나는 그때 '관단(掼蛋, 중국 장쑤성·안후이성 등 지방에서 유래한 포커 게임)'이라는 카드 게임을 새롭게 배웠다. 관단은 두 사람이 한 팀이 되어 하는 게임이었는데 늘 선배와 한 팀을 이뤘다. 하지만 우리 팀은 늘 나 때문에 지고 말았다.

기말고사를 코앞에 둔 어느 날 선배가 말했다.

"오늘부터 한 달 동안 카드 게임은 끊을 거야. 한 달 뒤에 시험이 다 끝나고 나면 밤새도록 놀아보자."

선배는 기말고사가 끝나고 곧바로 졸업이었다.

선배가 귀국하기 전날, 우리는 밤새 관단을 하다가 아침 일찍 공항으로 향했다. 공항에 도착할 무렵 술 한 병을 꺼내 선배에게 떠나려거든 이 술을 모두 비우고 가라 말했다.

선배가 말했다.

"술에 취해서 비행기에 타라고?"

"비행기를 직접 운전하는 것도 아닌데 뭐 어때?"

선배는 술잔을 비웠고 우리는 공항에서 헤어졌다.

그가 떠난 이후 나는 졸업 준비로 바빠 자주 연락을 하지 못했다. 중국으로 돌아가면 다시 보자고 약속했지만 결국 만나지 못했다. 그나마 위안이 되는 것은 우리가 마지막으로 했던 관단에서 우리 팀이 이겼다는 사실이다.

사실, 이렇게 연락이 끊긴 사람은 이들 두 사람뿐만이 아니다. 예전에 함께 월드컵을 보자고 약속했던 친구들, 도서관에서 늘 같은 시간 같은 자리에 앉아 있던 여학생, 밤샘 작업을 하고 함께 맥주를 마시던 팀원들, 한때 매일 아침 모닝콜을 해주던 여학생 등등……. 돌이켜보면 이들과 모두 연락이 끊겼다.

2년 전 캔버라를 떠날 때 한 여학생과 서로 편지를 주고받기로 약속했다. 하지만 귀국 후에 이곳저곳 다니느라 바빠서 그 일을 까맣게 잊어버렸다. 그런데 2014년 6월 엄마가 문자메시지로 내게 온 엽서가 한 장 있음을 알려주었다. 그제야 그녀와 했던 약속이 떠올랐다.

엽서에 찍힌 소인을 확인해보니 호주에서 보낸 것은 아니었다. 답장을 보내려고 엽서를 살펴봤지만 그녀의 주소는 엽서에 적혀 있지 않았다.

수많은 장면이 내 머릿속에 들어와 어느새 흑백영화로 변해 있다. 나는 그 장면들이 원래 무슨 색이었는지 기억하지 못한다. 때로는 어떤 일이 아주 명확하게 기억나기도 하지만 또 많은 부분 그 사람이 어떻게 생겼었는지조차 떠오르지 않는다. 무엇보다 점점 더 기억을 떠올리는 횟수가 줄어들고 있다.

오늘 〈분노의 질주〉를 봤다. 이 영화에 대해서는 할 말이 참 많다. 예전에 친구와 이 영화를 몇 번이고 돌려보면서 저렇게 멋진 차를 몰아봤으면 좋겠다고 말한 적이 있다. 하지만 무엇보다 인상 깊었던 것은 마지막 엔딩곡이 흐르던 순간이었다.

'See you again.'

사람이 스무 살이 넘으면 인생에서 덧셈보다 뺄셈이 많아진다. 인생은 때로는 아주 가혹한 방법으로 교훈을 준다. 지금 내가 가진 것들을 소중히 여겨야 한다고! 우리는 그때 그 순간이 누군가와의 마지막 만남이었음을 아주 오랜 시간이 흘러서야 깨닫는다. 사실, 그중에는 나의 부주의와 게으름으로 놓쳐버린 인연도 있다. 다시 만날 수만 있다면 미안하다, 고맙다는 말을 꼭 전하고 싶지만 너무 늦어버렸다.

지난 몇 년간 친한 친구와도 연락이 끊기고, 몰래 좋아했던 그녀와도 연락이 끊겼다. 예전에는 늘 그 자리에 있어 평범했던 일들이 시간이 흐르면서 굉장히 사치스러운 일로 변해갔다. 친구들과의 일상적인 만남, 오후의 여유로운 휴식, 내 모든 것을 바치고 싶은 인연을 만날 수 있는 기회들이 모두 그렇다.

제대로 된 작별 인사를 한 적도 없는데 끊임없이 이별하고 있다. 우리는 아무 근거도 없이 우정이라는 것이 시간을 이겨낼 거라고 믿는다. 하지만 영원히 변치 않을 것 같던 우정도 결국 시간에 의해 조금씩 녹슬어간다. 누군가와 헤어질 때마다 자주 연락하자는 말을 남긴다. 그렇지만 연락을 유지하는 것만큼 세상에 어려운 일도 없다.

너무 오랫동안 만나지 못한 사람은 다시 연락을 하고 싶어도 어떻게 말을 꺼내야 할지 모를 때가 많다. 괜히 말을 걸었다가 상투적인 인사말만 하고 끝날까 두렵기도 하다. 어쨌든 다시 연락을 할 수 없다 하더라도 부디 모두 잘 지내고 있기를 바랄 뿐이다. 만약 다시 만날 기회가 온다면 술 한 잔 기울이며 그 시절의 이야기를 나누고 싶다.

많은 사람과 연락이 끊기면서 늦긴 했지만 인연을 소중히 여기는 법을 배웠다. 지난 몇 년 동안 베이징에서 우한으로, 우한에서 상하이로, 상하이에서 다시 멜버른으로 여러 곳을 옮겨 다녔지만 내 곁에는 여전히 많은 사람이 함께해주고 있다. 나는 힘든 일이 생기면 그들 중 누군가에게 전화를 걸어 하소연하기도 하고, 기분이 울적할 때면 코가 비뚤어질 때까지 함께 술을 마시기도 한다. 그들과는 아무리 멀리 떨어져 있어도 연락이 끊기지 않는다. 그리고 나 역시 그들과의 인연을 놓치지 않으려고 열심히 노력 중이다.

살면서 만난 모든 이에게 감사의 마음을 전한다. 그들은 나의 일부분이고 지금의 나를 있게 한 사람들이다. 지금은 안타깝게도 연락이 닿지 않는 이들에게 미안한 마음으로 또한 인사를 전한다. 비록 서로 만나지는 못해도 각자의 자리에서 반짝반짝 빛나는 인생을 살고 있기를……

지난 몇 년간 친한 친구와도 연락이 끊기고, 몰래 좋아했던 그녀와도 연락이 끊겼다. 많은 사람과 연락이 끊기면서 늦긴 했지만 인연을 소중히 여기는 법을 배웠다. 다행히 내 곁에는 여전히 많은 사람이 함께해주고 있다. 나는 힘든 일이 생기면 그들 중 누군가에게 전화를 걸어 하소연하기도 하고, 기분이 울적할 때면 코가 비뚤어질 때까지 함께 술을 마시기도 한다. 그들과는 아무리 멀리 떨어져 있어도 연락이 끊기지 않는다. 내 인생에 그들이 있어서 얼마나 다행인지 모른다. 인생에서 가장 중요한 것은 결국 내 곁에 있는 사람들을 지키고 인연을 소중히 생각하는 것 아닐까.

♠ 콘서트장에서 전하는 메시지

얼마 전 청두에서 저자와의 만남 행사가 있었다. 청두에 간다는 소식을 듣고 친구 요요가 밥을 사라고 연락해 왔다. 그녀는 내가 밥을 사지 않으면 질의응답 시간에 이상한 질문을 마구 할 거라고 협박했다.

"요요, 마음껏 질문해. 내 얼마든지 대답해줄 테니까."

"그럼 말이야. 루쓰하오, '리틀 애플'을 부르면서 춤춰달라고 부탁해도 될까?"

"좋아. 내가 졌다! 장소는 네가 정해."

내가 먹보여서 그런지 내 친구 대부분이 먹는 걸 좋아한다. 요요도 예외는 아니다. 하지만 우리가 사천의 명물, 토란 닭고기 요리를 먹으러 갔을 때 요요는 자기도 이곳에 살면서 몇 년 만에 먹는 거라고 했다. 나는 테이블을 쳤다.

"요요, 먹보로서의 의무를 다해야지! 먹는 걸 그렇게 소홀히 한다는 게 말이 돼? 게다가 이렇게 맛있는 요리를 몇 년 동안이나 안 먹었다고? 어찌 된 일인지 내가 납득할 수 있게 설명해줘, 어서!"

요요가 나를 흘겨보았다.

"내가 내 무덤을 팠군! …… 전 남자 친구가 매운 걸 못 먹었잖아. 그래서 그동안 나도 매운 음식은 안 먹었어. 그 사람이랑 사귈 때는 달달한 탕수육이 그렇게 맛있더니…… 며칠 전에 먹으려니까 잘 못 먹겠더라고!"

나는 그제야 그녀가 1년 전쯤 남자 친구와 헤어졌다는 사실이 떠올랐다.

나와 요요는 먹는 것을 좋아한다는 것 말고도 콘서트를 보러 가기 좋아한다는 공통점이 있다. 내가 콘서트 보러 가는 것을 좋아하는 이유는 먼저 콘서트의 분위기를 좋아해서이기도 하고 또 콘서트장에 가면 오랫동안 못 만났던 친구들을 우연히 만나기도 하기 때문이다. 그러나 그녀가 콘서트 보러 가는 것을 좋아하는 이유는 오직 한 사람 때문이다.

요요는 고등학교 1학년 때 그녀의 전 남자 친구였던 구빈을 처음 만났다. 그는 반에서 처음으로 요요에게 말을 건 사람이었다. 요요는 지금까지도 구빈이 자신에게 했던 말을 기억한다.

"저기, 거긴 내 자리거든."

요요와 구빈의 인연은 바로 그 말로 인해 시작되었다.

요요는 원래 성격이 조용조용한 아이였다. 그녀는 3년 동안 구빈을 좋아하면서도 아무런 내색을 하지 않았고 심지어 지나가다가 구빈을 보면 뒤로 숨기까지 했다. 그렇게 짝사랑의 씨앗은 그녀의 마음속에 뿌리내리고 싹을 틔웠다. 씨앗은 그녀로부터 모든 양분을 흡수해 무럭무럭 자랐지만 오랫동안 결실을 맺지 못했다.

나는 대학교 1학년 때 요요를 처음 알게 되었다. 당시 나는 기타에 한창 빠져 있어서 토요일 오후만 되면 기타 연습을 했다. 달리 갈 곳이 없어 어쩔 수 없이 듣고 있어야만 하는 룸메이트를 제외하고 대부분의 사람은 내 연주를 5분 이상 들어주지 못하고 떠나버렸다. 그런데 유일하게 요요만이 내 기타 연주를 듣고도 자리를 떠나지 않았다. 요요는 모든 노래의 가사를 머릿속에 외우고 다니는 재주가 있었다. 그래서 종종 내 가사집 역할을 해줬다.

어느 날 그녀가 진지하게 말했다.

"루쓰하오, '온유'는 이별과 더 잘 어울리는 노래잖아. 만약 고백을 하고 싶은 거라면 '들리지 않아(聽不到)'가 더 좋지 않을까?"

"요요, 내가 '온유'를 선택한 이유는 가사 때문이 아니라 그나마 부르기 쉬운 노래이기 때문이야."

나는 지금까지도 어처구니가 없다는 듯 바라보던 요요의 표정을 잊을 수 없다. 요요가 가장 좋아하는 노래는 다름 아닌 '들리지 않아'였다. 그녀는 이 노래가 자신의 마음을 모두 표현해주고 있는 것 같다고 했다.

"세상은 이렇게 좁은데 왜 나의 진심이 네게는 들리지 않는 걸까."

내가 말했다.

"표현을 안 하는데 들릴 리가 있어?"

1학년 2학기 때 요요가 집안 사정으로 갑자기 귀국하는 바람에 우리는 몇 년 동안 만날 수 없었다.

2012년 나는 귀국하자마자 우한에서 열리는 콘서트 표를 예매했다. 그 이후 친구들의 블로그를 돌아다니다가 우연히 요요가 그 콘서트에 간다는 사실을 알게 되었고 우리는 그렇게 다시 만났다. 나는 그날 요요가 입이 닳도록 얘기하던 구빈을 보았다. 요요는 그날 콘서트가 끝나고 둘이서 찍은 사진들을 내게 보내줬다. 그리고 두 사람의 대화를 덧붙였다.

'요요 : 앞으로 모든 콘서트를 너와 함께 보고 싶어.'

'구빈 : 앞으로 모든 기념일을 너와 함께 보낼 거야.'

나는 답장을 보냈다.

'외로운 솔로의 마음도 생각해주지, 좀?'

나중에 요요는 두 사람이 어떻게 사귀게 되었는지를 들려줬다.

요요는 귀국한 이후 혼자서 콘서트를 보러 가려고 표를 예매했다. 그리고 친구들의 블로그를 구경하다가 구빈 역시 혼자서 콘서트를 보러 간다는 사실을 알게 되었다. 요요는 이것이야말로 하늘이 준 기회라고 생각했고 이번에야말로 용기를 내어 고백하겠노라 다짐했다.

콘서트가 끝나고 두 사람은 여운이 가시지 않은 채 콘서트장 계단에 앉아 계속 얘기를 나눴다. 요요는 콘서트가 끝난 직후라 굉장히 흥분한 상태였고 갑자기 계단에 서서 구빈을 향해 노래를 부르기 시작했다.

"나는 웃고 있지만 눈물이 흩날리고 있다는 걸 전화기 저편 너는 알까. 세상은 이렇게 넓은데 왜 너를 잊기 위해 도망칠 곳은 없을까. 나는 웃고 있지만 눈물이 흩날리고 있다는 걸 전화기 저편 너는 모를 거야. 세상은 이렇게 좁은데 왜 나의 진심이 네게는 들리지 않는 걸까."

구빈이 어리둥절한 표정으로 그녀를 바라봤다. 요요는 한껏 흥분된 목소리로 노래를 불렀다. 나중에는 목소리가 갈라지기까지 했다.

"듣지 못해. 듣지 못해. 나의 마음을. 쿵쾅쿵쾅 뛰고 있는데. 언젠가 네가 알게 될 때까지. 난 포기하지 않아. 포기하지 않아……."

요요는 속으로 생각했다.

'에라 모르겠다!'

요요는 큰 소리로 외쳤다.

"구빈! 너를 좋아해. 왜 내 진심이 네게는 들리지 않는 거야?"

구빈은 한동안 침묵하다가 마침내 입을 열었다.

나는 나의 모든 인생을 너와 공유하고 싶은데 너는 듣지 않는다.
나의 침묵 뒤에는 네게 하고 싶은 말이 무수히도 많은데 너는 내 망설임을 이해하지 못한다.
자연스러운 어울림 뒤에는 누군가의 피나는 노력이 숨어 있다는 것을,
굉장히 대범해 보이는 선택 뒤에는 사실 아쉬움이 가득하다는 것을,
깨끗이 포기하기 전에 수도 없이 매달려봤다는 것을…….
사람들은 이처럼 마음속에 말하지 못할 비밀들을 간직하고 살아간다.
누군가에게 내 진심이 들리지 않는다는 것은 그 사람에게 듣고 싶은 마음이 없기 때문일 것이다.
그러나 세상에는 내 이야기를 들어주고 내 감정을 이해해줄 누군가가 분명 있다.

"고등학교 때 나만 보면 숨어버렸잖아. 날 싫어하는 줄 알았어."

고등학교 3년, 그리고 대학교 1년 동안 몰래 간직해온 그녀의 진심이 모두 터져 나왔다. 그렇게 해서 그녀의 오랜 짝사랑은 결실을 맺었다. 하지만 이야기는 여기서 끝이 아니었다.

2013년 초, 나는 난징에서 라오천과 만났다. 그때 마침 요요도 난징에 머무르고 있었다. 예로부터 휘궈는 충칭이 제일이고, 새우 요리는 난징이 제일이라고 했다. 솔직히 말해, 이 말은 내가 만들어낸 것이지만 정말 그렇다고 장담할 수 있다. 어쨌든 나는 어떤 곳에 가면 반드시 그 지역에서 유명한 음식을 먹어야 한다는 사명감을 갖고 있다. 그래서 그날 저녁 다 함께 새우 요리를 먹으러 갔다.

그런데 요요는 맛있는 새우 요리를 앞에 두고 멍하니 앉아 연신 하품만 하고 있었다. 내가 아는 요요는 야행성에다가 나 못지않은 먹보다. 나는 의아해서 그녀에게 무슨 일 있냐고 물었다. 그녀는 새벽 세 시에 구빈과 한바탕 싸우고 아침 일찍 비행기를 타고 난징으로 출장 오느라 잠을 한 시간밖에 못 잤다고 했다.

"오늘 출장 가는 날인 걸 구빈은 몰랐어?"

그녀가 눈을 비볐다.

"당연히 알고 있지. 나 원래 밤을 자주 새니까 괜찮아."

"피곤한 건 그렇다 치고, 두 사람 괜찮은 거야?"

요요는 대답하지 않았다.

2014년 7월, 상하이에서 저자 사인회가 있었는데 마침 그 전날 오월천의 콘서트가 있었다. 요요가 전화를 걸어 말했다.

"루쓰하오, 나 지금 상하이에 있는데 같이 콘서트 보러 갈래?"

"나는 표를 못 구했는데 가서 암표라도 구해보려고. 운 좋으면 표가 있겠지."

"네가 표가 없을 줄 알고 이 누나가 네 장을 준비해놨지."

나는 기뻐서 펄쩍펄쩍 뛰고 싶은 마음을 겨우 억눌렀다.

"누님, 사랑합니다!"

그러나 막상 콘서트 당일 일이 생겨 제시간에 도착하지 못했다. 콘서트장에 도착했을 때는 이미 콘서트가 끝날 무렵이었기 때문에 샤오페이와 나는 하는 수 없이 밖에서 콘서트가 끝나기만을 기다렸다. 요요의 휴대전화가 꺼져 있었기에 밖에서 기다리고 있다는 문자를 남겼다.

콘서트가 끝난 후 30분이 지났는데도 요요가 나타나지 않자 그녀를 찾으러 콘서트장 안으로 들어갔다. 요요는 자리에 그대로 앉아 멍하니 무대를 바라보고 있었다. 내가 그녀를 부르자 그제야 정신을 차리고 돌아봤다. 내가 사정을 설명하자 요요는 괜찮다는 표정을 지으며 내 어깨를 두드렸다.

연말에 또 한 번 콘서트가 열렸다. 이번에도 요요가 전화를 걸어 왔다.

"루쓰하오, 너 이번에 콘서트 갈 거야?"

"요요, 나 요즘 주머니 사정이 안 좋아서 콘서트 보러 갈 차비도 없어……."

"그래? 안타깝네. 내가 이번에도 콘서트 표를 두 장이나 준비해놨는데……."

나는 엄지를 척 들어 올렸다. 물론 그 모습을 요요는 볼 수 없었다.

"누님, 그럼 내가 콘서트를 보러 갈 수 있게 여비도 좀 보태주겠어?"

"이만 안녕!"

요요! 우리의 우정이 이 정도밖에 안 된단 말이냐?

나는 결국 요요에게 콘서트 표를 얻었지만 당일 일이 생겨 결국 함께 가지 못했다. 그날 저녁 콘서트가 끝나는 시간에 맞춰 나는 그녀에게 전화를 걸었다.

"루쓰하오, 콘서트에 안 온 걸 후회하지?"

"난 그냥 네 전화기가 또 꺼져 있는 건 아닌지 확인하려고 전화한 거야."

"배터리 아직 칠십 퍼센트나 남았거든? …… 네가 아쉬울 테니 이 누나가 '들리지 않아' 한 곡 불러줄까?"

"요요, 그 노래는……."

내 말이 채 끝나기도 전에 요요는 노래를 부르기 시작했다. 나는 알고 있었다. 요요가 정말로 이 노래를 불러주고 싶은 사람은 구빈이라는 것을! 하지만 구빈에게는 들리지 않을 것이었다.

"나는 웃고 있지만 눈물이 흩날리고 있다는 걸 전화기 저편 너는 알까. 나는 웃고 있지만 눈물이 흩날리고 있다는 걸 전화기 저편 너는 모를 거야."

다시 요요를 만난 건 바로 이틀 전 청두에서였다.

"루쓰하오, 지난 몇 년 동안 콘서트를 보러 다니면서 발견한 사실이 있어."

"네가 콘서트 표를 구하는 데 특별한 재주가 있다는 거?"

그녀가 고개를 끄덕였다.

"맞아. 그것도 그렇지. 그런데 한 가지 더 있어."

"그게 뭔데?"

"콘서트가 한창일 때는 휴대전화 신호가 굉장히 약해. 하지만 콘서트가 다 끝나고 나면 다시 좋아지는 거 알아?"

나는 고개를 끄덕였다.

"분명 어떤 과학적인 원리에 의해 그럴 거야. 신호를 좋게 만들면 음향 효과에 방해가 되기 때문 아닐까? 음향이 안 좋으면 콘서트의 전반적인 질이 떨어……."

요요가 내 말을 끊었다.

"네가 말하는 건 하나도 과학적이지 않거든? 내 생각에는 분명 모두 누군가에게 문자메시지를 보내거나 전화를 걸고 있기 때문인 것 같아."

요요가 진지하게 이야기를 계속했다.

"사람들은 모두 자신이 좋아하는 누군가에게 전화를 걸거나 문자메시지를 보내려고 하는데 너무 많은 사람이 몰리는 바람에 결국 아무도 신호를 잡지 못하는 것 아닐까? 이천십사 년에 콘서트를 보면서 이런 생각이 들었어. 혼자서 콘서트를 보러 온 사람들도 사실은 누군가와 함께 오고 싶지 않았을까 하는 생각 말이야. 그래서 전화를 걸거나 노래를 녹음해 상대방에게 보내주려고 하는 걸 거야. 그들이 정말로 전하고 싶은 건 그 노래가 아니고 '지금 너와 함께 있고 싶어'라는 말 아닐까?"

어느 해 여름, 나도 콘서트장에서 걸려온 전화 한 통을 받았다. 모르는 번호였다. 전화기에서 계속 "들려?" 하는 목소리만 흘러나왔다. 그러더니 결국 상대방은 내 목소리가 잘 들리지 않으니 말은 하지 말고 들으라고, 자신이 손을 높이 들면 노래가 조금 더 잘 들릴 거라고 했다. 콘서트장에 가면 이런 장면을 흔히 볼 수 있다. 나 역시 그런 사람들 중 하나였다. 하지만 그런 전화가 걸려왔을 때 제대로 노래를 감상하는 사람이 몇이나 될까? 분명 잘 들리지 않는다며 전화기를 옆에 내려놓고 신경 쓰지 않는 사람들도 있을 것이다.

눈앞에 보이는 아름다운 풍경을 사진에 담아 그 사람에게 보내고, 아름다운 음악이 들리면 녹음해 그 사람에게 들려주고 싶다. 사실, 그 사람에게 정말로 전달하고 싶은 것은 내가 보고, 듣고, 느낀 것들이 아니다. 당신과 내 인생의 모든 것을 공유하고 싶다는 바로 그 바람이다.

'당신도 이곳에 있었더라면. *How I wish you were here.*'

요요가 말했다.

"이천십사 년 연말에 열린 콘서트를 보러 갔을 때 갑자기 더 이상 그에게 전화를 걸지 말아야겠다고 다짐했어. 정말 멋진 콘서트를 혼자만 보게 돼서 아쉽다면 공연 실황 디비디가 출시될 때까지 기다렸다가 함께 보는 편이 훨씬 낫지. 콘서트장에서는 조명 때문에 사진을 찍어도 흐릿하게 나오고, 사람들 소리 때문에 음악도 제대로 들리지 않거든. 그러니 미약한 신호라도 잡아보겠다고 노력할 필요가 전혀 없어. 어차피 다들 전하고 싶은 말은 똑같지 않아? How I wish you were here."

다음 날 아침, 나는 요요의 배웅을 받으며 충칭으로 떠날 참이었다. 내가 말했다.

"누님, 다음번 콘서트 때도 꼭 불러주시죠."

"네가 다음번에 '리틀 애플'을 불러준다고 약속한다면!"

"제발! 난 이제 음악계를 떠나기로 결심했단 말이야."

"내 노래 실력도 만만치 않은데 뭘. 그래도 난 구빈 앞에서 '들리지 않아'를 처음부터 끝까지 다 불렀어."

요요가 주머니에서 가사집을 꺼냈다.

"이틀 동안 노래 몇 곡의 가사를 옮겨 적었어. 오랜만에 만났는데 선물을 주고 싶어서."

나는 건네받은 가사집을 펼쳐 들여다보았다.

"요요, 우리가 벌써 몇 년째 알고 지내는데 뭐 이런 걸 다……. 다음에는 현금으로 주면 더 좋을 것 같은데?"

요요가 정색했다.

"잘! 가라!"

요요와 몇 마디 더 나누고 버스터미널 앞에서 헤어졌다. 나는 대기실에 앉아 요요가 준 가사집을 다시 펼쳤다. 그런데 아무리 뒤져봐도 '들리지 않아'의 가사는 찾을 수 없었다. 역시 요요의 마음속에는 그 노래가 여전히 큰 부분을 차지하고 있다는 생각이 들었다. 가사집에 적지는 않았지만 그녀는 분명 가사를 펴 보았을 것이다.

그날 자신이 가진 모든 용기를 끌어내 구빈 앞에서 노래를 불렀을 요요의 모습이 상상이 된다. 그리고 노래를 들을 때마다 그를 떠올리고 있을 요요의 모습도 상상이 된다.

어떤 음식이 별로인 건 정말로 맛이 없어서가 아니라 단지 내 입맛에 맞지 않아서고, 어떤 글이 지루하게 느껴지는 건 단지 내 수준이 글과 맞지 않기 때문일 수 있다. 그리고 어떤 사람과의 관계가 계속 어그러진다면 그 사람이 나쁘기 때문이 아니라 우리가 만난 시기가 잘못되었기 때문일 수 있다. 그 시기는 너무 빨라도, 너무 늦어도 안 된다.

그때의 나는 그때의 너를 좋아했다. 지금도 나는 너를 좋아하지만 내가 좋아하는 건 그때의 너다. 너는 더 이상 그때의 네가 아니고, 나 역시 그때의 내가 아니다. 그 시절의 감정은 되돌릴 수 없고 한 번 시기를 지나쳐버리면 기회는 다시 돌아오지 않는다. 나는 나의 모든 인생을 너와 공유하고 싶은데 너는 듣지 않는다. 나의 침묵 뒤에는 네게 하고 싶은 말이 무수히 많은데 너는 내 망설임을 이해하지 못한다.

버스가 떠나기 전에 나는 요요에게 전화를 걸었다.

"요요, 나 이제 떠나. 다음에 쑤저우에 오면 내가 맛있는 생선찜 사줄게."

"됐어. 그쪽 음식은 내 입맛에 잘 안 맞아."

"그럼 나를 대신해서 토란 닭고기 요리나 많이 먹어줘."

살면서 누군가를 만나고 그 사람을 위해 내 발걸음을 멈추기도 한다. 그 사람을 사랑하고, 그 사람을 기다리고, 그 사람과 함께한다. 하지만 어느 순간부터 그 사람의 마음을 읽을 수 없고, 그 사람은 내 침묵을 듣지 못한다. 그 사람을 위해 습관을 바꾸고, 입맛을 바꾸고, 완전히 다른 사람으로 변했지만 한쪽으로 위태롭게 치우친 사랑은 결국 균형을 잃고 쓰러져버린다.

사랑이 떠나가도 인생은 계속된다. 요요의 입맛이 구빈을 만나기 전으로 돌아온 것처럼 말이다. 세상에는 탕수육을 좋아하는 사람도 있고, 토란 닭고기 요리를 좋아하는 사람도 있다. 고약한 발효두부 냄새를 견디지 못하는 사람도 있고, 발효두부를 최고의 음식으로 여기는 사람도 있다. 사람들의 입맛은 이처럼 다양하다. 그러나 내게 맞는 입맛은 결국 한 가지다.

콘서트장에서 미약한 신호를 잡기 위해 고군분투하는 사람 대부분은 결국 전화 연결에 성공하거나 노래를 모두 전송하는 데 성공한다. 다만 시간이 아주 오래 걸릴 뿐이다.

내가 누군가의 침묵을 이해하는 것처럼 나의 침묵 뒤에 숨겨진 수많은 이야기, 망설임 뒤에 숨겨진 수많은 감정을 누군가는 반드시 이해해주리라 믿는다.

자신이 선택한 일에는 핑계를 찾지 마라

1

라오탕은 굉장히 고집스러운 인간이다. 그의 강한 고집이 가장 잘 드러나는 순간은 도면을 그릴 때다. 디자인을 전공한 라오탕은 종종 내게 도면을 보내 평가를 부탁한다. 그러나 디자인에 관해서는 문외한인 나는 그가 보내온 도면이 무슨 그림인지 알아보지 못할 때가 많다. 그러면 라오탕은 말없이 사라졌다가 몇 시간 뒤에 두 번째 도면을 들고 나타난다. 하지만 나는 역시나 어디가 달라졌는지 구분하지 못한다. 내가 반응이 없으면 라오탕은 또다시 사라졌다가 몇 시간 뒤에 세 번째 도면을 들고 나타난다. 이쯤 되면 인터넷상 저 너머로 모니터 앞에서 잔뜩 기대하고 있을 라오탕의 눈빛이 느껴질 정도다. 하지만 미안하게도 나는 늘 이렇게 말할 수밖에 없다.

"라오탕, 아까 그 도면이랑 뭐가 달라졌는지 잘 모르겠어."

"잘 봐봐! 왼쪽에 글자체가 달라졌잖아. 글자체가 바뀐 걸 모르겠어?"

"그런 걸 내가 어떻게 알아보냐?"

라오탕은 그런 인간이다. 때로는 밥을 먹다가 갑자기 영감이 떠오를라치면 냅킨에 그림을 그리기도 한다. 그는 언제 어떤 상황에서든 서슴없이 주

머니에서 볼펜을 꺼내 그림을 그린다. 나는 라오탕의 그런 점에 늘 감탄한
다.

2

라오탕 못지않게 고집스러운 인간이 또 있으니, 바로 라오싱이다.

라오싱은 내 주변 친구들 중에서 가장 나이가 많지만 얼굴은 우리 중 가
장 동안이다. 그래서 함께 있어도 전혀 위화감이 들지 않는다. 문제는 나이
에 맞지 않는 귀여운 척을 한다는 것이다. 라오싱은 바오즈를 보고는 "바
오바오", 나를 보고는 "하오하오"라고 한다. 그는 이런 식으로 사람들의 이
름을 귀엽게 고쳐 부르곤 한다. 라오싱이 처음 내 이름을 그렇게 불렀을 때
나는 정말 한 대 때려주고 싶은 걸 겨우 참았다. 나는 속으로 생각했다.

'분명 나보다 어려 보이는데…… 형이라고 불러도 모자랄 판에 왜 저러
는 거야?'

나는 나중에서야 그가 나보다 나이가 많다는 사실을 알게 되었다.

함께 졸업한 동기들 중에서 유일하게 라오싱만 난징에 남았다. 어느 날
그가 함께 공부하던 친구들의 근황을 이야기했다. 그는 대부분 글쓰기를
포기하고 사회에 나가 직장생활을 잘 하고 있는데 자신만 홀로 난징에 남
아 글을 쓰고 있다 했다. 그 당시 라오싱은 두 번째 책을 쓰고 있었다. 그의
첫 번째 책은 실패작이었다. 3년에 걸쳐서 집필한 책이었는데 평가가 아주
박했다.

어느 날 오랜만에 모여 술을 마시는데 라오싱이 술에 잔뜩 취해 말했다.
그날은 출판사로부터 원고를 퇴짜 맞은 날이었다.

"내가 다시는! 다시는! 글을 쓰나 봐라! 이제 절대! 절대! 안 써! 절대로!"

하지만 다음 날 아침, 라오싱은 다시 컴퓨터 앞에 앉아 원고를 수정했다.

아무리 봐도 글쓰기를 포기할 것 같은 모습은 아니었다.

꿈이란 비극적인 운명 같은 것 아닐까 싶다.

3

나의 지인 대부분이 혼자 산다. 라오탕은 어느 날 갑자기 혼자 살아보고 싶다며 작은 방 한 칸을 구했다. 거실도 주방도 없는 곳이었지만 그는 두말없이 들어가 살고 있다. 바오즈는 베이징에서 혼자 산 지 꽤 오래되었다. 나 역시 혼자 산 지 5년이 다 되어간다.

제법 오랫동안 혼자 살다 보니 각자 자신만의 생활 습관이 생겼다. 나는 혼자 책 보는 것을 즐긴다. 바오즈는 자기 전에 반드시 맥주를 마신다. 학교 도서관을 집처럼 생각하는 라오탕은 폐관 직전까지 절대 도서관을 벗어나지 않는다.

가끔 친구가 머물고 있는 도시를 방문해 함께 밤새도록 술을 마신다. 그러면서 지난날을 회상하기도 하고 꿈을 포기해야 할지 말지 미래의 진로를 더불어 고민하기도 한다.

많은 이가 꾹 참고 견디다 보면 언젠가 좋은 결과가 있을 거라고 말한다. 하지만 세상은 때때로 아주 잔인한 방법으로 '나는 불가능하다'는 사실을 일깨워준다.

나는 라오싱이 진심으로 힘들어하는 모습을 지켜봤다. 우리는 누구나 자신의 앞날이 탄탄대로이기를 바라지만 눈앞에 펼쳐진 길은 현실적으로 암담하기만 하다. 그는 꿈을 포기하는 것이 맞느냐고, 더 기다려야 하느냐고 물었지만 사실 그것은 스스로에게 하는 질문이었을 것이다. 내가 라오싱을 위해 할 수 있는 일이란 그저 위로를 건네는 것뿐이었다. 정답은 오직 라오싱 자신만이 찾을 수 있는 것이었다. 물론 나중에 라오싱은 스스로 정답을 찾아냈다. 너무 조급해하지 말자는 결론으로!

누구나 기다림을 싫어한다. 기다림의 시간은 언제나 두렵다. 혹시 엉뚱한 곳에 시간을 낭비하고 있는 것은 아닌지 수없이 고민하게 된다. 하지만 어떤 일들은 기다리는 것 외에는 달리 방법이 없다. 기다림은 때로 반드시 거쳐야 하는 필수 과정이기도 하다. 만약 결과가 생각하던 것과 다르면 처음부터 다시 시작하면 되고, 끝까지 기다리지 못하겠다면 스스로 기한을 정하면 된다. 중요한 점은 기다리는 동안에 초심을 잃지 않는 것이다.

4

언제부터인가 내 인생에 끼어들어 감 놔라, 배 놔라 하는 사람들이 많아졌다. 연애에 관해서는 특히 더 그렇다.

한창 연애 중일 때는 "그 애가 대체 어디가 좋다는 거야?", "그냥 헤어져", "됐어. 너희 두 사람은 미래가 안 보여" 하는 식으로 이별을 부추긴다. 그러다가 또 아무도 만나지 않고 있을 때는 "왜 아직도 혼자야?", "어서 좋은 짝을 찾아야지. 주변 사람들은 다 짝이 있는데 넌 마음이 급하지도 않니?" 한다. 친구든 집안 어른이든, 그들이 안타까운 시선으로 날 바라보면 나는 멋쩍게 웃거나 아예 침묵한다.

사실, 이런 질문을 던지는 사람들 중에 나를 정말로 잘 이해하고 있는 사람은 거의 없다. 내가 무슨 일인가 시작하려고 하면 그들은 또 이렇게 물을 것이다.

"그런 일은 해서 뭐하게?"

"그렇게 책을 많이 봐서 뭐하게?"

"그렇게 그림을 많이 그려서 뭐하게?"

"밤새 단어를 외워서 뭐하게?"

"그렇게 매일 운동만 해서 뭐하게?"

어떤 일들은 단기간에 결과가 나오지 않을뿐더러 심지어 영원히 기대에 부합하는 결과를 내지 못하기도 한다. 그러면 그들은 이렇게 말한다.

"그냥 포기해."

하지만 내가 좋아하는 일을 왜 그들 때문에 포기해야 하나? 내가 좋아하는 생활방식을 왜 그들 때문에 바꿔야 하나?

많은 사람이 노력하면 단기간에 성과가 나올 거라고 생각한다. 그렇기에 성과가 없으면 곧바로 포기해버린다. 사실, 노력이라는 것은 장기적인 과정이다. 이전의 노력이 쌓이고 쌓여 언젠가는 그 진가를 발휘하게 마련이다. 다만 그때가 언제인지는 정확히 예측할 수 없을 뿐이다. 그러니 너무 조급해하지 말자.

5

"포기해. 그 일은 희망이 없어."

살면서 한 번쯤 이런 말을 들어봤을 것이다. 하지만 이런 말을 듣는 것보다 더 힘든 순간은 그들의 말대로 정말 포기를 결심할 때다. 그러니 그 기분을 떠올려보며 와신상담하듯 조금 더 견뎌보는 것은 어떨까?

무슨 일이 있어도 끝까지 견디는 사람들이 있다. 그들은 자신이 견디고 있다는 사실에 큰 의미를 부여하지 않는다. 자신이 가진 것을 다른 사람들과 즐겁게 나누고, 그들의 말에 귀를 기울이며 절대 남의 인생에 대해 함부로 말하지 않는다.

나는 이러한 사람들을 보면 절로 행복해진다. 그들은 자신이 하고 있는 일의 성과가 반드시 타인의 기준에 맞아야 한다고 생각하지 않는다. 그리고 무엇보다 현재의 삶과 지금 자신의 모습을 사랑한다.

지금 인생에 만족하고 있는가? 조급한 마음에 자꾸만 포기하고 싶다는 생각을 하고 있지는 않나? 만약 처음으로 시간을 돌릴 수 있다면 지금과 같은 선택을 할 것인가?

내가 선택한 길이라면 조금만 더 견뎌보는 건 어떨까? 내가 아닌 다른 사람이 내 인생에 결론을 내려줄 수는 없다. 끝까지 가본 사람만이 결과를 알 수 있다. 그 결과가 좋은 것인지 나쁜 것인지는 중간에 포기해버리면 영영 알 수 없다. 어쩌면 우리는 모두 반딧불이 같은 존재일지도 모른다. 그 빛은 커다란 세상에 비하면 아무것도 아니지만 내 주변에 있는 사람들을 밝게 비춰줄 수만 있다면 그것으로 충분하다.

가장 어려운 일은 자기 자신에게 부끄럽지 않은 사람이 되는 것이다. 그러기 위해서는 지금 내게 주어진 것들을 소중히 여기고 지켜나가야 한다. 나와 약속한 일들에 다른 사람들의 시선을 쓸데없이 끌어들일 필요는 없다. 부딪히고 자빠지고 결국 일을 망쳐버린다고 해도 자신이 선택한 일에는 핑계를 찾지 말자.

결말을 알고 게다가 처음으로 다시 돌아갈 수 있다면? 같은 실수를 반복하지 않을 것이고, 먼 길을 돌아가지 않을 것이고, 다시 그 사람에게 고백하지 않을 것이다. 결말을 알기 때문에 많은 일을 다시 시도하지 않는 것이다. 하지만 만약 그렇다면 실수를 저지른 후에 깨달은 것들, 먼 길을 돌아가면서 만나게 된 사람들, 고백 후의 이야기는 존재하지 않을 것이다. 과거의 모든 일이 지금의 내 모습을 만들었고 좋은 일이든 나쁜 일이든 모두 내 안으로 들어와 나의 일부가 되었다.

🔲 바보들의 사랑방식

짝사랑에 관한 두 가지 이야기가 있다.

나는 어렸을 때 이사를 자주 다녔기 때문에 어린 시절 소꿉친구와의 추억에 대해서는 별로 할 얘기가 없다. 반면, 라오천에게는 특별한 소꿉친구가 있었다.

라오천이 팅팅을 처음 만난 건 기저귀를 뗄 무렵이었다. 그런데 그가 처음부터 팅팅을 좋아한 것은 아니었다. 팅팅이 라오천과 노는 것을 싫어했기 때문이다.

라오천이 이 이야기를 할 때 내가 끼어들었다.

"네가 어렸을 때부터 뚱보여서 그랬겠지!"

라오천이 눈을 흘겼다.

"조용히 하고 내 얘기나 계속 들어봐."

팅팅이 계속 놀아주지 않자 라오천은 괜히 더 같이 놀고 싶어 다가갔다. 하지만 그럴수록 팅팅은 라오천을 더 멀리했다. 여섯 살 때 라오천은 중요한 진리를 깨달았다. 여자의 마음은 알 수 없다는 것을 말이다.

라오천은 일곱 살 때 도시로 이사를 갔고 그곳 초등학교에 입학했다. 입학식 날 교실에 들어갔는데 처음 눈에 띈 아이는 다름 아닌 팅팅이었다. 처음 보는 친구들과 어떻게 사귀어야 할지 내내 걱정하던 라오천은 팅팅을 발견하자마자 구세주라도 만난 듯 기뻐했다. 라오천은 흥분했고, 반 친구들에게 소리쳤다.

"팅팅은 내가 어렸을 때 알던 친구야. 나 말고는 아무도 팅팅이랑 놀 생각 하지 마!"

그 한마디로 말미암아 팅팅은 초등학교를 다니는 내내 라오천을 모른 척했다. 팅팅은 분명 그때 이렇게 생각했을 것이다.

'흥! 내가 왜 너처럼 별 볼 일 없는 애랑 놀아야 하지?'

초등학교를 졸업하고 중학교에 올라갔을 때 두 사람은 또다시 같은 반이 되었다. 선생님은 학생들을 키 순서대로 세워 자리를 정했는데 당시 발육이 아직 늦은 라오천은 팅팅과 키가 거의 같았다. 라오천은 재빨리 머리를 굴려 팅팅이 어디에 앉을지 계산하고 자신이 앉을 자리를 점찍어뒀다. 결국 라오천은 바라던 대로 팅팅과 짝이 되었다.

라오천은 당시를 회상하면서 말했다.

"내가 그때처럼만 똑똑했어도 지금 뭔가 대단한 일을 하고 있을 텐데……."

내가 말했다.

"내가 보기에 그때가 네 인생에서 가장 똑똑했던 순간이었던 것 같아."

두 사람은 매일 같은 책상에 앉아 공부했지만 팅팅은 여전히 라오천을 모른 척했다. 팅팅이 라오천과 짝이 되고 나서 가장 먼저 한 일은 책상 중간에 삼팔선을 그은 것이다. 라오천은 그 선을 넘을 때마다 팅팅에게 자로 한 대씩 맞았다. 처음에는 팅팅을 놀려주고 싶어서 선을 넘었지만 자로 맞을 때의 고통을 도저히 참을 수 없어서 나중에는 얌전히 말을 듣기로 했다.

팅팅은 중학교 2학년 때 옆 반 반장을 좋아하기 시작했다. 그 반장이라는 녀석은 키가 아주 컸기 때문에 라오천은 그 옆에서 잔뜩 주눅이 들었다. 그 때부터 그는 키를 키우기 위해 매일 우유를 열심히 마셨다. 그때 너무 많이 마신 탓에 지금 라오천은 우유를 가장 싫어한다.

하지만 정작 라오천을 더 고민하게 만든 것은 자신의 키가 아니라 사랑에 빠진 팅팅의 모습이었다. 팅팅은 옆 반 반장을 좋아하기 시작하면서 그가 좋아하는 모든 것과도 사랑에 빠졌다. 그중 하나가 농구였다. 농구에 대해서는 아무것도 모르던 팅팅이 어느 날부터 이상한 것들을 공부하기 시작했다.

"아이버슨은 키가 작고, 코비는 키가 굉장히 크고, 야오밍은 선수들 중에서 키가 가장 크고, 맥그레이디는 눈을 뜬 건지 감은 건지 모르겠는데……어라? 가넷이랑 코비는 똑같이 생겼잖아?"

이런! 가넷과 코비가 어딜 봐서 똑같이 생겼다는 건가. 농구 경기라고는 한 번도 본 적 없고 관심도 없던 팅팅은 옆 반 반장과 공통의 얘깃거리를 만들기 위해 어쩔 수 없이 농구를 좋아하는 라오천에게 과외를 받기 시작했다. 라오천은 처음에는 거절했다. 그는 속으로 생각했다.

'팅팅이 다른 아이들과 노는 것은 그렇다 쳐도 어떻게 다른 사람을 좋아한다는데 그걸 거들 수 있겠어?'

하지만 팅팅의 간절한 표정을 보고는 차마 외면할 수 없어 NBA 농구 잡지 한 권을 던져주었다.

"엔비에이를 이해하려면 이 잡지부터 공부해야 해. 모르는 것이 있으면 나중에 나한테 물어보고."

라오천은 그 순간 자신이 팅팅을 정말로 좋아하고 있다는 사실을 깨달았다. 인간이라는 동물은 참 이상하게도 그 사람이 다른 이를 좋아하는 걸 보고서야 내가 그 사람을 얼마나 좋아하는지 깨닫는다.

하지만 이미 마음을 접기에는 늦었다. 옆 반 반장은 라오천과는 완전히 다른 사람이었다. 그의 청춘은 열정 그 자체였다. 그는 학교 농구부 선수였을 뿐만 아니라 햇볕에 타도 여전히 멋있는 얼굴과 운동으로 다져진 탄탄한 몸을 가진 그야말로 팅팅의 이상형이었다.

라오천의 청춘은 평범하기 그지없었다. 얼굴이 까무잡잡하고 키가 작았던 그는 교내에서 유명하지도 않았다. 그리고 무엇보다 팅팅이 관심을 갖는 존재가 아니었다.

당신이 사랑하는 사람이 당신을 사랑할 때 그 사람에게 당신은 온 세상 같은 존재다. 하지만 당신이 사랑하는 사람이 당신을 사랑하지 않을 때 그 사람에게 당신은 자신의 세상과는 전혀 상관없는 존재일 뿐이다.

라오천과 팅팅은 성적이 비슷했기 때문에 고등학교 역시 같은 곳에 입학했다(중국에서는 대입시험과 마찬가지로 고등학교 역시 원하는 학교에 지원해 입학시험을 본다). 두 사람의 관계는 중학교에 입학했을 당시보다 훨씬 좋아졌다. 팅팅이 라오천에게 스포츠 과외를 부탁한 이후 두 사람은 농구와 관련된 것 말고도 종종 이런저런 이야기를 나눴다. 하지만 여전히 팅팅의 주요 화제는 옆 반 반장에 관한 것이었다. 그동안 라오천의 키는 10센티미터나 더 커서 이제는 두 사람이 이야기할 때면 팅팅이 라오천을 올려다봐야 했다. 라오천은 바라던 대로 키가 컸지만 두 사람의 관계는 여전히 아무런 진전이 없었다.

고등학교 1학년 때 라오천은 뒤에서 세 번째 줄에 앉았고 팅팅은 앞에서 두 번째 줄에 앉았다. 팅팅은 수업이 끝나면 라오천의 옆자리로 와서 오늘 있었던 농구 경기에 대해 토론했다. 그들의 상황을 모르는 친구들은 두 사람이 사귀는 것으로 오해했다. 그런데 무슨 생각에서인지 팅팅은 그런 오해에 대해 적극적으로 해명하지 않았다. 고등학교 3학년 때 팅팅은 드디어 옆 반 반장과 사귀게 되었다.

대학교에 진학하면서 둘은 처음으로 서로 다른 도시로 떠났다. 라오천은 매일 고개만 들면 볼 수 있었던 팅팅을 볼 수 없다는 게 너무 이상하다고 말했다. 초등학교 1학년 때부터 12년이라는 시간 동안 같은 학교를 다니면서 매일 얼굴을 봤으니 그럴 만도 했다.

팅팅은 책상에 엎드려서 잠을 잘 때 얼굴을 오른쪽으로 돌리고 잤다. 좋아하는 물건을 발견하면 먼저 크게 심호흡을 했고, 거짓말을 할 때면 상대방의 눈을 쳐다보지 못했다. 이런 습관은 어릴 때부터 그녀를 지켜봐온 라오천 외에는 아는 사람이 없을 것이다.

대학교 2학년 때 팅팅이 난징으로 라오천을 찾아왔다. 팅팅은 길을 걸으면서 계속 웃으며 이야기했지만 라오천은 그녀에게 무슨 일인가 있다는 것을 눈치챘다. 그러나 직접 물어보지는 않았다.

그날 두 사람은 밤새 많은 이야기를 나눴고 팅팅은 다음 날 자신의 학교로 돌아갔다. 팅팅이 떠난 후 라오천은 그녀의 블로그를 통해 그녀가 남자친구와 헤어졌다는 사실을 알게 되었다. 라오천은 즉시 기차표를 사서 팅팅이 있는 곳으로 떠났다. 그는 기차역에 내려 그녀의 학교까지 쉬지 않고 달려갔다. 헤어졌다는 소식을 듣고 1분 만에 기차표를 사서 달려가 놓고 정작 그녀의 학교 문 앞에 도착하자 라오천은 망설였다.

결국 라오천은 학교 앞에서 고민하다가 다시 난징으로 돌아왔다. 팅팅에게는 자신이 찾아갔었다는 이야기를 하지 않았다.

나는 여기까지 듣고 참다못해 소리쳤다.

"병신! 왜 좋아한다고 말을 못해?"

"누구보다 내가 팅팅을 가장 잘 이해하고 있으니까!"

그는 아주 어렸을 때부터 팅팅을 지켜봐왔기 때문에 그녀가 좋아하는 사람을 바라볼 때 눈빛이 어떻게 달라지는지 가장 잘 알고 있다고 했다. 그러나 라오천 자신은 한 번도 그 눈빛 속에 들어가본 적이 없었다는 것이다. 첫 번째 이야기는 여기에서 끝이다.

짝사랑에 관한 두 번째 이야기는 멜버른에서 시작된다. 대학교에 입학했을 당시 나에게 굉장히 친절한 여학생이 하나 있었다. 그녀는 매일 아침밥을 만들어 우리 집으로 와 바치다시피 했다. 나중에 알고 보니 그녀는 내가 아닌, 내 룸메이트를 좋아하고 있었다. 룸메이트만 챙겨주는 것이 부끄러워 내 아침까지 준비해줬던 것이다. 나는 이 사실을 중요한 단서 하나로 간파했다. 그녀는 내 룸메이트의 도시락에만 계란을 넣어줬다, 치사하게!

그녀의 진심을 알게 된 뒤, 나는 계속 아침을 얻어먹는 게 미안해졌다. 그래서 어느 날 함께 밥을 먹자고 불러냈다. 밥을 먹으면서 나는 내 룸메이트를 좋아해서 그러는 거라면 내 아침은 준비해주지 않아도 된다고 말했다. 하지만 그녀는 그렇게 되면 룸메이트가 눈치챌 테니 제발 사양하지 말아달라고 부탁했다. 나는 그녀가 싸주는 맛있는 아침을 생각하며 정 그렇다면 당분간은 계속 받겠다고 말했다.

갖가지 유형의 짝사랑이 있다. 그중 어떤 이는 상대방에게 자신의 마음을 완전히 드러내놓고 기세등등하게 몰아붙이는가 하면, 또 어떤 이는 상대방이 자신의 마음을 알아차릴까 봐 두려워 주변 사람들에게까지 모두 친절을 베푼다.

이 두 유형 중 어느 쪽이 낫다고 단정할 수는 없다. 전자는 자신의 마음을 고백해서 사랑의 결실을 맺을 수도 있지만 반대로 상대방이 거절할 수도 있다. 그렇게 되면 그동안 쏟아부은 노력은 물거품이 될뿐더러 상대방까지도 불편하게 만들 수 있다. 결국 성공 확률은 높지만 실패의 리스크도 큰 방식이다.

당신에게 잘 보이기 위해 온갖 수고를 마다하지 않고 나 자신을 변화시켰다.
행여 당신이 알아차릴까 조용히 마음을 졸이며 지켜봤다.
당당한 모습으로 당신 앞에서 서서 좋아한다고 말할 수 있을 때까지 기다리며…….
그러나 당신 앞에서 내가 하고 싶었던 수천 마디의 말은 한마디로 변해버렸다, 안녕.
누군가를 좋아한다는 것은 그렇다.
때로는 하고 싶은 모든 말을 일상적인 안부 인사에 묻은 채 돌아서는 것 아닐까.

후자는 거절당할 위험이 상대적으로 적지만 그만큼 사랑의 결실을 맺을 가능성이 낮아진다. 뒤에서 남몰래 정성을 쏟은 그 사람과 친구가 되기는커녕 자신의 존재를 알리는 것조차 힘들어질지도 모른다. 보다시피 그 여학생이 선택한 방법은 두 번째 방식이었다.

내 룸메이트는 워낙 종잡을 수 없는 인간인지라 나조차도 그의 행방을 모르기 일쑤였다. 어느 날, 한밤중에 그가 술에 취해 쓰러져 있다는 전화를 받았다. 내게 전화를 건 사람은 다름 아닌 그 여학생이었다. 그녀가 말한 곳으로 가보니 룸메이트는 맥도날드 건너편 잔디밭에 쓰러져 있었다. 그의 손에는 한 입 베어 문 햄버거가 들려 있었고, 그의 주변으로 감자튀김이 어지럽게 널려 있었다. 여학생은 그의 옆에 무릎을 꿇고 앉아 계속 전화를 걸고 있었다. 나는 속으로 생각했다.

'저렇게 취한 와중에도 햄버거 살 정신은 있었나 보군.'

그녀는 나를 발견하자마자 바삐 손짓했다. 우리는 힘을 합쳐 룸메이트를 겨우 택시에 실었다. 그의 안전을 확인한 뒤 그녀는 서둘러 떠나려고 했다. 나는 그녀를 붙잡았다.

"가려고요?"

"그쪽이 왔으니 이제 됐어요."

"집이 같은 방향이면 타요. 내가 이 녀석 방에도 데려다 놓고 집에 데려다 줄게요."

"아니에요. 집이 이 근처라 우연히 오게 된 것뿐이에요. 그 사람 물 많이 마실 수 있게 좀 챙겨주세요."

사실, 그녀의 집은 룸메이트가 쓰러져 있던 장소와 완전히 다른 방향에 있었다.

다음 날, 룸메이트는 숙취로 인한 지독한 두통에 시달렸다. 그는 어젯밤에 어떻게 돌아왔는지 전혀 기억하지 못했다. 나는 그 여학생 덕분에 집에 올 수 있었다고 말하고 싶었다. 하지만 지금까지 보여준 그녀의 행동을 생각해볼 때 내가 함부로 할 얘기는 아닌 듯하여 참았다.

룸메이트는 밤과는 달리 낮에는 주로 조용히 책을 읽는 책벌레였다. 그는 어려운 고전문학부터 일본, 구미 지역의 문화예술 서적까지 분야를 가리지 않고 읽었다.

어느 날 룸메이트가 잠시 외출한 사이 그녀가 우리 집에 찾아왔다. 룸메이트의 책꽂이 앞에서 그녀는 눈길을 떼지 않았다.

"혹시 보고 싶은 책이라도 있어요?"

그녀가 두 눈을 반짝였다.

"그 사람이 좋아하는 책이 어떤 건지 알아요?"

나는 룸메이트가 즐겨 보는 책들을 한쪽으로 추렸다. 그녀는 내가 골라낸 책들을 한참 들여다봤다.

"뭘 그렇게 열심히 봐요?"

"저도 이 책들을 모두 읽으려고요. 저기…… 혹시 그 사람이 어떤 노래를 좋아하는지 알아요?"

나는 룸메이트가 평소 즐겨 부르는 노래들을 목록으로 만들어줬다.

"이 노래들을 다 들으면 그와 더 가까워질 수 있을까요?"

"그 친구한테는 언제쯤 좋아한다고 말할 거예요?"

"이 책들을 다 읽고, 이 노래들을 다 듣고 나서요. 제가 그 사람을 모두 이해했다고 생각했을 때쯤 말하고 싶어요."

그녀가 활짝 웃고 있었다.

하지만 인생에는 언제나 예상치 못한 변수가 튀어나오게 마련이다. 룸메이트는 대학교 2학년 때 갑자기 전공을 바꿔 다른 도시에 있는 학교로 갔다. 차로 네 시간 정도 떨어진 곳이었는데, 굉장히 먼 거리라고 할 수는 없지만 그렇다고 가깝다고 할 수도 없는 곳이었다.

룸메이트가 떠나기 전날, 그녀가 짐 싸는 것을 도와주러 왔다. 나는 그녀에게 오늘밤에 시간이 없다고 눈치를 줬다. 하지만 그녀는 나의 눈짓을 보고도 묵묵히 짐 싸는 것만 도왔다. 그녀는 그렇게 아무것도, 아무 말도 하지 않은 채 그를 떠나보냈다.

다음 날 아침, 그녀가 아침밥을 들고 찾아와 그를 만나러 가겠다고 말했다. 나는 드디어 고백을 하는 거냐며 정말 잘됐다고 말했다. 그러나 그녀는 알 수 없는 표정만 지을 뿐이었다.

1주일 후 그녀가 맛있는 간식을 두 손 가득 들고 돌아왔다. 나는 그녀가 가져온 간식들을 먹으며 어떻게 되었냐고 물었다.

"그를 만났어요. 그리고 함께 차를 마셨고, 또 그리고 며칠은 혼자서 여기저기 구경을 다녔어요."

"그게 다예요? 그다음은요?"

"그게 다예요."

룸메이트는 나보다 1년 먼저 졸업하고 귀국했다. 그리고 곧장 결혼했다. 내가 졸업 논문을 쓰느라 머리를 쥐어짜고 있을 무렵, 그가 어느 날 친구들이 모두 보는 커뮤니티에 혼인관계증명서를 공개했다.

하지만 그녀는 여전히 혼자였다. 룸메이트가 결혼한 날 며칠 뒤 그녀의 생일 파티가 열렸다. 나도 초대를 받아 갔다. 그녀는 나를 보자마자 책 한 꾸러미를 안겨줬다. 아직 다 못 읽은 책들인데 나에게 선물하겠다고 했다. 그녀가 준 책들을 자세히 보니 예전에 우리 집 책장에 꽂혀 있던 책들과 디자인뿐만 아니라 판본도 똑같은 것들이었다.

그녀는 예전에 그의 학교로 찾아갔던 이야기를 꺼냈다. 그날 함께 차를 마시면서 모르는 척 그가 좋아하는 책의 구절도 인용하고, 그가 평소 좋아하는 노래에 관해서도 이야기하면서 여차하면 자신의 마음을 고백할 생각이었다고 한다. 하지만 그녀는 문득 자신이 아직 그를 완전히 이해하지 못하고 있다는 생각이 들었다고 한다.

나는 갑자기 라오천의 이야기가 떠올라 그녀에게 말했다.

"내 주변에도 비슷한 친구가 있는데 정말 많이 좋아하면서도 고백을 못했죠. 그렇게 좋아하면 고백을 해야지 다들 왜 그러는 건지 이해할 수 없네요."

"어떤 사람을 만난다고 해서 그 사람과 영원히 함께할 수 있는 건 아니에요. 어떤 사람을 정말로 좋아하면 그에게 어떻게 말을 해야 좋을지 모르기도 하고……. 만약 그 사람과 함께할 수 없다면 그냥 모른 척 스쳐 지나가는 편이 나아요. 이게 나 같은 바보들의 사랑방식이네요."

고등학교를 졸업하던 그해, 라오천은 처음이자 마지막으로 팅팅에게 노래를 불러줬다. 그가 부른 노래는 주걸륜의 '맑은 하늘(晴天)'이었다.

"너를 위해 수업을 빼먹은 그날, 꽃잎이 흩날리던 그날의 교실, 왜 나는 보지 못한 걸까. 이제는 사라져버린 비 오는 날의 추억, 다시 한 번 비에 흠뻑 젖고 싶어. 아주 오래전 당신을 사랑하던 사람이 있었지. 그런데 마침 바람이 불어와 우리 둘 사이를 멀게 만들었지."

내가 너를 사랑하는 걸 알지만, 네가 기다리는 사람이 내가 아니라는 것도 안다. 그래서 오늘 네 곁에 앉아 있어도 감히 너를 사랑한다 말하지 못하는 것이다. 네게 하고 싶은 마음속 수천 마디의 말은 그저 침묵으로 남겨놓을 것이다.

이것이 바보들의 사랑방식이다.

함께 있어주는 것이야말로 가장 좋은 위로다

어느 해 겨울, 연일 이어지던 행사가 모두 끝나고 잠깐의 휴식기가 찾아왔다. 나는 이 기간 동안 뭔가 의미 있는 일을 해야겠다고 생각했다. 친구들과 이야기하다가 마침 라오타오도 휴가 중이라는 것을 알게 되었다. 또 다른 친구 라오류는 얼마 후에 있을 자격증 시험 때문에 매일 도서관에 처박혀 지낸다고 했다. 내가 말했다.

"집에서 공부하면 되지, 도서관까지 갈 필요가 있냐?"

라오타오가 말했다.

"나는 늘 컴퓨터로 디자인 작업을 하는데 도서관에 컴퓨터를 가져가려면 아주 복잡해."

라오류가 진지한 얼굴로 말했다.

"답답한 인간들아! 도서관에 예쁜 여학생들이 얼마나 많은지 알아?"

라오타오가 말했다.

"그깟 컴퓨터쯤이야. 차로 가져가면 되지."

내가 말했다.

"도서관에서 책을 봐야 집중이 잘되더라고!"

그렇게 해서 우리 셋은 매일 도서관을 드나들기 시작했다. 우리 셋 중 가장 집중력이 떨어지는 인간은 라오류였다. 라오타오와 내가 비웃자 라오류가 비장한 목소리로 말했다.

"지금부터 먼저 자리에서 일어나는 사람이 만 원씩 내기야!"

내가 콧방귀를 뀌며 알았다고 말했다. 나는 원래 책 한 권을 읽기 시작하면 다 읽을 때까지 자리를 뜨지 않는 사람이니까 그 정도야 어렵지 않았다. 라오타오 역시 가소롭다는 듯 웃었다. 그는 원래 그림을 그리기 시작하면 세상이 무너져도 모를 사람이니 문제없었다. 라오류가 조용히 가방에서 1.5리터짜리 환타를 꺼내 내 앞에 놓았다.

"지금부터 시작이다."

"내가 가장 좋아하는 오렌지 맛 환타를 꺼내놓다니 대체 무슨 속셈이야?"

"무슨 속셈이긴? 마시지 않고 버틸 수 있으면 버텨보시지."

나는 만 원을 내지 않기 위해 목이 말라도 꾹 참았다. 하지만 오래가지 못했다. 결국 한 시간 뒤 나는 화장실을 가기 위해 일어설 수밖에 없었고 만 원을 내야 했다.

다음 날, 나는 오기가 생겨 내기를 계속하자고 말했다. 그리고 누구든 음료수를 가져오는 것은 반칙이라고 못박아두었다. 그런데 라오류가 이번에는 새우 과자를 책상에 올려놓았다. 한 시간 뒤, 나는 손을 씻으러 가지 않으면 안 되었고 그렇게 또 다시 만 원을 잃었다.

사흘째가 되던 날, 나는 드디어 만 원을 돌려받게 되었다. 라오류가 도서관에서 전 여자 친구가 지나가는 것을 보고 벌떡 일어나 따라 나갔기 때문이다. 그러나 안타깝게도 라오류는 그녀를 놓치고 말았다. 라오타오와 나는 도서관 아래층에 풀이 죽어 앉아 있는 라오류를 발견했다.

"전 여친 좀 본 것 가지고 사내자식이 그렇게 풀이 죽어 있으면 되겠냐?

고개 들고, 가슴도 좀 펴라. 이 자식아!"

라오류는 아무 말도 하지 않았다. 라오타오가 말했다.

"오늘 저녁에 술이나 빨자! 뭐 그깟 일로 그래? 힘내, 인마!"

라오류는 여전히 입을 다물고 있었다.

내가 말했다.

"일단 만 원 내놔."

라오류가 벌떡 일어났다.

"웃기지 마!"

"너, 나한테 만 원 빚진 거 잊지 마라!"

라오류는 새해를 앞두고 여자 친구와 헤어졌다. 그녀와는 같은 고향 출신으로, 대학교도 같은 학교를 나오고 양가를 오갈 만큼 가까운 사이였다.

어느 날 그녀가 말했다.

"나 상하이에서 살고 싶어."

"그래. 내가 이번 자격증 시험만 붙으면 같이 상하이에 취직자리를 알아볼게."

"그런 문제가 아니야."

"그럼 무슨 문제인데?"

그녀는 아무 말이 없었다. 두 사람은 그렇게 헤어지게 되었다.

그녀와 헤어지고 난 뒤 라오류는 도서관에서 공부를 하기 시작했다. 그리고 일주일 후 나와 라오타오를 도서관으로 불러냈다. 또 그리고 전 여자 친구를 우연히 목격하고 말았다.

다음 날, 라오류는 도서관에 오지 않았다. 그날 그는 문자메시지를 보내함께 상하이에 가달라고 부탁했다. 우리는 상하이에서 나흘간 머물렀다. 라오류는 낮 동안은 아무도 따라오지 못하게 하고 어디론가 가서 시간을 보냈다. 그리고 늦은 밤이 되어서야 호텔로 돌아와 잠을 잤다.

상하이를 떠나던 날 저녁, 라오류가 말했다.

"나흘 동안 매일 루자쭈이(상하이 푸동 지역에 위치한 금융 중심가)에 가서 멍하니 앉아 있었어."

라오타오가 말했다.

"설마 여기 오면 그녀를 찾을 수 있을 거라고 생각한 건 아니겠지?"

"가만히 앉아서 지나가는 사람들을 구경하다 보니 나도 그런 곳에서 일하고 싶은 생각이 들었어. 그러면 그녀도 더 이상 나를 무시하지 못하겠지. 나랑 헤어진 걸 반드시 후회하게 만들어줄 거야!"

내가 말했다.

"정말 그것 때문에 너랑 헤어진 건 아닐 거야. 아마 너희가 헤어지기 훨씬 전부터 그녀는 이미 더 이상 너를 사랑하지 않았던 거야. 네 능력을 증명해 보인다고 해서 그녀가 신경이나 쓸 것 같냐? 도서관에서도 마찬가지야. 네가 도서관에서 공부하는 걸 알고 있고, 아직 네게 마음이 남아 있다면 그렇게 무심히 가버렸을까?"

"그런 건 다 상관없어. 그냥 그렇게라도 위로를 받고 싶은 것뿐이야."

나는 라오타오를 바라봤다.

"그래. 그렇게 해서 네 마음이 조금이라도 편해진다면……."

라오류가 고개를 끄덕이더니 내게 지폐 한 장을 쥐어줬다.

"루쓰하오, 내려가서 물 한 병만 사다줄래?"

나도 마침 목이 마르던 참이라 돈을 받아들고 자리에서 일어났다.

라오류가 실실댔다.

"하하! 올라올 때 만 원도 가져와라."

'이런! 이건 분명 도서관에서만 하는 내기 아니었던가!'

얼마 후 새해가 찾아왔다. 새해 첫날이 지나고 그다음 날까지도 주변 사람들에게 인사를 전하느라 정신없이 보내고 있는데 라오류에게 전화가 왔다.

"오늘 도서관에 오지 않을래?"

"이 자식아, 오늘 같은 날까지 공부를 해야겠냐?"

"오늘 도서관에 사람이 얼마나 많은데! 예쁜 여학생들이 정말 많다!"

"내 얼른 갈 테니까 기다려."

그날 이래로 나는 열흘 내내 라오류와의 내기에서 졌다. 라오류는 한눈 한 번 팔지 않은 채 책에 얼굴을 처박고 문제만 풀었다. 해가 서쪽에서 뜰 일이었다. 그가 그토록 열심히 공부하는 모습은 처음 보는 것이었으므로!

정월 대보름을 며칠 앞두고 나는 다시 멜버른으로 돌아갈 준비를 했다. 라오류의 시험은 아직 몇 주 더 남았기 때문에 그는 여전히 도서관에서 기생했다. 나는 라오류에게 작별 인사를 하려고 도서관으로 갔다.

"라오류, 만약 시험에 떨어지면 그동안 내가 잃은 돈 다 돌려줘야 한다. 알았냐?"

3월 말, 라오류의 시험이 드디어 끝났다. 그는 나와 라오타오에게 불합격 소식을 전해 왔다. 라오타오가 말했다.

"괜찮아. 저녁에 술 한 잔 빨자. 루쓰하오, 네가 계산해!"

"이 자식아! 멜버른에서 어떻게 계산을 하냐! 그럼 다 마시고 나한테 청구하든지. 알리페이(중국 알리바바그룹이 개발한 온라인 결제서비스)로 계산해 주마."

라오타오가 말했다.

"그럼 좋지!"

하지만 그날 두 사람은 술에 잔뜩 취했기에 내게 연락할 정신을 챙기지 못했다.

다음 날 라오류가 메신저로 장문을 늘어놓았다.

'내가 가장 힘들었던 순간은 시험에서 떨어졌을 때가 아니야. 시험이야 다시 보면 그만이지. 그런데 처음 도서관에 앉아 공부를 하기 시작했을 때는 내가 도대체 무엇 때문에 여기에 앉아 있는지, 이렇게 해서 얼마나 버틸 수 있을지 몰라 혼란스러웠어. 게다가 도서관에서 그녀를 보는 순간 모든 결심이 무너지면서 마음을 못 잡겠더라고. 사실 이번에 내 끈기를 시험해 보고 싶었어. 그런데 나 혼자였다면 일찍이 포기했을 거야. 그리고 너희가 없었다면 상하이에 가지도 않았을 테고.'

'아직도 취해 있냐? 제발 그만둬! 너답지 않게 손발 오글거리는 이 멘트! 대체 뭐하는 짓이지?'

'내가 이렇게까지 말했는데 돈 다시 돌려받을 생각은 아니겠지?'

'너 당장 돈 내놔!'

'나 이만 나간다! 안녕!'

라오류가 튀었다.

나와 가까운 친구들과는 늘 이런 식이다. 서로 바쁠 때는 오랫동안 연락조차 못하고 지낸다. 그럼에도 다시 만났을 때 전혀 어색함이 없는 그런 사이다.

몇 년 전부터 친구들과 자주 뭉치지 못하고 있다. 만나더라도 저마다의 스케줄 때문에 금방 헤어지곤 한다. 그래도 우리는 늘 서로에게 큰 힘이 된다. 친구가 있는 곳은 아무리 낯선 도시일지라도 고향처럼 정겹다. 친구들이 여러 곳에 흩어져 살다 보니 만나기 위해서는 어쩔 수 없이 각 도시를 순회하다시피 해야 한다. 물론 아무리 길이 멀어도 그 여정은 즐겁기만 하다.

예전에 내가 출판사에 문전박대의 굴욕을 당했을 때 친구들은 우리 집에 찾아와 국수를 끓여줬다. 그들은 아무것도 물어보지 않았고 우리는 음악을 들으며 새벽까지 먹고 마셨다.

또 언젠가 라오타오와 내가 동시에 실연을 당한 적이 있다. 그때 우리는 난징에 머물고 있는 라오류를 찾아갔다. 라오류는 말없이 집을 내어줬고, 며칠간 우리가 원 없이 먹고 마실 수 있도록 자기 집을 방치했다. 아마 그때 라오류는 파산 지경에 이르렀을 것이다. 당시 실연당한 두 놈은 걸신이 들린 채 라오류의 양식을 모조리 축냈다!

살다 보면 이런저런 시련을 겪게 마련이다. 간혹 주변 사람이 힘들어하고 있을 때 어떻게 위로를 해야 할지 몰라 난감했던 적이 있을 것이다. 그런데 사실, 그 어떤 위로의 말도 시련에 빠진 사람에게는 딱히 힘이 되지 못한다. 험한 길을 만났다고 해서 누군가를 대신해 그 길을 걸어줄 수는 없다. 누군가의 고통을 대신해줄 수는 없는 것이다. 다만, 우리가 할 수 있는 최선의 위로는 묵묵히 곁에 있어주는 것이다. 함께 있어주는 것이야말로 그 어떤 위로의 말보다 더 위로가 된다. 사랑하는 내 친구들에게 이 글을 바친다.

요즘에는 친구들을 만나도 금방 헤어지기 일쑤다.
친구들 중 누군가가 이사 갔다는 소식이 전해지자면 모월 모일 그 도시에서 만나 술을 마시기로 약속한다.
그렇게 모두 한곳으로 모이는 순간은 언제나 행복하다.
아무리 여정이 길지라도 즐겁다. 멀리 떨어져 있어도 서로의 시차를 느끼지 못하는 사람들이 있다.
그들은 서로에게 가장 큰 위로가 되는 존재다.

🦫 당신을 좋아하는 이유

위터우가 샤오신을 처음 만났을 때 그녀는 다시 연애를 시작할 마음의 준비가 되어 있지 않았다. 게다가 위터우가 좋아하는 남자 유형은 늘 정해져 있었는데 샤오신은 그런 유형과 거리가 멀었다.

위터우는 낯가림이 심한 편이라 처음 보는 사람 앞에서는 무표정할뿐더러 말 또한 거의 하지 않았다. 두 사람이 처음으로 밥을 같이 먹던 날, 샤오신은 위터우의 쌀쌀맞은 표정에 겁이 나 말도 몇 마디 붙이지 못했다.

그런 내막을 잘 알고 있는 우리로서는 몇 달 후 두 사람이 정식으로 사귄다는 소식을 들었을 때 놀라 자빠지지 않을 수 없었다. 다터우는 믿을 수 없다는 듯 눈만 휘둥그렇게 뜬 채 한동안 말문을 닫았다. 우리는 모두 샤오신이 대체 어떤 방법으로 위터우의 마음을 붙잡았는지 알고 싶었다.

위터우로 말할 것 같으면 그녀 역시 처음부터 무뚝뚝하고 차가운 성격은 아니었다. 위터우를 그렇게 만든 건 바로 그녀의 첫사랑이었다. 두 사람은 고등학교 때부터 사귀기 시작해 대학교 3학년 때 헤어졌다. 그와 사귀는 동안 위터우는 매년 새로운 모습으로 변신했다. 해마다 헤어스타일을 바꾸는가 하면 대학생이 되고 나서는 줄곧 하이힐만 고집했고 대학교 2학년 때는 가르마를 바꾸었다. 두 사람이 헤어졌을 때 위터우는 첫사랑이 좋아하는 모습으로 완전히 변해 있었다.

하지만 그럼에도 첫사랑은 다른 여자와 사랑에 빠져 그녀를 냉정히 차버렸다. 그때부터 위터우는 본능적으로 자신을 보호하기 시작했다. 그녀는 그 누구에게 의존하지 않아도 될 만큼 강해졌고 낯선 사람은 함부로 접근할 수 없는 분위기를 풍겨댔다. 예전에 함께 운동장을 뛰놀던 해맑은 위터우의 모습은 이제 그 어디에도 없었다.

위터우는 첫사랑과 헤어지고 몇 번의 연애를 더 했지만 모두 얼마 가지 못했다. 한번은 그녀가 한숨을 쉬며 말했다.

"무엇이 잘못되었는지 모르겠어! 이렇게 계속 헤어질 바에야 차라리 아무도 만나지 않는 편이 낫겠어!"

위터우와 샤오신이 사귀게 되었다는 소식을 듣던 순간 나는 예전에 했던 그녀의 말이 떠올랐다.

어느 날 친구들이 모인 자리에서 내가 위터우에게 물었다.

"샤오신의 어떤 점이 마음에 들었던 거야?"

"다음에 같이 밥 먹자. 그때 너도 알게 될 거야."

"그냥 보면 안다고?"

"응. 넌 똑똑하니까 우리를 보면 금방 알아차릴걸?"

"좋아. 기대하지."

드디어 위터우 커플과 함께 밥을 먹었다. 샤오신은 예전에 봤던 모습 그대로였고 위터우 역시 변한 것이 없었다. 하지만 나는 이내 위터우가 왜 그를 좋아하게 되었는지 알아차렸다.

나는 위터우를 아주 오래전부터 봐왔기 때문에 그녀가 어떤 사람인지 잘 안다. 비록 첫사랑을 만나면서 외모는 물론 성격까지 많은 게 변했지만 나

두 사람의 관계가 오래 지속되려면
서로의 말에 경청하고 서로의 생각을 이해해야 한다.
두 사람 사이에 이견이 있더라도 상대방을 이해해주고,
각자 목표가 달라도 상대방을 진심으로 응원해줄 수 있어야 한다.
그 사람을 진심으로 사랑한다면 좋은 일이 생겼을 때
진심으로 기뻐해주고, 힘든 일이 있을 때는 곁에 함께 있어줘야 한다.
진정한 사랑은 상대방을 헐뜯거나
질책하지 않으며 나만 생각하는 이기적인 마음을 갖지 않는다.

를 비롯한 가까운 친구들 앞에서는 여전히 소박하고 털털한 모습 그대로다. 위터우를 정말 잘 아는 사람은 그녀가 서정적인 발라드보다는 혼성 듀엣그룹 봉황전기의 '가장 밝은 민족의 바람(最炫民旋風)'처럼 신나는 음악을 좋아한다는 사실을 안다. 위터우를 정말 잘 이해하는 사람은 그녀가 말투는 차갑지만 속마음은 누구보다 따듯하다는 걸 안다.

첫사랑과 헤어진 후에도 위터우의 연애는 상대방에게 무조건 맞춰주는 식이었다. 그녀는 자신이 무엇을 좋아하는지 얘기하기보다는 늘 상대방이 무엇을 좋아하는지가 우선이었고 자기 자신을 상대방에게 드러내는 것을 어려워했다. 자신의 진짜 모습을 알게 되면 상대방이 떠날까 봐 두려워했던 것이다. 그녀는 그동안 자신을 좋아한 사람 대부분이 자신의 본모습보다는 애써 꾸며낸 모습을 좋아했다는 사실을 알고 있었다.

위터우는 누군가를 만날 때면 상대방의 마음이 확실해질 때까지 자신을 완전히 드러내지 않고 기다렸다. 하지만 그녀가 마음을 열고 진짜 모습으로 다가가려고 하면 상대는 자신이 생각했던 사람이 아니라며 떠나버리곤 했다.

누군가와 함께 밥을 먹으면 그 사람의 여러 특징을 알 수 있다. 예전에 위터우와 그녀의 첫사랑과도 밥을 함께 먹은 적이 있었는데, 그때 그녀는 굉장히 즐거워했지만 뭔가 좀 부족해 보였다. 나는 당시에는 그것이 무엇인지 몰랐다.

하지만 샤오신과 함께 있는 모습을 보고서야 깨달았다. 그때 위터우에게 부족했던 것은 자연스러움이었다. 자연스럽게 농담을 주고받고, 자연스럽게 먹고, 마시고, 거리낌 없이 자신의 모습을 드러내는 그 자연스러움이 예전에는 없었던 것이다.

원래부터 도도하고 말이 없는 사람은 없다. 그렇게 보이는 건 어쩌면 환경이 낯설거나 어려운 상대와 함께 있기 때문일 것이다. 상대가 자신의 모든 것을 보여준다는 것은 나를 온전히 신뢰하고 진심으로 좋아한다는 뜻이다. 신뢰하기 때문에, 진심으로 좋아하기 때문에 자신의 모든 것을 드러내도 내가 떠나지 않을 거라고 생각하는 것이다.

아무리 이성적인 사람도 때로는 모든 것을 내려놓고 마음대로 행동하고 싶을 때가 있다. 아무리 어른스러운 사람도 마음속에 어린아이 같은 모습을 간직하고 살아간다. 어쩌면 이것이야말로 꾸미지 않은 자신의 본모습일지도 모른다. 그리고 진정한 사랑은 이렇게 헝클어지고 유치한 모습까지도 자연스럽게 보여줄 수 있는 것이다.

당신을 좋아하는 이유! 그것은 당신이야말로 나를 가장 나답게 살게 해주기 때문이다.

끝이 보이는 길을 가는 사람들

바오즈와 만나면 우리는 안부 인사도 생략한 채 가장 먼저 무엇을 먹을지부터 정한다. 우리가 주로 먹으러 가는 것은 닭 날개 요리나 훠궈다. 나만큼이나 먹는 것을 좋아하는 사람을 만나는 일은 즐겁다. 하지만 바오즈와 만나면 한 가지 단점이 있다. 나는 매운 음식을 잘 못 먹는 편인데, 늘 매운 음식만 주문하는 바오즈 때문에 마음껏 먹을 수 없다는 점이다.

매운 음식을 잘 못 먹는다는 것은 먹보에게 치명적이다. 바오즈는 언제나 내 식성 따위는 전혀 고려해주지 않는다. 나는 훠궈를 굉장히 좋아하지만 맵지 않은 탕을 주문해야 원하는 만큼 먹을 수 있다. 하지만 바오즈랑 훠궈를 먹으러 가면 늘 가장 매운맛으로 주문하기 때문에 나는 맛있는 음식을 앞에 두고도 얼마 먹지 못하고 구경만 해야 한다.

바오즈는 먹는 것을 정말 좋아한다. 그러나 불행히도 그는 나와 달리 먹는 족족 살로 가는 몸뚱이를 지녔다. 그래서 한창 살이 쪘을 때 몸무게가 90킬로그램까지 나간 적도 있다.

그날도 우리는 함께 야식을 먹으러 갔다. 나는 바오즈가 매운 음식을 잔뜩 시키기 전에 메뉴판을 가로채 맵지 않은 음식들로 골랐다. 직원을 불러 주문하면서 바오즈에게 능청스레 물었다.

"네 거는 아주 매운 닭날개로 시킬게. 몇 개 먹을래?"

바오즈가 대답했다.

"두 개."

나는 내 귀를 의심했다.

"뭐라? 지금 두 개라고 했냐? 미쳤어?"

"안 미쳤어. 그리고 나도 맵지 않은 걸로 시켜줘."

나는 내 귀를 또 의심했다.

"바오즈, 너 대체 무슨 일이야?"

바오즈가 입을 삐죽거렸다.

"너도 다 아는 일이야. 내 엽서가 다시 돌아왔어."

"전 여자 친구에게 보냈다는 그 엽서 말이야?"

바오즈가 고개를 끄덕였다. 나는 한숨을 쉬었다.

"처음부터 그런 일을 하지 않았으면 상심할 일도 없었을 거 아니냐. 이 멍청한 놈아!"

"그래. 난 멍청한 놈이다. 하지만 그렇게 하지 않았으면 내내 아쉬움이 남았을 거야."

"으이구! 넌 괴로워도 싸다, 인마."

"어쩔 수가 없었어."

바오즈의 전 여자 친구는 나를 통해 알게 된 사람이다. 두 사람은 내 생일 파티에서 처음 만났는데, 그날 이야기가 잘 통하는가 싶더니 얼마 후 정식으로 사귀게 되었다.

그녀는 키 172센티미터의 장신이었고 바오즈 역시 187센티미터의 큰 키를 자랑했다. 이렇게 키 큰 두 사람이 함께 길을 걷자면 많은 사람의 눈길이 절로 쏠렸다. 바오즈는 매운 음식을 잘 먹었는데 그녀는 그보다 더 잘 먹었다. 두 사람이 사귄 후부터 나는 그들과 함께 밥을 먹지 않았다. 같이 먹고 싶지 않아서가 아니라 도저히 그 매운 것들을 소화할 수 없었기 때문이다.

바오즈는 그녀와 사귀면서 살이 약간 빠지기는 했지만 여전히 뚱뚱했다. 그녀와 사귀기 전까지 그는 한 번도 자신의 체중에 대해 고민한 적이 없었다. 그러나 그녀를 만나고 나서부터 바오즈는 생전 처음 다이어트라는 것을 시작했다. 그는 같이 운동을 하자며 말라깽이인 나를 매일 헬스장으로 이끌었다.

"바오즈, 난 다이어트라는 걸 어떻게 하는지 정말 몰라."

"그럼 그냥 옆에서 같이 뛰거나 해. 너처럼 아무리 먹어도 살이 안 찌는 놈은 나같이 먹는 건 모두 살로 가는 분과 함께 운동을 해줘야 할 의무가 있어. 그렇지 않으면 나 같은 분의 고충을 네놈들이 알 턱이 있겠냐?"

비록 나는 매운 음식을 잘 못 먹기는 하지만 아무리 먹어도 살이 찌는 체질은 아니다. 그런 점에서 신은 참 공평하다.

당시 친구들끼리 내기를 했다. 나는 바오즈의 다이어트가 3개월을 못 간다는 데 걸었고, 라오천은 한술 더 떠서 일주일도 못 갈 거라는 데 걸었다.

그러나 결국 우리 둘 다 내기에서 지고 말았다. 모두의 예상을 깨고 바오즈는 다이어트를 무려 14개월이나 계속했으니까. 내가 바오즈를 알고 지낸 지 벌써 10년이 넘었지만 그렇게 열심히 하는 모습은 처음이었다. 그는 그동안 새해만 되면 살을 빼겠노라 큰소리쳤지만 늘 먹을거리 앞에서 무너져 제대로 시도조차 못 했었다.

나는 바오즈가 다이어트에 목숨을 거는 이유가 분명 뚱뚱한 남자를 싫어하는 그녀 때문일 것이라고 생각했다. 내 예상은 적중했다.

"맞아. 그녀는 내가 살을 더 뺐으면 좋겠다고 하더라고. 내가 봐도 우리 둘이 같이 다니면 어울리지가 않아. 이번에는 정말 살을 빼고야 말 거야!"

나는 사랑의 힘이 정말 대단하다는 생각을 했다. 저렇게 먹는 걸 좋아하는 바오즈도 다이어트를 하게 만드니까. 아! 나도 연애하고 싶다.

사람들은 각자 자신만의 생활 습관을 갖고 있다. 그리고 일단 관성이 생기고 나면 그러한 습관은 내 안에 돌처럼 딱딱하게 굳어져 절대 변하지 않는 것이 된다. 다시 말해 누군가 당신의 굳어진 생활 습관을 바꾸게 만들었다면 그 사람은 당신의 인생에서 정말 중요한 존재라는 의미다.

그때 나는 바오즈를 보면서 확신했다. 그가 운명의 상대를 만났다고 말이다.

14개월 후 바오즈는 뚱뚱함과는 거리가 먼 표준체중이 되었다. 심지어 살이 빠지니 얼굴이 더 잘생겨지기까지 했다.

두 사람이 사귄 지 햇수로 2년째 되던 해, 바오즈는 대학교를 졸업했다. 일반적으로 연인들이 가장 많이 헤어지는 시기는 바로 둘 중 하나가 졸업을 하고 사회로 진출할 때다. 하지만 바오즈는 이 위험한 시기를 자신만의 방식으로 극복하려고 했다. 그 방식이란 바로 청혼이었다. 당시 나는 캔버라에 머물고 있었기 때문에 멀리서나마 영상 편지로 그를 응원했다. 그런데 바오즈는 자신의 마음을 숨기는 데 서툴렀고 그녀는 이내 그가 청혼할 것이라는 사실을 알아차렸다. 그 이후 그녀는 밤마다 내게 전화를 걸어 말했다.

"바오즈의 청혼을 받아줘야 할지 잘 모르겠어."

"당연히 받아줘야지! 바오즈가 너를 얼마나 사랑하는데!"

"알아. 하지만 생각할 시간이 필요해. 나 대신 바오즈에게 전해줄래? 시간을 조금만 달라고……."

"그건 어렵겠어. 청혼을 수락하든 거절하든 네가 직접 말해야지. 나 같은 제삼자가 도와줄 수 있는 일이 아니야."

나는 그녀와 이야기하면서 어느 정도 그녀의 마음을 알아차렸다. 갑자기 바오즈가 불쌍하다는 생각이 들었다. 그래서 그녀에게는 도와줄 수 없다는 말을 해놓고 바오즈에게 전화를 걸었다. 바오즈는 내 전화를 받자마자 말했다.

"보내준 영상 편지 잘 받았어. 정말 멋지던데! 나 정말 완벽한 계획을 짜놨어. 아마 내 청혼을 절대 거절하지 못할 거야. 한번 들어봐."

그와 30분 넘게 통화를 하면서 나는 어떻게 말을 꺼내야 할지 몰라 고민했다. 그러다가 전화를 끊기 직전 은근슬쩍 떠봤다.

"바오즈, 정말 확신이 있는 거야? 조금 더 만나다가 청혼하는 건 어때?"

"걱정 마. 새해에 양쪽 부모님도 다 만났잖아. 우리 엄마도 그 애가 마음에 든다고 하셨어. 분명 잘될 거야. 곧 좋은 소식 전해줄 테니 기다려라, 친구야."

바오즈의 말에 나는 침묵할 수밖에 없었다. 전화를 끊고 그녀에게 문자메시지를 보냈다.

'바오즈가 너를 정말 많이 사랑하는 것 같아. 두 사람 일에 내가 감히 끼어들 수는 없지만 거절하려거든 그가 납득할 수 있는 이유라도 말해주길 바란다.'

그 후 두 달 동안 바오즈에게서 아무 연락도 없었다. 그는 떠나기 전 친구들에게 잠시 멀리 다녀올 테니 걱정하지 말라는 문자메시지를 보냈다. 하지만 어떻게 걱정하지 않을 수 있겠는가! 바오즈는 다니던 직장도 그만두고 휴대전화도 정지시킨 채 홀연히 사라져버렸다. 나는 걱정되는 마음에 그녀에게 바오즈의 소식을 물었다.

"우리는 헤어졌어. 바오즈는 정리할 시간이 필요하다고 하더라고. 나를 원망하지는 않았으면 좋겠어."

그녀는 부모님이 일찍 결혼하는 것을 반대해서 어쩔 수 없이 헤어지게 되었다고 말했다. 나는 그녀의 말이 사실인지 아닌지 알고 싶지는 않았다. 다만, 바오즈가 마음을 다쳤을까 봐 염려되었다.

두 달 뒤, 다행히 바오즈는 무사히 돌아왔다.

"이 자식아! 대체 어딜 쏘다닌 거야?"

"혼자 여러 곳을 다녔어. 그녀와 가기로 했던 곳들이지. 다니면서 찍은 사진들을 엽서와 함께 익명으로 그녀에게 보냈어."

"두 달 동안이나 그러고 다닌 거야? 일은 안 해? 힘들게 들어간 직장을 그렇게 쉽게 그만둬? 너도 참 인물이다, 이 화상아!"

"그 일이 없었더라도 직장은 바꿀 생각이었어."

나는 마음을 가라앉혔다.

"그녀가 네 엽서를 받을까? 그렇게 하는 게 의미가 있다고 생각해?"

"나도 잘 몰라."

시간은 흘러 오늘이 되었고 바오즈는 자신이 보낸 엽서가 모두 반송되었다는 사실을 내게 알려줬다. 나는 그 일이 바오즈에게 잘된 일인지 아닌지 알 수 없다. 엽서가 되돌아오지 않았다면 최소한 그녀가 엽서를 봤을 거라고 가정할 수 있다. 반면, 엽서가 돌아왔다는 것은 그녀가 엽서를 보지 못했거나 봤지만 다시 돌려보냈을 거라는 의미다. 하지만 둘 중 어떤 것이든 바오즈의 마음을 위로할 수는 없다.

나는 부지런히 훠궈를 탐닉하던 젓가락질을 멈추고 그에게 말했다.

"엽서도 다 돌아온 마당이다. 이제 그만 방황해라."

"안 돼. 아직 못 가본 곳이 많단 말이야."

"얼씨구? 너 머리가 어떻게 된 거 아니냐? 직장 때려치우고 그렇게 오랫동안 돌아다니고도 아직 갈 데가 남았다고? 그동안 번 돈 그렇게 다 날릴 셈이야? 뭐, 둘이서 어디 먼 외국에 가기로 했으면 거기도 갈래?"

"암, 가야지. 예전에 네가 쓴 글 중에 이런 말이 있었지. 정확하게 생각은 안 나지만 대략 가고 싶은 곳이 있으면 반드시 그곳에 서봐야 한다는 내용이었지. 너무 걱정하지 마. 나 혼자 정리할 시간이 필요해서 그래. 그녀와는 아무 상관없는 일이야."

나중에 바오즈가 말한 글이 무엇인지 생각났다.

먼 길을 걷고, 몇 번의 강을 건너서야 당신이 가고 싶었던 그곳에 도착했다. 다른 사람은 알지 못한다. 세상도 나를 알아주지 않는다. 그러나 모두 상관없다. 만약 보고 싶은 풍경이 있다면 누가 뭐라 한들 직접 가서 내 눈으로 확인해야 한다. 설령 그곳이 아무도 찾지 않는 황량한 곳이라고 해도 그곳에 서봐야 알 수 있다. 만약 만나고 싶은 누군가가 있다면 그 사람과 마주칠 수 있도록 노력해야 한다, 설령 그냥 스쳐 지나갈 인연일지라도…….

한번은 난징에서 사인회를 열었다. 그때 한 여학생이 내게 자신의 전 남자 친구에게 보내는 글을 친필로 써달라고 부탁했다. 그 글은 이런 내용이었다.

'부디 당신의 마음을 따뜻하게 해줄 수 있는 사람을 만나길 바라요. 당신과 세상 끝까지 함께 갈 수 있는 그런 사람을…….'

그날 이 말이 얼마나 인상 깊었던지 아직도 그녀의 표정이 생생히 기억난다. 그녀는 좋아하는 사람에게 선물을 하기 위해 긴 줄을 기다렸고 그가 선물을 좋아해주기를 바라면서도 자신에게 돌아와줄 것을 바라지는 않았다.

바오즈의 이야기는 크리스마스가 오기 전에 막을 내렸다. 그는 전국 방방곡곡 그녀와 함께 가기로 했었던 곳을 모두 찾아다녔다. 그곳에서 사진을 찍고 엽서를 썼지만 예전처럼 그녀에게 보내지는 않았다. 그 엽서들은 여행 가방 속에서 그와 함께 동행하다가 어느 순간 하나둘 없어졌다. 마치 길을 걸으며 그녀와의 추억들을 하나둘 떠나보내듯이!

끝이 뻔히 보이는 일을 하는 사람들의 유형은 두 가지다. 첫 번째는 끝이 보인다는 사실을 모른 채 계속하다가 결국 마지막을 맞이하는 경우이고, 두 번째는 결말이 어떻게 될지 잘 알면서도 계속하는 경우다. 사람들은 대부분 첫 번째 유형이 더 많을 거라고 생각하지만 사실 두 번째 유형이 훨씬 더 많다.

당신을 좋아하기에 당신을 아껴주고 싶다. 하지만 당신은 아무것도 하지 않아도 괜찮다. 당신을 좋아하기에 당신이 원하는 것은 뭐든 해주고 싶다. 그렇지만 당신은 아무것도 몰라도 괜찮다. 우리는 함께할 수 없기에 내 이야기를 못 들은 척해도 괜찮다. 우리는 더 이상 함께할 수 없기에 모든 이야기는 마음속에 담아둘 것이다.

끝이 뻔히 보이는 일에 뛰어드는 사람들을 보고 안타까워하지 않아도 된다. 그들은 각자 자신만의 마지노선이 있기 때문에 그 선에 닿기 전까지는 계속할 것이다. 그러나 일단 그 선에 도달하고 나면 툭툭 털고 일어날 것이다. 그리고 지금까지 최선을 다했다고, 상대방에게 그리고 무엇보다 자기 자신에게 그 어떤 아쉬움이나 미안함도 남지 않았다고 생각하게 될 것이다. 누구보다 사랑했던 당신을 마음속 깊은 곳에 묻은 후에야 비로소 작별 인사를 한다.

불나방이 불을 향해 뛰어들 때 마치 앞에 있는 것이 뜨거운 불인지 모르는 것처럼 보인다. 하지만 사실 불나방은 결말을 잘 알고 있다. 끝이 뻔히 보이는 일에 뛰어드는 사람을 이해할 수 없다. 하지만 그들을 말릴 수는 없다. 그들은 마치 다른 누군가를 위해 그 일을 하는 것처럼 보이지만 사실은 모두 자기 자신을 위해서 한다. 끝이 보이는 길이라도 계속 가야 하는 까닭은. 온몸이 상처투성이가 되어도 계속해야만 하는 까닭은 그래야 미련이 남지 않기 때문이다. 끝이 보이는 길이라고 해서 돌아서고 나면 영원히 희망이 남아 있을 것 같은 착각 속에 살게 될 테니까.

진심을 다해 사랑했다면

약속 장소에 나온 다터우가 나를 보자마자 소리쳤다.

"나 오늘 선봤는데 누굴 만났는지 알아?"

"선을 봤다고? 설마 남자와 여자가 결혼을 전제로 만난다는 그 '맞선' 말이야?"

"응. 여하튼 내가 오늘 누굴 만났는지 맞춰봐!"

"대체 갑자기 선은 왜 본 거야?"

흥분해 있는 다터우는 내 물음은 안중에도 없었다.

"오늘 후단을 만났어!"

나는 내 귀를 의심했다.

"뭐? 후단? 후추 할 때 후, 단단하다 할 때 단, 그 후단을 말이야?"

"응. 근데 기왕이면 왕후 할 때 후로 해주면 안 될까?"

"어차피 똑같은 거 아니야? 맞선 상대가 후단이었다고?"

현실의 생활이 드라마보다 더 흥미진진할 수 있단 말인가. 맞선을 보러 나갔는데 상대가 전 여자 친구라니!

"아니. 그런 게 아니라 맞선을 보는데 후단이 옆 테이블에 앉아 있었어."

다터우는 내 중학교 동창이자 고등학교 시절의 룸메이트이다. 그는 머리가 크다는 것 외에는 별다른 특징이 없는 친구다. 학교에서 친구들끼리 농구를 할 때면 늘 다터우의 큰 머리가 시야를 가려 다들 제 실력을 발휘할 수 없었다. 그 덕분에 다터우의 농구 실력은 일취월장했다. 고등학교 여학생들이 좋아하는 남학생은 잘생기거나 운동을 잘하거나 둘 중 하나인데, 다터우는 두 가지 모두 해당되었다. 그는 수많은 여학생에게 러브레터를 받았고 교실에 앉아 있으면 늘 여학생들이 주위로 몰려들었다. 하지만 아무리 예쁜 여학생이 좋다고 고백해도 다터우는 모두 거절했다. 우리 반에서 가장 어린 후단을 좋아하고 있었기 때문이다.

다터우는 학교를 늦게 들어온 까닭에 우리 반에서 가장 나이가 많았다. 반대로 후단은 어렸을 때부터 똑똑했기에 학교를 일찍 들어와 다터우보다 무려 세 살이나 어렸다. 후단은 얼굴도 예쁘고 공부도 잘해서 우리 반 남학생 대부분이 그녀를 좋아했다. 당시 나는 옆 반 여학생을 좋아하고 있었기 때문에 다터우의 경쟁 상대가 아니었다. 그는 매일 나를 찾아와 후단에게 어떻게 고백하면 좋을지를 물었다.

내 코가 석 자인 마당에 누가 누구의 고백을 도와줄 수 있겠냐마는 그래도 나는 다터우를 대신해 후단의 전화번호를 알아내 전해줬다. 어느 날 수업 시간에 다터우에게 메시지를 세 통이나 보냈는데 아무 답이 없었다. 분명 휴대전화를 만지고 있는 것 같은데 답이 없어 이상한 생각이 들었다. 수업이 끝나고 다터우가 내게 달려와 수업 시간 내내 후단과 메시지를 주고받았다고 말했다.

"내가 보낸 메시지는?"

"아! 그건 아직 못 봤어."

"다터우, 부탁인데 나도 좀 신경 써줘. 그리고 우리 반 일등 꼬마 아가씨 공부 좀 그만 방해해라, 응?"

"방해하긴 누가!"

다터우는 매일 편지를 써 후단에게 전했는데, 그동안 자신이 받은 러브 레터들을 아낌없이 표절했다. 그는 두 달 동안 매일 30분 일찍 등교하여 후단에게 아침밥을 사 바쳤다. 그는 다른 아이들이 눈치채지 못하도록 후단만이 알아볼 수 있는 기호를 남겨놓았다.

"왜 매일 아침밥을 몰래 사 바쳐? 대체 그게 무슨 짓이지?"

그가 의미심장한 미소를 지었다.

"상대가 부담을 느끼지 않게 하는 것이 정말 그 사람을 위하는 길이지."

나는 다터우의 연애 기술에 감탄하지 않을 수 없었다. 당시 후단은 다터우의 알람시계나 다름없었다. 그녀를 위해서라면 시끄러운 알람 소리가 없어도 기꺼이 벌떡 일어났으니까. 그해 다터우는 열아홉, 후단은 열여섯 살이었다.

대학교 지원 원서를 쓸 무렵 다터우가 내게 말했다.

"나 지원 대학을 바꿨어. 샤먼으로 갈 거야. 샤먼대학교에 가고 싶거든."

"난징으로 가고 싶다고 하지 않았어?"

"후단이 샤먼대학교에 가고 싶대!"

사랑의 힘으로 다터우는 샤먼대학교에 수월히 합격했다. 합격 통지서가 나오던 날 그는 단숨에 후단의 집까지 달려가 외쳤다.

"나 샤먼대학교에 합격했어! 샤먼대학교에 합격했다고!"

지나가는 아줌마들이 그를 이상한 눈으로 쳐다봤다. 그리고 잠시 후 후단이 나왔다. 그녀는 다터우를 보자마자 울음을 터뜨렸다.

"나 샤먼대학교 떨어졌어! 엉엉!"

결국 후단은 베이징에 있는 학교에 입학했고 다터우는 샤먼으로 떠났다. 서로 멀리 떨어져 있었기에 후단은 다터우의 고백을 받아주지 않았다. 다 터우는 이후로도 몇 년간 샤먼에서 베이징을 마치 옆 동네처럼 오갔다. 그 녀를 만날 수만 있다면 비행기 삯도 전혀 아깝지 않았다. 물론 피곤한 줄도 몰랐다.

다터우가 말했다.

"사랑은 말이다. 그 사람이 너를 보고 싶어 할 때 옆에 함께 있어주는 거야."

나는 다시 한 번 다터우에게 감탄했다.

다터우는 주로 후단의 기숙사 밑에서 기다리고 있다가 그녀가 나오면 함 께 영화를 보러 갔다. 어느 해 여름인가 베이징에 모기가 특히 많았던 적이 있었다. 그때 그는 후단을 기다리면서 모기에 열 군데도 넘게 물린 자국을 사진으로 찍어 내 휴대전화로 전송했다. 다터우가 물었다.

"만약 모기들이 내 몸을 하트 모양으로 물어준다면 후단이 감동하지 않 을까?"

"후단이 감동할지 안 할지는 잘 모르겠고, 엄청 멍청한 짓이라는 건 확실 하다."

"후단만 멍청하다고 생각 안 하면 그만이야."

"아니지. 후단은 분명 나와 같은 생각일 거야."

끊임없는 애정 공세로 말미암아 얼마 뒤 둘은 연인 사이가 되었다. 그해 다터우는 스물셋, 후단은 스무 살이었다. 그리고 다터우는 여전히 샤먼에, 후단은 베이징에 머무르고 있었다.

나는 두 사람의 장거리 연애를 줄곧 지켜봤다. 그들은 아무리 바빠도, 아 무리 멀리 떨어져 있어도 한 달에 한 번은 꼭 만나자는 약속을 했다. 대부 분 다터우가 베이징으로 후단을 만나러 갔고 가끔 한 번씩 후단이 샤먼으로 그를 만나러 가기도 했다. 다행히 다터우의 집은 형편이 넉넉해 차비 걱정은 하지 않아도 되었다. 그럼에도 후단은 매번 다터우만 베이징으로 오라고 하기 미안해서 몇 번 자진해서 샤먼으로 갔다.

다터우는 후단을 진심으로 사랑했고 그녀와 함께 있기 위해 베이징으로 편입해야겠다고 결심했다. 그러나 후단은 자기 때문에 그의 계획이 흐트러지는 것은 싫다고 반대했다.

"내가 애초에 샤먼을 선택한 이유는 순전히 너와 함께 있고 싶어서였어."

하지만 다터우는 편입에 실패했고 계속 샤먼에 남아야 했다.

후단 역시 다터우를 진심으로 사랑했고 조금이나마 그의 부담을 줄여주기 위해 몰래 아르바이트를 해서 돈을 벌었다. 그녀는 거리에서 전단지를 돌리기도 하고, 행사장에서 안내 일을 하기도 했다.

하지만 두 사람은 서로를 위한다고 하는 일 때문에 종종 다투기도 했다. 다터우는 그녀가 고생하는 것이 싫었다. 그럴 필요도 없는 일이었다. 그는 정 아르바이트가 하고 싶거든 최소한 자신에게 먼저 알려달라고 말했다. 그러나 후단은 다터우에게 걱정을 끼치고 싶지 않다며 앞으로도 말하지 않을 거라고 했다.

나는 처음에는 그들의 상황이 잘 이해되지 않았다. 하지만 나중에 알게 되었다. 내가 상대방에게 많은 것을 내어주었는데 상대방은 그만큼 돌려주지 못한다면 받는 사람 입장에서는 그것이 기쁨이 아닌 부담이 될 수 있다는 사실을 말이다.

다터우와 후단은 둘 다 바보처럼 착해서 상대가 고생하는 것은 조금도 보기 싫어했다. 어떻게든 자신이 더 많은 것을 내어주고 싶어 했다.

다터우가 졸업하던 날, 나와 라오천은 그의 졸업식에 참석했다. 물론 후단도 함께 갔다. 나는 그날 처음으로 다터우가 나와 라오천을 합친 것보다 더 잘생겼다는 사실을 인정했다. 다터우는 기분이 매우 좋아 보였고 사람들과 돌아가며 사진을 찍었다. 당연히 그중에서도 후단과 가장 많은 사진을 찍었다. 그가 말했다.

"오늘 찍은 사진들은 우리 결혼식 때도 사용할 거야."

후단이 환하게 웃었다.

"그럼 더 예쁘게 찍어야겠네."

"그래. 루쓰하오랑 라오천 너희 둘은 사진에서 빠지는 게 좋겠어."

라오천이 말했다.

"어쭈? 축의금 받을 생각이 없는 거야?"

라오천의 이 말은 훗날의 복선이 되었다. 다터우는 우리 두 사람 모두에게 축의금을 받지 못했다. 아니, 정확히 말해 축의금을 받을 일이 없었다. 두 사람이 헤어졌으니까.

그들이 졸업을 하던 해 다터우는 스물다섯, 후단은 스물두 살이었다. 다터우와 후단은 졸업하고 2년 뒤에 헤어졌다. 졸업 후 두 사람은 모두 상하이로 거처를 옮겼다. 우리는 드디어 힘겨웠던 장거리 연애를 끝내고 한 도시에 살게 되었으니 두 사람에게서 곧 좋은 소식이 들릴 거라고 생각했다. 그러나 그들은 오히려 가까이 지내면서 점점 사이가 멀어졌고 결국 헤어졌다.

다터우는 자신이 능력이 부족해 후단을 붙잡지 못한 것이라고 자책했다. 두 사람의 성격은 처음부터 헤어지는 그 순간까지 변함이 없었다. 상대가 조금이라도 힘들어하는 것은 보고 싶지 않았고, 그 사람을 힘들게 만드는 사람이 자기 자신이라면 더욱 참을 수가 없었다.

다터우가 말했다.

"예전에 후단은 늘 생기가 넘쳤어. 그런데 지금은 아니야. 만약 그녀가 나로 인해 점점 더 불행해지는 것 같다면 차라리 놓아주는 편이 낫겠지?"

내가 말했다.

"예전에 후단의 기숙사 앞에서 기다리면서 모기가 네 몸을 하트 모양으로 물어준다면 후단이 감동하지 않겠냐고 물은 적 있지? 난 그때 후단이 감동할지 안 할지는 잘 모르겠고 네가 참 멍청한 짓을 하고 있는 것 같다고 대답했어. 기억하지?"

다터우가 고개를 끄덕였다.

"그때 내 생각이 옳았던 것 같아."

두 사람이 헤어지던 해, 다터우는 스물일곱, 후단은 스물네 살이었다.

같은 해 라오천이 결혼을 했다. 모두 다터우와 후단의 결혼식에 먼저 가게 될 거라고 생각했지만 두 사람은 헤어졌다. 반대로 이루어질 수 없을 거라고 생각했던 라오천과 다딩이 먼저 결혼식을 올렸다. 사람의 인연이란 이처럼 알 수가 없다.

라오천의 결혼식 날, 바오즈가 두 사람의 이별에 대해 물었다.

"그녀와 사귀기까지 사 년을 기다렸어. 그리고 그 이후 삼 년을 함께했지. 나는 더 이상 그 시절의 어수룩한 남학생도 아니고, 후단도 더 이상 귀엽기만 하던 꼬마 아가씨가 아니야. 우리가 함께한 삼 년 동안 나는 진심으로 그녀를 사랑했고, 그녀도 나를 진심으로 사랑했어. 난 그것으로 충분해."

그리고 그 이후 다터우는 맞선 장소에서 후단을 다시 만나게 된 것이다.

내가 조심스럽게 물었다.

"그래서 어땠어?"

"맞선은 정말 고역이야. 게다가 이번에 나온 여자는 완전 내 스타일이 아니……"

나는 그의 말을 끊었다.

"누가 맞선 얘기했어? 그거 말고!"

"아! 후단 말이구나. 곧 결혼한다더라. 결혼한다는 남자도 옆에 있었는데 나보다 훨씬 못생겼던걸. 하하하하!"

다터우는 이내 웃음을 멈추고 한동안 말문을 닫았다. 잠시 후 그가 입을 열었다.

"예전에 어디선가 이런 글을 본 적 있어. 누군가를 만나고 그 사람을 사랑하는 동안 예전보다 더 나은 내가 되었다면 그 사람을 사랑한 일은 누가 뭐래도 옳은 일이었다고. 사실, 예전에는 그 글이 헤어진 연인들을 위로하기 위해 꾸며낸 글이라고 생각했어. 하지만 이제는 그 글이 진실임을 알게 되었지."

다터우가 또 침묵하는가 싶더니 다시 말문을 열었다.

"그녀를 만나는 순간 지난 일들이 한 편의 영화처럼 머릿속을 스쳐 지나갔어. 나는 다 잊은 줄 알았는데 말이야. 기억이라는 것이 기계를 이루는 정교한 부품들처럼 하나도 빠짐없이 내 머릿속 곳곳에 자리를 잡고 있나봐. 나는 우리가 영원할 수 있을 거라 생각했어. 전에 너희에게 말했던 것처럼 나는 더 이상 고등학교 시절의 어수룩한 남학생도 아니고 그녀도 더이상 그 시절의 꼬마 아가씨가 아니야. 비록 우리는 헤어졌지만 그래도 정말 다행이라고 생각해. 우리 인생에서 가장 아름다웠던 그 시절을 함께 보낼 수 있었으니까 말이야."

우리는 살면서 영원이라는 말을 너무 쉽게 한다. 그러나 절대 잃어버리지 않을 거라 호언장담했던 것들은 어느새 곁에서 조금씩 멀어지고 심지어 어느 순간이 되면 그것이 존재했었는지조차 잊어버리고 만다. 세상에 영원한 것은 없다. 그 어떤 일도 당연하게 일어나는 것은 없다. 세상은 드넓고 그 안에는 수만 가지의 길이 존재한다.

누군가를 만나고, 그 사람을 진심으로 사랑하고, 슬프지만 이별한다. 그

다양한 길을 걷고, 각양각색의 사람들을 만나는 동안 때로는 평생 머물고 싶었던 그녀 곁을 스쳐 지나가기도 하고 영원히 간직할 것만 같았던 물건을 잃어버리기도 했다. 친구들은 시간 속에 흩어지고 감정들은 기억 속 한 구석에 자리 잡고 있다. 인생의 파도는 끊임없이 밀려오고 사람들은 저마다 바삐 움직인다. 그러나 그런 와중에도 누군가는 당신 곁에 오래도록 머무르고 싶어 한다. 이렇게 드넓은 세상에서 누군가 내 손을 잡고 함께 걸어 주는 사람이 있다는 것이 얼마나 소중한 일인지 우리는 너무 자주 잊고 산다.

과정을 통해 조금씩 우리는 성장한다. 누군가를 사랑하고 그 사람에게 사랑받으며 성장하는 것은 엄청난 행복이다.

나는 문득 다터우가 후단을 위해 아침 일찍 일어나 학교에 가던 날들을 떠올렸다. 그리고 지난번 그가 했던 말도 떠올렸다.

"이별은 슬프지만 서로를 진심으로 사랑했으니까 후회가 남지는 않아."

그는 종종 그녀를 떠올리며 내가 정말 좋은 사람을 사랑했구나, 그녀를 사랑한 건 정말 옳은 일이었구나, 생각한다고 했다.

평생 버리지 못할 것만 같은 물건도 언젠가는 손에서 놓아야 하는 날이 온다. 평생 잊지 못할 것만 같은 기억도 언젠가는 조금씩 기억에서 사라진다.

이미 지나가버린 일은 시간을 거슬러 돌려놓을 수 없다. 그때의 나 자신을 애써 부정할 필요도 없다. 앞으로 계속 걷다 보면 깨닫게 될 것이다. 지나간 일들은 과거 속으로 사라진 것이 아니라 내 안에 고스란히 쌓여 있다는 사실을…….

과거를 떠올렸을 때 자신이 정말 좋은 사람을 사랑했다고, 그 사람을 사랑한 일은 정말 옳은 일이었다고 생각한다면 그만한 축복도 없을 것이다. 그러나 언제까지나 추억 속에 빠져 있을 수는 없다. 앞으로 만나게 될 또 다른 사람을 위해서, 그리고 나 자신을 위해서 툭툭 털고 일어나 계속 길을 걸어가야 한다.

⬤ 그럴 수 있다면 원망도 후회도 하지 말자

1

대학교 입학시험이 끝나고 열린 월드컵 당시, 샤오신은 함께 경기를 보던 친구들과 스페인의 우승을 걸고 내기를 했다. 그는 내기에서 이기면 좋아하는 여학생에게 고백을 하겠다고 다짐했다. 그해 월드컵에서 스페인은 정말 우승을 차지했고 샤오신은 내기에서 이겼다. 하지만 그가 고백하려고 마음먹었을 때 그녀는 이미 다른 사람과 함께 있었다.

내가 물었다.

"지난 번 월드컵 우승은 이탈리아가 하지 않았나?"

샤오신이 황당한 표정을 지었다.

"뭐래니? 그건 이천육 년이거든."

나는 이번에도 아무 생각 없이 물었다.

"그래. 지난번 월드컵이 이천육 년 아니었어?"

샤오신이 나를 한심하게 쳐다봤다.

"이 멍청아, 정신 좀 차리고 살자!"

정신을 차리고 가만히 생각해보니 2006년이 지나고 2010년 남아공 월드컵이 열렸고, 2014년에 브라질 월드컵이 또 한 번 열렸다. 그러고도 시간이 훌쩍 지나갔다. 우리는 늘 시간이 많다고 생각하지만 세월은 이처럼 눈 깜짝할 사이에 지나가버린다.

이틀 전, 라오천이 메신저로 말을 걸더니 뜬금없이 고등학교 시절 열심히 외우던 수학 공식을 늘어놓기 시작했다.

'x는 2a분의 마이너스 b 플러스마이너스…….'

나는 한술 더 떴다.

'공자왈, 학이시습지 불역열호아.'

'흥! 그 정도쯤이야. 어디 계속 한번 읊어보시지, 루쓰하오?'

'그렇게 잘났으면 네가 한번 읊어보시지.'

라오천은 한동안 말이 없었다. 잠시 후 우리 둘은 한참을 깔깔댔다.

라오천은 고등학교 3학년 때가 자신의 전성기였다고 말했다. 그때는 온갖 수학 공식과 한시들을 줄줄 외우고 다녔고 수학 문제는 그래프만 봐도 답을 대강 알 수 있을 정도였는데 이제는 아무것도 기억이 나지 않는다고 했다.

나도 생각해보니 기억나는 것이 없었다. 하지만 그때는 당시, 송시는 물론 그 길고 어렵다는 '출사표(삼국 시대 촉나라의 재상 제갈공명이 위나라를 토벌하러 갈 때 임금에게 올린 글)'도 한 자 틀리지 않고 암기했었다.

그 당시 우리 인생은 수업과 시험이 전부였다. 그리고 그 대가로 시력은 점점 나빠졌다. 우리는 그렇게 최선을 다해 인생의 첫 번째 관문인 대학 입학시험을 준비했다.

대학 시절은 인생에서 가장 즐거운 시간이었다. 연애를 하고, 좋아하는 일을 마음껏 하고, 밤새도록 친구들과 술을 퍼마셨다. 물론 꼭 좋은 점만 있었던 건 아니다. 누군가와 끊임없이 비교를 당했고, 때로는 외로웠고, 앞날에 대한 걱정으로 방황도 했다. 그럼에도 나는 대학 시절이 종종 그립다, 젊기에 무엇이든 할 수 있을 것만 같았던 그 시절이!

어느 해 여름인가부터 내 인생에서 만남보다 이별이 더 많아졌다. 어느 순간 갑자기 시작된 이별은 멈출 줄을 모르고 계속되었다. 정신을 차리고 지난 시간을 되돌아봤을 때 나는 이미 많은 사람과 헤어져 있었다. 예전에는 미처 몰랐던 인연의 소중함을 수많은 이별을 경험하고 나서야 알게 되었다.

어떤 사람들은 줄곧 한 학교에서 개학을 맞이하고 또 어떤 사람들은 새로 옮긴 학교에서 개학을 맞이한다. 그리고 대부분의 사람은 나처럼 이제 더 이상 개학이라는 경험을 할 수 없다.

2

외로움은 어느 순간 갑자기 찾아와 쉽게 떨어지지 않는다. 주변에 친구가 많든 적든, 사람들에게 둘러싸여 있든 홀로 있든 고독은 때와 장소를 가리지 않고 찾아온다. 세상 사람들은 모두 즐겁고 행복한데, 나 홀로 외로움과 싸우고 있는 기분이 든다.

고등학교를 졸업하고 친구들이 뿔뿔이 흩어졌을 때 나는 처음으로 외롭다 느꼈고 그 사실을 받아들일 수 없었다. 하지만 외로움을 겪으면서 깨달은 바가 있다. 외로움은 누구에게나 찾아올 수 있다는 사실이다.

친구를 사귀는 것은 굉장히 쉬운 일이다. 하지만 그중에는 나와 성격이 잘 맞지 않는 친구도 분명 있다. 그런 친구와는 조금씩 왕래가 뜸해지다가 결국 연락이 완전히 끊겨버린다. 그러니 친구를 사귀는 것은 굉장히 쉬운 일이지만 나의 속마음까지 알아주는 진정한 친구를 만들기란 어렵다.

물론 외로움이 꼭 나쁜 것만은 아니다. 외로운 순간이 괴로운 것은 아직

나 자신과 시간을 보내는 방법을 잘 모르기 때문이다. 사실, 나만의 시간을 가질 수 있다는 것은 굉장한 행운이다. 혼자 시간을 보낸다고 해서 친구가 없다는 의미는 아니다. 오히려 나 자신에게 진정한 친구가 되어줄 좋은 기회다.

주변에 시끄러운 소음이 없으니 자신의 목소리를 들을 수 있고 스스로에게 무엇을 원하는지, 무엇을 원치 않는지 물어볼 수도 있다. 자신을 이해하는 것은 오직 외로워졌을 때 할 수 있는 일이다.

외로움은 어떻게 견딜 수 있을까? 먼저 외로움에 대한 두려움을 버리고, 그다음 몸과 마음을 오롯이 집중할 수 있는 일을 찾아보자. 나는 주로 음악을 듣거나 글을 쓰는데, 이처럼 누구에게나 자신만이 집중할 수 있는 일이 분명 존재한다.

외로움을 담담하게 받아들인다면 이별도 담담하게 받아들일 수 있다. 혼자 생활하는 것의 가장 좋은 점은 언제나 평정심을 유지할 수 있다는 것이다. 혼자 지내다 보면 무슨 일이 벌어져도 유연하게 대처할 수 있고 아무리 어려운 일도 혼자서 헤쳐나갈 수 있다는 자신감이 생긴다. 이러한 힘은 날마다 외로움을 견디며 조금씩 쌓여간다.

외로움을 경험하다 보면 주변 사람들과의 관계도 변하기 시작한다. 어떤 사람들과는 더욱 가까워지기도 하고, 또 어떤 사람들과는 완전히 등을 돌리기도 한다. 나중에 내 곁에 남는 이들은 내가 예전에 생각했던 사람들이 아닐 가능성이 많다.

친구들이 각지에 뿔뿔이 흩어지고 나면 우정은 시험대에 오른다. 언제나 함께 지내던 때와 달리 이제는 각자의 생활이 있고 해야 할 일들이 생긴다. 만약 이때까지도 자주 연락을 주고받고 속에 있는 말들까지 털어놓을 친구가 있다면 이 친구야말로 우정의 시험대에서 무사히 살아남은 진정한

지기(知己)다.

어떤 사람과는 하루 이틀 연락을 하지 않다 보면 서서히 멀어지지만 어떤 사람과는 매일 연락을 하지 않아도 만나면 언제나 시간 가는 줄 모르게 이야기를 나눈다. 어디에서 누구를 만나고 그 누군가가 진정한 벗이 되려면 인연이어야 한다. 만남 뒤에 점점 소원해진다면 그 사람과는 인연이 아닌 것이다. 그러니 시간이 흘러도 한결같이 나를 아껴주는 사람이 있다면 그 인연은 나 자신만큼이나 소중히 여겨야 한다.

3

대학교를 갓 입학한 새내기 시절에는 인생을 어떻게 살아야겠다는 개념 자체가 없었다. 그래서 무엇이든 가능한 한 많이 경험하려고 애썼다. 내가 하는 일이 먼 길을 돌아가는 것일 수도 있고, 남들이 보기에 시간 낭비인 것처럼 보일 수도 있다. 하지만 시행착오를 겪어봐야 다음에 실수를 하지 않을 수 있다. 정말로 시간 낭비인지 아닌지는 자기 자신이 가장 잘 알게 되어 있다.

나는 대학교 1학년 때 책을 굉장히 많이 읽었고 매일 일기를 썼다. 많은 사람의 눈에는 내가 하는 일이 시간 낭비처럼 보일 수 있었겠지만 그때 그렇게 많은 책을 읽지 않았다면 지금의 내가 있을 수 없을 거라 생각한다.

대학교 3학년이 되면 대개 조급해진다. 주변에서 하나둘 자기 갈 길을 찾아서 떠나는데, 그런 와중에 나만 혼자 방향을 잡지 못한 채 방황하는 것 같기 때문이다. 그러나 방황하는 것을 두려워할 필요는 없다. 최소한 내가 어디론가 움직이고 있다는 뜻이니까. 실패 역시 마찬가지다. 다시 일어설 용기만 있다면 전혀 두려워할 필요가 없다.

대학 입학시험을 보던 그해 뜨거웠던 여름은 조금씩 까마득한 기억이 되어간다. 그동안 많은 사람과 이별하고 많은 일을 경험하면서 한 가지 깨달은 바가 있다. 내 인생의 수많은 이별은 바로 그해 여름부터 시작되었음을 말이다.

만약 당신에게 아직 이 여름이 오지 않았다면 최선을 다해 이 시기를 보내길 바란다. 이별의 순간이 오면 떠들썩하게 환송하고, 좋아하는 여학생이 있다면 기회가 있을 때 고백하자. 가장 중요한 것은 지금의 청춘을 잘 간직하는 것이다. 네가 얼마나 노력했는지, 얼마나 열정적이었는지 살면서 잊지 않았으면 좋겠다.

인생은 생각보다 길다. 그렇기 때문에 잠시 앞서나갔다고 자만할 필요도, 잠시 뒤처졌다고 자책할 필요도 없다. 중요한 건 진취적인 마음으로 하고 싶었던 일을 하기 위해 열심히 노력하는 모습이다.

갓 학교에 입학한 새내기라면 이제 곧 알게 될 것이다. 대학교는 놀기 위해 들어온 곳이 아니라는 사실을 말이다. 그리고 점점 더 많은 것과 작별하고, 계속되는 시련을 견디는 법을 배우게 될 것이다.

대학 입학시험이 끝나면 모든 게 끝나는 것이 아니다. 그때부터야말로 진짜 인생이 시작된다. 더 이상 나를 대신해 비바람을 막아줄 사람은 없다. 그러므로 오직 내 우산에 의지해 비바람에 맞서야 한다.

내가 이런 이야기를 하는 것은 앞으로의 인생이 얼마나 힘이 들지 겁주려는 게 아니다. 그저 무슨 일이 생겨도 현재의 나 자신을 잊지 말라는 말을 하고 싶은 것뿐이다. 앞으로 여러 시행착오를 겪을 때마다 그 속에서 스스로 교훈을 찾아내야 한다.

나처럼 이제는 대학 입학시험에 대한 기억이 까마득하고 학창 시절에서 점점 더 멀어져가고 있는 사람들은 때로는 학교 다니던 때가 미치도록 그립다. 그러나 언제까지나 그리워만 할 수는 없다. 가장 중요한 건 내가 인

포기하고 싶은 순간에 다가온 어떤 노래가, 혹은 한 편의 영화가 그 마음을 고쳐먹게 해줬다면 굉장한 행운이다. 사실, 마음속에 불씨가 이미 꺼져버렸다면 외부의 그 어떤 것들도 다시 불을 지펴주지는 못한다. 당신이 어떤 사람인가에 따라 어떤 사람을 만나게 될지, 어떤 일을 하게 될지, 또 어떤 일에 감동을 받게 되는지가 달라진다. 결국 좋은 사람을 만나고, 좋은 일만 겪고 싶다면 내가 먼저 좋은 사람이 되는 수밖에 없다.

생의 어느 단계에 있든, 어떤 곳에 있든 지금 하고 있는 일에 최선을 다하는 것이다.

우리 모두 언젠가는 어른이 된다. 때로는 불공평한 대우도 받고 실패와 좌절도 경험하게 될 것이다. 그러면서 시련을 이겨내고, 외로움을 받아들이는 법을 배우게 될 것이다. 그 누구도 이 과정을 피해 갈 수는 없다. 이럴 때는 성급하게 기댈 곳을 찾거나 과거를 그리워할 것이 아니라, 침착하게 현 상황을 받아들일 줄 알아야 한다.

노력이 반드시 좋은 결과를 가져오지는 않는다. 그럴지라도 발걸음을 멈춰서는 안 된다. 모두 올바른 방향을 찾아야 한다고 말하지만 벽에 부딪혀 보지 않으면 어떤 방향으로 가야 할지 알 수가 없다. 수많은 노력과 시도가 수포로 돌아갈 수도 있고 먼 길을 돌아왔는데 알고 보니 바로 앞에 목표하던 일이 있었다는 사실을 발견하기도 한다. 하지만 먼 길을 돌아오지 않았다면 그 사실을 절대 알 수 없는 법이다.

지나고 나서야 깨닫는 것들이 인생에는 너무 많다. 그럼에도 포기하지 않고 계속 걸어 나아간다면 원망하거나 후회할 일은 없을 것이다.

🐚 내 노래를 들려주고 싶은 유일한 사람

샤오슈가 메신저로 말을 걸었다.

'라오가오가 곧 결혼을 하는데 가야 할지 말아야 할지 모르겠어.'

'당연히 가야지. 그것도 아주 멋진 모습으로!'

그녀는 한참이 지나서야 대답했다.

'그래.'

나는 지금 살고 있는 멜버른이 참 좋다. 이곳은 굉장히 낭만적인 도시다. 번화한 거리로 나가면 인도가 차도보다 넓다. 거리의 가로수, 편의점 앞에 붙은 포스터, 시간마다 지나가는 전차를 보고 있노라면 마음이 편해진다. 도시 중앙에는 기차역이 있고 건너편에는 멜버른에서 가장 큰 도서관이 있다. 도서관 앞에는 넓은 잔디밭이 펼쳐져 있다. 힘들고 지치는 날에는 벌러덩 누워 있기도 하고, 마음이 복잡한 날에는 이곳에 앉아 하루 종일 책을 보기도 한다. 비둘기들은 사람이라는 존재를 무시한 채 무리 지어 잔디밭을 활보하며 먹이를 찾는다.

도서관에서 멀지 않은 곳에 차이나타운이 있다. 이곳은 샤오슈와 라오가오가 처음 만난 곳이기도 하다. 사실, 샤오슈를 알기 전 길을 가다가 그녀를 몇 번 본 적 있다. 그녀는 매일 밤 열 시가 되면 차이나타운에 기타를 메고 나타나 남들이 보든 말든 노래를 불렀다. 멜버른 거리에는 그녀 같은 뮤지션이 참 많다. 그 수많은 뮤지션 중 그녀의 목소리는 내가 지금껏 들어본 것 중 가장 아름다웠다.

어느 날 친구들과 모임이 있었다. 나, 라오린, 라오가오를 포함해 여러 친구가 모여 술을 마시고 노래를 불렀다. 그중 라오가오는 술을 잘 못하는 편이었다. 그는 맥주 세 잔을 마셨을 뿐인데 얼굴이 벌개져서는 잠시 바람 좀 쐬고 오겠다고 말했다. 나는 라오가오를 따라 나갔다. 그때 거리에서 샤오슈의 노랫소리가 들려왔다. 30분 넘게 라오린의 노래를 들어야 했던 우리에게 그녀의 노래는 마치 천상의 소리 같았다.

그날 샤오슈 주변에는 사람들이 많이 몰려 있었는데 모두 계단에 앉아 그녀의 노래를 듣고 있었다. 나는 앞에 놓인 모자에 돈을 넣어야 할지 말지 고민했다. 그런데 그때 라오가오가 성큼 앞으로 걸어가더니 100달러 지폐를 모자에 넣었다. 이내 우리는 그곳을 떠나 계속 걸었다. 얼마쯤 걸었을까. 누군가가 뒤에서 우리를 불렀다. 뒤를 돌아보니 샤오슈가 기타를 메고 뛰어오고 있었다.

샤오슈가 라오가오에게 말했다.

"돈을 너무 많이 주셨어요."

라오가오가 대답했다.

"당신 노래가 정말 듣기 좋아서 그래요."

"그래도 이건 너무 많아요."

"그럼 제가 원하는 노래로 두 곡만 더 불러줄래요?"

라오가오가 신청한 노래는 천이쉰의 '애정전이(愛情轉移)'와 '아무 말도 하지 말아요(不要說話)'였다. 나는 아직도 그날 샤오슈가 라오가오를 바라보며 노래 부르던 모습이 생생하다.

"연필이 한 자루 있다면 대사가 없는 연극을 쓰고 싶어. 조명이 켜져도 너를 꼭 안고 있을 거야. 거리에서 노래를 부를 거야. 네가 들을 수 있도록 큰 목소리로. 아무 말도 하지 말고 내 노래를 들어줘."

샤오슈의 노래가 끝나자 라오가오는 말도 없이 갑자기 어디론가 뛰어갔다. 나와 샤오슈는 영문을 모른 채 그 자리에 계속 서 있었다. 내가 따라갈 틈도 없이 그는 시야에서 사라져버렸고 전화를 걸어봤지만 받지 않았다. 나는 손을 저으며 말했다.

"술을 좀 많이 마셔서 그래요. 신경 쓰지 마세요."

그렇게 우리 둘은 이야기를 나누기 시작했다. 나는 그제야 그녀의 이름이 샤오슈라는 것을 알았다. 대학생인 그녀는 노래 부르기를 좋아해서 학비도 벌 겸 매일 밤 길거리에 나와 노래를 부른다고 했다.

얼마 후 라오가오가 헐떡거리며 뛰어왔다. 그의 손에는 기타가 들려 있었다. 나는 순간 당혹감을 감추지 못했다.

'저건 내 기타가 아닌가! 저 자식, 우리 집 열쇠는 어디서 났지?'

내가 미처 말을 꺼내기도 전에 라오가오가 샤오슈 앞으로 다가가 말했다.

"방금 그 노래 말이에요. 두 군데 음이 잘못되었어요. 어떻게 쳐야 하냐면……."

잠시 후 두 사람은 '아무 말도 하지 말아요'를 처음부터 끝까지 함께 불렀다. 왜 나는 이런 낭만적인 장면의 주인공이 될 수 없단 말인가! 심지어 저건 내 기타인데 말이다.

나는 두 사람의 꼴을 더 이상 두고 볼 수 없어 혼자 친구들이 있는 곳으로 돌아갔다. 그러고는 마이크를 빼앗아 목청껏 노래를 불렀다. 하지만 얼마 지나지 않아 라오린이 나를 쫓아냈다.

시간은 시간으로 극복하고, 사랑은 사랑으로 극복한다.
미안하다고 말해야 할 상대는 다른 누구도 아닌 바로 나 자신이다.

다시 밖으로 나왔을 때 샤오슈는 더 이상 노래를 부르고 있지 않았다. 구경하던 사람들도 모두 흩어졌다. 라오가오와 샤오슈 두 사람만 남아 이야기꽃을 피우고 있었다.

나는 라오가오에게 기타를 빼앗아 노래를 부르기 시작했다. 하지만 잠시 후 그들도 내 노래를 피해 자리를 옮겼다.

그날 이후 두 사람은 자연스럽게 연인 사이가 되었다. 그들은 함께 차이나타운 거리에서 노래를 불렀다. 라오가오는 여전히 내 기타로 연주를 했다. 기타는 그 후로 영영 내 손을 떠났다. 어쨌든 그때 나는 라오가오의 능력에 적잖이 놀랐다. 그는 작업을 걸 때는 과감하게, 100달러 정도는 아까워하지 않고 내놓을 수 있어야 예쁜 여자를 손에 넣을 수 있다는 교훈을 줬다.

종종 차이나타운을 지나가면서 두 사람이 노래 부르는 모습을 지켜봤다. 대부분 라오가오가 뒤에서 기타를 치고 샤오슈가 앞에서 노래를 불렀다. 함께 노래를 부를 때 샤오슈의 눈빛은 반짝거렸다. 그 눈빛은 마치 고양이가 물고기를 바라볼 때처럼, 휴대전화에 와이파이 표시가 최대치로 올라간 것을 확인할 때처럼, 오래 기다리던 버스가 오는 것을 바라볼 때처럼, 수영을 하지 못하는 사람이 바다에서 배를 발견했을 때처럼 그렇게 반짝반짝 빛났다.

어느 날 샤오슈가 나를 찾아왔다. 라오가오에게 내가 글을 쓴다는 얘기를 듣고 노래 가사를 부탁하러 찾아온 것이다.

"어떤 스타일을 원해? 재미있는 가사? 아니면 손발이 오글거리는 그런 가사?"

"둘 다 괜찮아."

"첫 번째 스타일은 이런 거야. '뒤쪽에 있는 친구가 나를 부르네. 너무너무 졸려. 왼쪽에 있는 친구가 나를 부르네. 너무너무 급해. 앞쪽에 있는 친구가 나를 부르네. 너무너무 배고파. 오른쪽에 있는 친구가 나를 부르네. 너무너무 피곤해.'"

"…… 그럼 두 번째는?"

"두 번째는 이런 거야. '우리가 함께 본 풍경, 함께 지나온 이정표, 우리의 이야기는 마음속 깊은 곳에 묻혀 이제는 아무도 들을 수가 없어. 너 없이 벌써 몇 번의 계절이 지나가고, 수많은 사람이 내 곁을 스쳐 지나갔지. 마음속에 간직한 이 노래, 오직 너에게만 들려주고 싶은 이 노래.'"

샤오슈가 벌떡 일어났다.

"좋았어! 바로 그거야! 루쓰하오, 정말 대단하구나?"

며칠 뒤 갑자기 라오가오의 집에 안 좋은 일이 터졌다. 그는 학교를 그만 두고 급히 귀국해야 했다. 내가 무슨 일이냐고 물었지만 그는 끝내 대답하지 않았다.

"샤오슈와는 어떻게 할 건데?"

"…… 잘 모르겠어."

라오가오는 샤오슈에게 작별 인사도 하지 않은 채 서둘러 귀국길에 올랐다. 나에게는 샤오슈의 연락처가 없었기 때문에 그녀한테 어떻게 이 소식을 전해줘야 할지 몰랐다. 일부러 집에 갈 때 차이나타운으로 돌아가 그녀를 찾아보기도 했지만 한 번도 마주친 적이 없었다.

3개월쯤 지났을 때 길에서 우연히 샤오슈와 마주쳤다. 그녀는 여전히 기타를 메고 거리에서 노래를 부르고 있었다. 그런데 이번에는 그녀 옆에 전문적인 음향 기기가 놓여 있었고 그 옆으로 그녀의 노래가 담긴 음반이 진열되어 있었다. 한 장에 10달러라는 표시와 함께! 샤오슈와 눈이 마주쳤을 때 나는 가벼운 눈인사를 건네고 노래가 끝나기를 기다렸다.

"샤오슈, 몇 달 동안 안 보이던데 어디 다녀오기라도 한 거야?"

"응. 나도 잠깐 귀국했었어."

"설마 라오가오를 찾으러 갔던 거야?"

샤오슈가 고개를 끄덕였다.

"맞아. 광저우에 가서 그 사람을 만났어. 그런 다음 아는 친구에게 부탁해서 내 노래를 담은 음반을 제작했어."

내가 지갑에서 돈을 꺼냈다.

"그럼 나도 한 장 사야겠군."

샤오슈가 미소했다.

"돈은 사양할게. 이건 내가 선물로 주는 거야. 아! 그리고 라오가오는 아직 내가 음반을 낸 걸 모르니까 비밀로 해줘."

나는 샤오슈의 연락처를 받고, 집에 가서 노래를 들어본 뒤 감상평을 말해주겠다고 했다.

집에 가는 길에 라오가오에게 문자를 보냈다.

'오늘 샤오슈를 만났어.'

이내 라오가오에게 답장이 왔다.

'잘 지내고 있대?'

'그걸 지금 나한테 물어보는 거야? 둘이 연락 안 해?'

라오가오는 한참 동안 답장이 없다가 짤막한 대답을 보냈다.

'응.'

라오가오가 귀국하고 얼마 뒤, 샤오슈는 그를 만나러 광저우로 갔다. 그때 그녀는 라오가오를 따라 학교를 그만둘 생각까지 했다. 하지만 라오가오가 반대했고 두 사람은 이 문제로 계속 싸우다가 결국 헤어졌다.

'예전에 그녀와 약속했었어. 함께 만든 노래로 음반을 만들고, 함께 노래 부르고, 졸업 후에는 같이 여행도 다니기로 말이야. 그리고 언제나 뒤에서 기타를 쳐주겠다고 약속했어. 나는 진심으로 그녀와 이 모든 일을 함께하고 싶었어. 하지만 지금 나는 학교도 그만뒀고, 다시 멜버른으로 돌아갈 형편도 아니야. 그러니 내가 뭘 어떻게 하겠어?'

나는 뭐라고 말을 해야 할지 몰랐다. 갑작스러운 만남만큼이나 이들의 이별 역시 갑작스러웠다.

종종 샤오슈와 대화를 나눴지만 그들의 이별에 관해서는 차마 아무 말도 해줄 수가 없었다. 그녀는 자신이 노력해서 음반을 더 많이 팔 수만 있다면 두 사람의 꿈을 실현할 수 있다고 믿었다.

나는 블로그를 통해 그녀가 멜버른을 떠나 시드니, 애들레이드 케언스에 갔다가 다시 멜버른으로 돌아왔다는 소식을 접했다. 그리고 그녀는 돌아오자마자 귀국을 결정했다.

귀국 후 샤오슈는 매일 밤을 새며 음악 작업을 했다. 그녀는 종종 내게도 녹음한 노래 파일을 보내주곤 했다. 그녀의 목소리는 여전히 아름다웠지만 어쩐지 무언가 부족한 느낌이었다. 나중에 베이징에 갔다가 싼리툰(유럽풍의 바, 카페 등이 즐비한 곳으로 이태원 같은 곳이다)에서 샤오슈를 만났다.

"책을 두 권이나 냈다면서? 내 노래 가사도 하나 써주면 좋겠다."

"아직도 노래하고 있는 거야?"

"장난이야. 노래는 일찌감치 그만뒀지. 귀국한 후로는 더 이상 노래 안 해. 지금 회사 동료들은 내가 한때 거리의 음악가였다는 사실을 전혀 몰라. 하하……."

샤오슈가 잠시 침묵하더니 다시 말을 이었다.

"그때 여러 도시를 다니면서 노래를 부르고 음반을 모두 팔았어. 평생 노래하면서 살고 싶다는 생각을 했었지. 그런데 내 노래에 기타를 쳐줄 사람이 없더라고. 여행하는 동안 영감이 떠오를 때마다 곡을 썼어. 계속 그렇게 살 수 있을 거라 생각했는데…… 몇 년 뒤에 전혀 다른 인생을 살고 있을 거라곤 생각도 못했어."

나는 술잔을 들이켰다.

"지나간 일은 그만 얘기하자. 어쨌든 잘 살면 됐지, 뭐."

"그래. 건배!"

그날 샤오슈와 많은 이야기를 나눴다. 그녀의 현재 모습에서는 예전에 내가 알던 샤오슈의 흔적은 찾을 수가 없었다.

얼마 후, 나는 다시 멜버른으로 돌아왔다. 그리고 며칠 뒤 샤오슈가 메신저로 연락을 해온 것이다. 같은 날, 라오가오에게서도 메시지가 왔다. 결혼을 한다고…….

얼마 뒤 라오가오가 결혼을 했다. 나는 라오린과 함께 축하 메시지를 전하며 멜버른에 올 기회가 있으면 함께 술을 마시자고 했다. 그는 아마도 멜버른에 돌아갈 일은 없을 것 같으니 다음에 광저우에서 만나자고 했다.

나는 그날 축하 메시지를 보내고 하루 종일 바쁘게 일을 하다가 밤 열 시가 다 되어서야 차이나타운에 만두를 사러 갔다. 그런데 누군가 뒤에서 내 이름을 부르는 소리가 들렸다. 뒤를 돌아보니 샤오슈가 서 있었다. 나는 내 눈을 의심했다. 그녀는 예전에 자주 노래를 부르던 그 곳에 서 있었다. 라오가오를 처음 만났던 날처럼 기타를 메고 그날 입었던 것과 똑같은 옷을 입고 있었다. 똑같은 옷인지 알 수 있었던 건 그녀가 이렇게 말했기 때문이다.

"그날 입었던 옷을 입고 그날 메고 있던 기타도 가져왔어. 그때 그곳에 서서 그날 불렀던 노래를 불렀지. 휴대전화 시간도 그때처럼 맞춰놓았어. 그런데 그 사람이 없네."

그녀를 보고 있자니 왠지 눈물이 날 것 같았다. 이미 너무 멀어져버린 사람인데 짧은 소식 하나에 이곳으로 돌아오다니! 이미 오랫동안 함께하지 않은 사람인데 그 한마디에 이렇게 무너져버리다니!

　한동안 침묵이 이어졌다. 그러다가 샤오슈가 기타를 들고 일어나 노래를 부르기 시작했다. 절반 정도 불렀을 때 그녀는 더 이상 목이 메어 노래를 부르지 못했다. 그 노래는 내가 써준 가사로 만든 곡이었다.

　"우리가 함께 본 풍경, 함께 지나온 이정표, 우리의 이야기는 마음속 깊은 곳에 묻혀 이제는 아무도 들을 수가 없어. 너 없이 벌써 몇 번의 계절이 지나가고, 수많은 사람이 내 곁을 스쳐 지나갔지. 마음속에 간직한 이 노래, 오직 너에게만 들려주고 싶은 이 노래……."

　우리가 함께 본 풍경, 함께 지나온 이정표, 우리의 이야기는 마음속 깊은 곳에 묻혀 이제는 아무도 들을 수가 없다. 너 없이 벌써 몇 번의 계절이 지나가고, 그동안 수많은 사람이 내 곁을 스쳐 지나갔다. 마음속에 간직한 이 노래는 오직 너에게만 들려주고 싶다.

청춘의 노래

          나에게는 경미한 강박증이 있다. 좋아하는 노래를 발견할라치면 귀가 따가워 더 이상 못 듣겠다는 생각이 들 때까지 계속 한 곡만 반복해서 듣는다.

  중학교에 입학할 당시 카세트테이프와 워크맨이 유행했다. 내게도 워크맨이 한 대 있었는데 매일 밤 자기 전에 주걸륜의 노래를 들었다. 이 테이프는 하도 많이 들어 나중에 늘어나버렸다. 내가 연필로 테이프를 감아 고쳐보려고 했지만 소용없었다. 테이프가 망가지자 왠지 굉장히 소중한 친구를 잃어버린 기분이 들었다.

  몇 년 뒤, 워크맨의 자리는 소니 MP3가 대신했다. 나는 MP3에 좋아하는 음악을 가득 담아 학교에 가지고 다녔다. 교실에서는 선생님께 걸릴까 봐 오른쪽 이어폰만 소매 사이로 빼서 오른손으로 귀를 막고 들었다. 나는 아마도 이때부터 음악에 의존했던 것 같다.

  지금은 모두 스마트폰을 사용하고 음악을 다운받을 수 있는 애플리케이션도 생겼기 때문에 힘들지 않고도 원하는 음악을 언제든 들을 수 있다. 그래서 나는 길을 걸을 때든, 글을 쓸 때든, 여가 시간을 보낼 때든 늘 이어폰을 꽂고 있다.

한가한 오후에 친구와 이야기를 나눌 때도, 공항에서 비행기를 기다리는 지루한 시간에도 언제나 음악을 듣는다. 나는 기분 안 좋다가도 어떤 음악을 들으면 거기에 빠져들어 모든 것을 잊어버리는 그런 사람이다. 음악은 내가 말로 표현할 수 없는 수많은 감정을 대신 이야기해준다. 아직 성숙하지 않았던 그때 그 시절, 음악은 나의 가장 좋은 친구였다.

나는 무슨 일이 생겨도 외롭지 않았다. 나와 같은 경험을 한 누군가가 그것을 음악으로 만들어 들려줬기 때문이다. 고등학교 때 한 여학생을 좋아하면서도 어떻게 고백해야 좋을지 몰라 고민했다. 나는 그녀가 좋아하는 노래를 불러주기 위해 가사를 외우고 열심히 연습했다. 대학교 때 혼자 멜버른으로 갔을 때 처음에는 많이 외로웠다. 그때도 나는 음악을 들으며 외로움을 극복하고 많은 위로를 받았다. 음악이 마치 내게 이렇게 말해주는 것 같았다. 너는 결코 외롭지 않다고, 이것은 누구나 경험하는 일이라고, 괜찮다고! 꿈을 좇으며 기다림의 시간을 보내고 있을 때도 음악은 내게 힘이 되어주었다. 음악은 이번에도 내게 말했다. 두려워하지 말라고, 너는 모든 준비가 되어 있다고!

나의 플레이 리스트에는 다양한 음악이 방대하게 들어 있다. 그중에는 리스트에 항상 빠지지 않고 들어가는 곡들도 있는데 오랜 시간 반복해서 들었는데도 절대 질리지 않는 것들이다. 종종 신곡도 들어보긴 하지만 그중 플레이 리스트에 남게 되는 건 많지 않다.

예전에는 같은 노래를 반복해서 들어도 지겹지 않은 이유를 몰랐다. 아마 그 노래들에 내 청춘이 담겨 있기 때문이지 않을까 하는 생각이 최근에야 들었다. 내 청춘이 고스란히 녹아 있는 노래는 언제 들어도 설렌다. 추억을 담고 있는 물건이 가장 소중하듯, 그 사람과 함께 본 영화가 가장 감

마음이 복잡한 날은 좋아하는 노래를 듣거나 책을 보면서 생각을 말끔히 정리하고, 우울한 날은 따듯한 햇볕이
내리쬐는 것을 보며 기분 전환을 한다. 사람들은 내가 무엇 때문에 기분이 좋은지 모른다. 어쩌면 나 자신조차
도 그 이유를 모를 때가 많다. 다른 사람들의 눈에는 시간 낭비처럼 보일지 몰라도 이것은 온전히 나만의 방식
이고 오롯이 나에게 충실한 시간이다. 세상 사람들이 어떻게 생각하든 그건 상관없다.

명 깊듯이 말이다.

나는 콘서트 보러 가는 것을 굉장히 좋아하여 시간만 나면 콘서트 표를 예매한다. 무대가 그렇게 멀리 있는데 보이기는 하냐고, 집에서 들으면 더 잘 들을 수 있는데 왜 굳이 콘서트를 보러 가냐고 물어보는 사람도 많다. 하지만 내가 보고 싶은 건 무대 위가 아니라 그 노래들과 함께한 내 청춘의 모습이다.

수업 시간에 몰래 음악을 듣던, 비 오는 날 노래를 흥얼거리며 길을 걷던, 오래된 CD 한 장을 구하기 위해 한 시간 넘는 길을 걸어갔던, 좋아하는 사람에게 어떻게 고백해야 할지 몰라 고민하던, 비행기를 타고 홀로 고향을 떠나던 아프고도 아름다운 청춘의 모습을 말이다.

나는 나 자신을 잘 알기에 그래서 노래들을 반복해서 듣지 않는다면 아마 그때의 기억들을 모두 잊어버릴 거라는 것도 잘 안다. 비록 깨닫지 못하고 있어도 우리는 매일 매 순간 조금씩 자라나고 있다. 그러나 동시에 조금씩 예전의 모습을 잃어간다. 좋아하는 사람에게 어떻게 말을 걸어볼까 고민하던, 운동장에서 석양을 바라보던, 술에 취해 길바닥에 쓰러져 있던, 방황하던 내 모습들을 말이다. 나는 이런 모습들을 잊지 않기 위해 계속 반복해서 노래를 듣는 것인지도 모른다. 그 노래 한 곡 한 곡마다 나만의 모습이, 혹은 누군가의 모습이 담겨 있다.

너무 자주 뒤를 돌아보는 사람은 멀리 가지 못한다. 물론 절대 뒤돌아보지 않는 사람은 잘못된 길로 갈 가능성이 높다.

나는 줄곧 흘러간 노래를 듣는 것이, 또 지나간 과거를 돌이켜보는 것이 인생에 어떤 의미가 있을까 고민했다. 나는 이미 이만큼이나 성장했으니 과거는 그저 과거일 뿐 아무 의미가 없을 거라 생각했다. 그래서 아주 오랫동안 정신없이 앞만 보고 달려왔고 감히 뒤돌아볼 생각은 하지 않았던 것 같다.

하지만 나중에 생각해보니 뒤돌아볼 생각을 하지 않았던 건 어쩌면 과거 속의 나를 대면할 자신이 없어서였는지도 모르겠다. 살면서 종종 어디로 가야 할지 갈피를 잡지 못하는 까닭은 자기 자신을 충분히 이해하지 못하기 때문이다. 과거를 돌아보고 그때의 기억들을 정확히 바라볼 수 있어야 나 자신이 어떤 사람인지 이해할 수 있다. 그래서 나는 한밤중에 음악을 들으며 홀로 깨어 있곤 한다. 그러면 굳어 있던 신경들이 하나둘 살아나면서 과거로의 여행이 시작된다.

사람들은 저마다 좋아하는 음악이 다르다. 그러나 좋아하는 음악을 누군가와 이어폰을 나눠 꽂고 함께 듣거나 밤에 잠을 자기 전 그 사람에게도 들려주고 싶은 마음은 같을 것이다. 어쩌면 나처럼 좋아하는 사람이 어떤 가수를 좋아해서 나 역시 그 가수의 음악을 좋아하게 된 경우도 있을 것이다. 좋아하는 그 사람은 이미 내 인생에서 떠나간 지 오래되었지만 그때 그 음악은 내 삶의 일부분이 되어 여전히 나와 함께한다.

누구나 자라면서 성장의 대가로 많은 것을 잃는다. 주위에 누가 있든 신경 쓰지 않은 채 맘껏 울고 맘껏 웃을 수 있는 능력이라든가, 단순한 장난감 하나만으로도 하루 종일 즐겁게 놀 수 있는 능력이라든가 하는 것들이다. 한때 어깨를 나란히 하고 함께 걸었던 소중한 인연들도 너무 많이 잃고 말았다. 언제나 세월은 나를 기다려줄 거라고 생각했는데 눈 깜짝할 사이 시간은 흘러 있었다. 그럼에도 어떤 것들은 여전히 내 곁에 남아 있다. 진심으로 마음을 나눌 수 있는 몇몇 친구와 오랫동안 나와 함께해준 노래들이 바로 그것이다. 나는 이것들만큼은 아무리 오랜 세월이 흘러도 시간의 힘을 이겨낼 거라고 굳게 믿는다.

아무리 반복해서 들어도 질리지 않는 노래들, 언제나 내 곁을 지켜주는 사람들, 그리고 끊임없이 노력하는 나 자신! 이 세 가지 중 하나라도 빠진 인생은 상상할 수가 없다. 그러니 무슨 일이 있어도 이것만큼은 쉽게 손을 놓지 않을 것이다.

📷 내 인생의 1분 1초도 낭비할 수 없다

1

나는 비행기를 자주 타는 편이기 때문에 비행기 사고에 굉장히 예민하다. 한번은 캔버라 공항에서 이륙한 비행기가 갑자기 회항을 했다. 비행기가 안전하게 착륙한 뒤 랜딩기어에 문제가 있어 회항했다는 기내방송이 나왔다. 다행히 제때 발견해서 큰 사고 없이 돌아올 수 있었다. 그때 내 옆자리에 앉아 있던 남자가 아들에게 전화를 걸어 "I'm so lucky"라고 말했다.

살면서 불행을 간신히 비켜간 사건은 이것뿐만이 아니다. 첫 번째 사건은 초등학교 4학년 때 벌어졌다. 나는 쉬는 시간에 친구들과 계단에서 놀고 있었다. 계단 밑으로는 화단이 꾸며져 있었고, 테두리는 대리석이 둘려 있었다. 그런데 그 대리석은 화단의 꽃들과 잘 어울리도록 삐죽삐죽한 모양으로 되어 있었다. 위에서 보면 마치 날카로운 칼들이 꽂혀 있는 것 같았다. 신나게 뛰어놀던 나는 순간 발을 헛디뎌 친구들이 손쓸 틈도 없이 대리석의 가장 날카로운 부분 위로 떨어졌다. 그리고 의식을 잃었다.

정신을 차려보니 병원이었다. 옷은 온통 피투성이였고 코뼈가 부러져 있었다. 의사는 상처 부위가 조금만 빗나갔어도 평생 앞을 보지 못할 뻔했다고 했다. 실명이라니! 생각만 해도 아찔하다. 다행히 부러진 코는 수술로 고칠 수 있었다. 지금도 안경을 벗으면 코 위에 움푹 팬 상처가 있지만 앞을 보지 못하는 것에 비하면 이건 아무것도 아니다.

두 번째 사건은 멜버른에 도착한 지 얼마 되지 않았을 때 일어났다. 당시 나는 아직 멜버른이라는 도시가 낯설기만 했고 호주의 좌측통행 문화에도 적응이 안 된 상태였다. 그러던 어느 날 친구와 길을 걷고 있는데 내 바로 옆으로 커다란 버스가 한 대 지나갔다. 피할 틈도 없이 버스는 순식간에 나를 스쳐 지나갔고 나는 360도를 회전해서 제자리에 멈춰 섰다. 함께 있던 친구는 당황한 나머지 멍하니 쳐다보고 있다가 서둘러 다가와 나를 부축해줬다.

"괜찮아? 오 센티미터만 밖으로 더 나갔어도 버스에 치였을 거야!"

세 번째 사건은 친구들과 자동차 여행을 떠났을 때 일어났다. 어느 날 우리는 지금도 발음하기 힘든 어떤 산에 놀러 가기로 했다. 당시 나를 포함해 친구들 모두 운전이 서툴렀는데 하필 험한 산길을 만났다. 비록 영화 〈이니셜 D〉에 등장하는 아키나 산만큼 험한 길은 아니었지만 우리 중 그 누구도 주길륭처럼 정교한 운전 실력을 가진 사람은 없었다. 바퀴가 진흙에 빠져 헛돌라치면 우리는 모두 겁에 질렸고 S 자형 굽은 길은 거북이보다 느리게 지나갔다. 얼마 후 산길이 10킬로미터 남았다는 표지판이 보였다. 그런데 굽은 길을 돌아갈 때 우리 차는 바퀴가 다시 진흙에 빠져 헛돌기 시작했다. 그것도 앞바퀴, 뒷바퀴가 동시에!

나는 과감히 안전벨트를 풀고 차문을 박차고 나가 멋지게 차를 밀었어야 했지만 이건 모두 우리가 상상해오던 모습일 뿐 당시에는 차 안에서 꼼짝할 수가 없었다. 그 순간 '부응' 소리와 함께 차가 갑자기 앞으로 튀어나가더니 산비탈에 처박혔다. 10분쯤 흘렀을까. 정신을 차리고 차에서 내려 주위를 살펴보았다. 맙소사! 바로 옆은 가파른 절벽이었다. 만약 차가 잘못해서 절벽 방향으로 튀어 나갔다면 어떻게 되었을지 생각만 해도 끔찍하다.

몇 번의 죽을 고비를 넘기고서도 내가 얼마나 운이 좋은 사람인지를 종종 까먹고 산다. 내가 경험한 위험한 순간들은 모두 큰 사고로 이어지지는 않아 정말 다행이었다. 뉴스를 보면 세상에는 무서운 일이 여전히 빈번히 일어나고 있다. 하지만 나를 지켜주는 주변 사람들이 있고 또다시 큰 행운이 나를 지켜줄 거라고 믿으니 크게 두렵지는 않다.

이런 일들을 겪을 때마다 지금의 내가 있을 수 있도록 지켜준 행운에 부끄럽지 않도록 정말 열심히 살아야겠다는 생각을 한다.

2

비행기를 자주 타다 보니 여행자들과의 접촉 또한 잦을 수밖에 없다. 그 중 가장 많이 만나는 건 아무래도 유학생이다. 학수고대하던 여름방학이 되어 가족들을 만나러 가는 이도 있고, 여자 친구를 만나러 가는 이도 있다. 목적이 무엇이든 그들은 하나같이 즐겁고 흥분된 표정이다.

종종 노년의 사람들과 이야기를 나눌 때도 있다. 언젠가 한 노부부의 옆자리에 앉았는데, 그때 할아버지는 이번이 두 사람이 하는 마지막 여행일 것 같다고 말했다. 더 이상은 힘이 없어 어려울 것 같다는 것이다. 할아버지는 이 말을 하며 할머니를 사랑스러운 눈으로 응시했다. 그 말을 들으니 나도 마음이 아팠다.

정보화 시대인 만큼 매일 전 세계의 소식을 한눈에 접한다. 그러다 보니 또 한편으로는 최근 몇 년간 빈번히 일어난 자연 재해 소식에 무력감을 느낀다. 고통 중에 있는 사람들에게 도움이 되고 싶지만 내가 할 수 있는 일이란 없다.

오늘도 비행기 사고가 발생했다. 너무 먼 곳에서 일어난 일이라 실감이 나지 않지만 비행기에 타고 있던 사람들에게도 저마다의 사연이 있었을 거라고 생각하니 마음이 아프다. 이 사고는 곧 많은 사람에게서 잊힐 것이다. 얼마 전 갑자기 종적도 없이 사라져버린 비행기처럼……. 하지만 이번 사고가 어떤 사람들의 가슴에는 대못으로 영원히 박힐 것이다.

3

베이징에 있을 때 바오즈의 룸메이트를 몇 번 만나 함께 밥도 먹고 술도 마셨다. 당시 바오즈가 새로운 사업을 시작하고 싶어 했기 때문에 나와 그의 룸메이트는 밤을 새우며 좋은 아이디어를 함께 짜냈다. 그다음 날, 바오즈는 외부의 일로 도와줄 사람이 필요했다. 그의 룸메이트는 회사에 휴가를 내고 선뜻 도와주겠다고 나섰다.

베이징에서 일주일간 머물고 다시 떠나는 날 두 사람이 함께 배웅을 나왔다. 바오즈가 말했다.

"내 룸메이트는 내가 베이징에서 만난 가장 좋은 친구야."

바오즈의 말에 나도 그와 좋은 친구가 될 수 있으리라 확신했다.

나중에 베이징으로 다시 날아갔을 때 그 친구의 모습이 보이지 않았다. 바오즈에게 그의 소식을 물으니, 바오즈가 숟가락을 내려놓았다.

"칭다오로 돌아갔어. 암이래."

나는 깜짝 놀란 나머지 무슨 말을 해야 할지 몰랐다. 바오즈가 덧붙였다.

"임파선 암이래. 다행히 조기에 발견되었나 봐."

나는 메신저에서 그를 찾아 대화창을 열었지만 어떻게 말을 꺼내야 할지 몰라 결국 다시 닫고 말았다. 바오즈는 암의 원인이 무엇인지는 정확히 모르지만 아마 너무 무리해서 그런 것 같다고 말했다. 그는 한동안 주문량이 밀려 하루 두 시간 정도만 자며 밤낮으로 일했다고 한다.

지난달에 그의 병세가 많이 좋아졌다는 소식을 듣고 바오즈와 함께 칭다오로 그를 만나러 갔다. 몸은 굉장히 말라 있었지만 다행히 표정은 환했다. 그가 방사선 치료를 받을 당시의 심정을 얘기했을 때 나는 큰 충격을 받았다.

"예전에는 늘 목숨 걸고 돈을 벌어야겠다는 생각뿐이었는데, 정말 목숨을 걸게 될 줄은 몰랐어."

4

친구들의 블로그를 구경하는 게 겁날 때가 있다. 종종 안 좋은 소식과 마주하게 되기 때문이다. 그저께 친구의 블로그를 통해 누군가 암으로 사망했다는 소식을 접했다. 나는 다류에게 이 이야기를 꺼냈다. 다류가 말했다.

"대학교에 다닐 때 내가 무척 좋아하던 친구가 있었어. 야밤에 불러내서 같이 야식도 먹고 한 개비 남은 담배를 맛있게 나눠 빨기도 했지. 그런데 그 친구가 이천십사 년에 갑자기 백혈병으로 세상을 떴어. 정말 너무 갑작스럽게 일어난 일이라 내가 해줄 수 있는 게 아무것도 없었어. 왜 하필 그 친구였는지……."

순간 아무 말도 해줄 수가 없었다. 나는 그러한 무력감이 너무 싫었다. 하지만 그것은 이미 몸속 깊숙이 뿌리내려 떨쳐버릴 수가 없었다.

친구들 중 몸이 유독 약한 녀석이 있다. 어느 날 막차를 타고 집에 가고 있는데 그녀에게 전화가 왔다. 그녀는 울면서 요즘 몸이 너무 안 좋다고 말했다. 만성병이라 생명에는 지장이 없지만 매일 온몸이 너무 아프다고 했다. 나는 우리 집 정류장을 지나쳐 그냥 종점까지 갔다. 그러고도 모자라 가로등 밑에 쪼그려 앉아 그녀의 이야기를 들어줬다.

나는 전화를 끊고도 그 자리에 한참 앉아 있었다. 그녀는 내게 문자메시지를 보내 팔에 주삿바늘 자국이 없는 예전으로 돌아가고 싶다고 했다. 나는 그동안 그녀와 나눈 대화 기록을 살펴봤다. 그러다가 새해에 그녀에게 받은 메시지가 눈에 띄었다.

'루쓰하오, 무엇보다 건강이 우선이야. 자주 밤새우지 말고, 물도 자주 마시고, 과일도 잘 챙겨먹어. 내가 만든 레몬티를 보내줄 테니까 뜨거운 물에 타서 마셔.'

그 메시지를 보자 나도 모르게 왈칵 눈물이 터졌다.

우리는 타인을 어떻게 챙겨줘야 할지 잘 알면서 정작 자기 자신은 어떻게 돌봐야 하는지 잘 모른다. 타인에 대한 책임감은 있으면서 자기 자신에 대한 책임감은 빈번히 간과한다. 사랑하는 사람에게는 날 추우니 따뜻하게 입고, 밥 잘 챙겨먹고, 너무 무리하지 말라고 말한다. 하지만 어떤가? 정작 자신에게 그런 말을 한 적이 있던가?

우리는 병에 걸리고 나서야 건강의 소중함을 깨닫고, 무언가를 잃고 나서야 그것의 소중함을 깨닫는다. 언제나 너무 늦게 알아차리는 답답한 인생 아닌가.

5

예전에 이런 글을 쓴 적 있다.

키스할 수 있다면 여러 말 하지 말고, 끌어안을 수 있다면 싸우지 말고, 행동할 수 있다면 가만히 서 있지 마라. 도와줄 수 있다면 거절하지 말고, 먹을 수 있다면 자신을 굶기지 마라. 좋은 물건은 숨겨두지 말고, 오늘 할 수 있는 일을 내일까지 미루지 마라. 자기 자신과 약속한 일은 무슨 일이 있어도 실천하고, 꼭 가보고 싶은 곳이 있다면 반드시 가보기를 바란다. 내일은 세상이 또 어떻게 변할지 모른다. 그러니 우리가 가진 소중한 시간은 아름다운 것에 써야 한다.

나는 매일 이 글을 읽으며 나 자신을 일깨운다. 세상은 언제 어떻게 변할지 모른다. 그럼에도 아직 일어나지 않은 일 때문에 걱정하거나 알지 못하는 그 무언가를 두려워하며 살지 않기로 했다. 대신 누군가와의 인연을 소중히 여기며 내게 주어진 하루를 최선을 다해 살아갈 것이다. 이것은 내가 느끼는 거대한 무력감 속에서 할 수 있는 유일한 일이다.

나는 지금 듣고 있는 음악과, 지금 읽고 있는 책과, 지금 하고 있는 일과, 지금 내 곁에 있는 모든 사람을 사랑한다. 지금 나는 모든 것을 가졌고 내 인생에서 가장 좋은 세월을 보내고 있다. 그러니 이 소중한 시간을 1분 1초도 낭비할 수가 없다.

예전에는 며칠 밤씩 지새우는 게 열정적인 것이라고 생각했다. 예전에는 내가 희생하면서까지 모든 것을 내줘야만 진정한 사랑이라고 생각했다. 예전에는 아주 작은 일에도 하늘이 무너지는 것처럼 근심했다. 지금은 여전히 열정적이기는 하지만 내 몸을 보살필 줄도 알게 되었다. 여전히 사랑을 믿지만 나 자신이 당당해야 좋은 사람을 만날 수 있다는 것도 깨달았다. 여전히 무슨 일이 생기면 근심하기는 하지만 금방 털고 일어난다. 매 순간 자기 자신을 아끼고 매일을 즐겁게 보내자. 이것이야말로 우리에게 주어진 소중한 생명에 보답하는 길이다.

🎁 너희가 있기에

친한 친구들끼리 수다를 떠는 채팅방이 있다. 나는 다른 시차 지역에 살고 있기에 대화를 온전히 하려면 종종 늦은 밤이나 심지어 새벽까지 견디는 수고를 해야 한다. 새해가 되면 친구들끼리 세뱃돈(중국에서는 최근 인터넷상의 온라인머니 등으로 세뱃돈을 주고받는 것이 유행하고 있다)을 주고받는데, 녀석들이 언제부터인가 작당을 했다. 내가 잘 때까지 기다렸다가 그 직후부터 서로 세뱃돈을 교환하는 것이다! 그래서 이제는 아무리 졸려도 새해 첫날 친구들이 세뱃돈을 주고받을 때까지 기다렸다가 기어코 받은 후에야 잠을 잔다. 종종 이에 대한 복수로 친구들은 새벽 두 시까지 수다를 떨다 내가 슬슬 졸려서 자려고 할 때쯤 채팅방에 아주 시끄러운 음악을 갑자기 틀어버리곤 했다.

한 번은 라오탕이 실연을 당하고는 새해도 아닌데 채팅방에서 친구들에게 세뱃돈을 뿌리기 시작했다. 그 액수는 시간이 갈수록 점점 더 늘어났다. 처음에는 신나게 돈을 받던 친구들도 조금씩 의아해했다. 가장 먼저 말을 꺼낸 것은 라오천이었다.

'라오탕, 이제 그만해. 무슨 일 있는 거야?'

그러자 라오탕이 음성 파일을 하나 보냈다. 라오탕의 목소리는 없고 왁자지껄한 사람들의 소리만 가득한 파일이었다. 우리는 그가 어디에 갔는지 대번에 눈치챘다. 라오탕은 기분이 안 좋을 때마다 시간에 상관없이 사람들로 붐비는 24시간 국수집을 찾는다. 술에 취한 게 분명했다.

샤오페이가 상하이 같은 지역에 있었기 때문에 대표로 라오탕을 찾아 나섰다. 나머지 친구 아홉 명은 모두 잠을 자지 않은 채 샤오페이가 소식을 전해 오기를 기다렸다. 평소 친구들 중 가장 일찍 잠을 자는 녀석은 팅팅이었다. 그녀는 매일 밤 열한 시면 잠자리에 들어서 다음 날 아침 일곱 시에 일어나는 매우 규칙적인 인간이었다. 그런데 그날은 기꺼이 자기 규칙을 깨버렸다. 그날 샤오페이는 새벽 세 시가 다 되어서야 메시지를 보냈다.

'국수집 뒤쪽 주차장에 찌그러져 있는 라오탕 발견!'

그의 메시지가 오기 전 우리는 모두 팅팅에게 아우성이었다. 내가 말했다.

'팅팅, 먼저 자. 만약 라오탕에게 무슨 일이 있으면 내가 바로 전화할게.'

'아니야. 기다렸다가 잘래. 그래야 내 마음이 편할 것 같아.'

그날이 내가 아는 한 팅팅이 가장 늦게 잠을 잔 날이었다. 그녀는 실연을 당했을 때도, 기분이 좋지 않을 때도 늘 정확한 시간에 잠자리에 들곤 했다. 그러나 그날만큼은 잘 시간을 훨씬 지나시까지 깨어 있었다. 다음 날, 우리는 약속이라도 한 듯 라오탕에게 받은 돈을 모두 돌려줬다.

2013년, 라오천이 약혼을 했다. 약혼식은 난징에서 있었다. 나는 아침부터 베이징에서 일을 처리해야 했기에 정오가 다 되어서야 난징으로 출발할 수 있었다.

"괜찮아. 천천히 와. 결혼식도 아닌데 뭘……."

"아니. 가서 네가 우는 꼴을 꼭 봐야겠어!"

나는 난징에 도착하자마자 택시를 타고 약혼식장으로 향했다. 택시에 앉

농담과 조롱을 구별하는 것은 굉장히 중요하다. 적절한 순간에 적절한 말을 해줄 수 있으려면 그 사람을 잘 이해하고 있어야 한다. 나를 이해해줄 수 있는 사람을 만난다는 것은 인생의 큰 행운이다. 좋은 친구가 바로 그런 사람이다. 그들은 언제 농담을 던져야 할지, 언제 옆에서 힘이 되어줘야 할지 잘 알고 있다. 하지만 억지로 되는 일은 아니다. 마치 자석처럼 서로를 끌어당기듯 말하지 않아도 서로의 마음을 이해할 수 있어야 한다.

아서도 늦을까 봐 계속 시계를 보며 애간장을 졸였다. 초조해하는 내 모습에 택시 기사가 여자 친구를 만나러 가냐고 물었다.

"아니요. 가장 친한 친구 약혼식에 가요."

"그럼 절대 늦으면 안 되죠! 걱정 말아요. 내가 꼭 시간 맞춰 갈 수 있게 해줄게요."

택시 기사는 정말 약혼식 시간에 딱 맞춰 호텔 문 앞에 나를 내려줬다. 나는 아직도 그 기사의 얼굴을 생생히 기억한다.

당시 다터우는 우한에 살고 있었는데 약혼식 당일 휴가를 내지 못해 올 수가 없었다. 다터우는 평소에도 일이 워낙 많아 식사도 제시간에 못하고 밤을 새워 보고서를 쓰는 날이 허다했기 때문에 다들 그러려니 했다.

난징에 도착해 채팅방을 열었는데 다터우의 메시지가 도착해 있었다.

'라오천, 조금만 기다려. 나 지금 기차역으로 출발한다. 약혼식 시작 전에는 못 가겠지만 어쨌든 꼭 갈게! 잘하고 있어!'

우한에서 난징까지는 가장 빠른 기차를 타도 세 시간은 족히 걸렸다. 다터우가 약혼식장에 도착했을 때는 저녁 일곱 시였고 이미 많은 손님이 돌아간 뒤였다. 하지만 우리 친구들이 앉은 테이블에서만큼은 이제 막 파티가 시작되었다. 다터우가 헐떡대며 우리 테이블로 뛰어왔다. 그는 서류 가방과 넥타이를 테이블 위에 던지며 소리쳤다.

"힘들어 죽겠네! 그래도 오늘 안에 도착해서 다행이야!"

나는 다터우의 모습을 보고 큰소리로 웃었다.

"다터우, 꼬락서니하고는! 네 헝클어진 머리카락 때문에 머리통이 더 커 보여, 하하하!"

다터우가 휴대전화를 꺼내 자신의 모습을 확인했다.

"지금 누가 누굴 놀리는 거냐? 네 눈은 그새 더 작아졌어, 하하하!"

"지금 여기서 내 눈 얘기가 왜 나오는 거야? 그나저나 라오탕 얼굴에 뾰루지 난 거 봤어?"

라오탕이 발끈했다.

"이 자식아! 그 얘기는 이제 그만하면 안 되겠냐!"

테이블에 앉은 친구들이 모두 큰소리로 웃었다. 그날은 2013년 한 해 중 가장 즐거웠던 하루였다. 우리는 그날 다함께 단체 사진을 찍었는데 샤오페이와 팅팅의 눈동자는 빨갛게 나왔고, 나는 작은 눈을 감추려고 일부러 찌푸리고 찍었다. 다터우는 헝클어진 머리 그대로 나왔고, 라오탕은 뾰루지를 가리기 위해 왼쪽으로 돌아서 있었다. 모두가 제일 잘 나온 사진은 아니었지만 지금까지도 가장 아끼는 사진 중 하나다. 그날은 라오천과 다딩의 날이었지만 우리 모두의 날이기도 했다.

2010년의 어느 날, 멜버른에서 콘서트를 보고 온 뒤 일기에 이렇게 썼다. '인생에서 우리가 낭비할 수 있는 청춘의 시간은 얼마나 될까? 우리는 늘 너무 많은 시간을 무의미하게 흘려보내고, 너무 많이 상처받는다. 하지만 어쩌면 그렇기 때문에 아주 사소한 것에서 행복을 얻을 수 있다는 사실을 깨닫게 되는 것일지도 모르겠다. 콘서트를 보면서 나도 언젠가 이렇게 많은 사람 앞에서 내 이야기를 할 수 있는 날이 오기를 바랐다. 밤새 사람들과 내 여행 이야기와 내 생각과 감정을 함께 나누고, 날이 밝으면 저마다 자리로 돌아가 각자의 일상을 시작하는 것! 그런 꿈을 언제 이룰 수 있을까?'

바오즈가 밑에 댓글을 달았다.

'넌 할 수 있어.'

2013년, 나의 첫 번째 사인회가 열렸다. 나는 그날 사람들에게 잘 보이기 위해 셔츠 한 장을 준비했다. 하지만 베이징에 머무는 동안 내내 입고 다녔더니 사인회가 열리기도 전에 다 구겨졌다.

사인회 당일, 아침 일찍 일어나 호텔 프런트 데스크에서 다리미를 빌려 직접 다림질을 하려고 했다. 그러나 다림질이 서투른 탓에 셔츠에 까맣게 구멍만 내고 말았다. 그것은 내가 가져간 유일한 셔츠였다. 갑자기 '멘붕'의 늪에 빠졌다. 나는 침대 머리맡에 앉아 음악을 들으며 스스로를 위로했다.

'괜찮아. 시작이 조금 안 좋았을 뿐이야. 분명 결과는 좋을 거야.'

잠시 후 휴대전화 알림 소리가 울렸다. 팅팅이 보낸 메시지였다.

'오늘 아침에 일찍 일어나게 돼서 친히 네 사인을 받으러 간다. 오늘 사인회는 분명 성공적으로 끝날 거야. 네가 지금 그 자리에 서기까지 얼마나 노력했는지 우리가 잘 알잖아. 우린 널 믿어!'

채팅방에 친구들의 메시지가 속속 도착했다. 각자 살고 있는 도시에서 사진과 함께 응원의 메시지를 보내줬다.

'라오탕 : 걱정 마. 분명 네 작은 눈 덕분에 주목을 받게 될 거야. 세상의 그 어떤 아름다움도 네 눈을 따라갈 수는 없거든.'

'다터우 : 나만큼 잘생기지는 않았지만 네 얼굴도 봐줄 만한 편이야. 파이팅! 우린 널 믿어!'

'샤오페이 : 네가 키가 조금만 더 컸어도 너한테 시집가는 건데, 하하하! 그래도 신은 공평하니까 너도 어딘가 잘난 데가 있겠지. 오늘 잘될 거야!'

나는 친구들의 메시지에 웃는 얼굴 표시와 함께 답장을 보냈다.

'이것들아, 제발 말 좀 예쁘게 할 수 없겠냐?'

친구들이 보낸 메시지를 찬찬히 다시 읽다 보니 힘이 솟았다. 그날은 2013년 6월 1일, 내 평생 절대 잊지 못할 날이었다.

첫 번째 책 《생각이 너무 많아》가 실패했기 때문에 사인회에 아무도 오지 않을지도 모른다는 마음의 준비도 했다. 하지만 예상 외로 그날 엄청난 인파가 몰렸다. 나는 저녁에 호텔에 돌아와 사람들이 주고 간 선물들을 멍하니 바라보다가 결국 찔찔 짰다. 선물 사진을 찍어 채팅방에 올렸더니 라오천이 가장 먼저 반응을 보였다.

'하하하. 어디서 저렇게 선물을 많이 받아 왔냐?'

잠시 후 그가 진지하게 말했다.

'축하해. 네가 잘돼서 정말 기쁘다.'

사실, 우리가 처음 만났을 때는 모두가 하나같이 차갑고 무뚝뚝해 보였다. 하지만 친해지고 나니 더없는 장난꾸러기 무리가 되었다. 우리는 평소에 서로 고약한 농담을 주고받다가도 누군가 힘이 필요한 순간에는 진심으로 응원을 해준다.

그동안 우리는 저마다 수없이 자빠졌다. 일에 실패하고, 사랑에 실패하고, 밥 먹듯이 시행착오를 겪었다. 그러나 실패하고 좌절할 때마다 친구들은 앞으로 더 잘될 거라며 믿어주고 격려해줬다.

어떤 일은 온 힘을 다해 이루어낼 가치가 있고, 어떤 사람은 목숨을 걸고서라도 지켜낼 가치가 있다. 내 꿈과 줄곧 나와 함께해주는 친구들이 바로 그렇다. 체면을 위해 누군가에게 선행을 베풀거나, 이미 떠나기로 결심한 사람의 마음을 돌리기 위해 애쓰는 것은 시간 낭비일 뿐이다. 내게 주어진 힘과 시간에는 한계가 있다. 그러니 정말로 즐겁고 가치 있는 일에 소중한 시간을 사용해야 한다.

오랫동안 떨어져 있다가 만나도 하루 종일 시간 가는 줄 모르고 수다 떨수 있는 친구들이 있다. 이런 친구는 억지로 만들려고 해도 만들 수 없다. 그러니 인생에서 이러한 우정을 쌓을 수 있다는 것은 굉장한 행운임을 알자. 당연히 이러한 우정은 최선을 다해 지켜내야 한다.

먼 훗날 나이가 들어 모든 기력과 열정이 사라진 후에도 먼 곳으로 떠나는 기차표를 끊는다면 분명 그곳에 그들이 있기 때문일 것이다.

◉ 무대 뒤에 서 있는 당신

친구들 중 가장 규칙적인 생활을 하는 인간, 팅팅! 그녀는 우리와는 완전히 다른 생체리듬을 갖고 있다. 나는 한때 밤낮이 완전히 바뀌어 해가 뜰 때까지 일을 하다가 조깅을 하고 아침밥을 먹은 후에야 잠을 잤다. 라오천과 라오탕 역시 올빼미형 인간인지라 새벽 두 시 전에는 잠을 자는 법이 거의 없다.

그러나 팅팅은 매일 밤 열한 시면 잠자리에 들어서 아침 일곱 시에 정확하게 일어났는데, 그 패턴은 거의 예외가 없었다. 그녀는 말수가 적은 편이었지만 샤오페이와는 또 다른 느낌이다. 샤오페이는 말이 없으면 굉장히 쌀쌀맞아 보이는 반면 팅팅은 차분해 보인다.

팅팅과는 처음부터 가까운 사이는 아니었다. 그러나 어느 날 그녀의 집에 놀러 간 것을 계기로 친해지게 되었다. 팅팅의 집은 예상대로 깨끗하고 정돈이 잘 되어 있었다. 나는 그날 책을 몇 권 빌리기 위해 찾아갔는데, 반듯하게 정리되어 있는 책장을 보고는 나도 모르게 오후 내내 그곳에서 책을 보게 되었다. 팅팅은 음악을 들으며 그림을 그렸고 그녀가 키우는 고양이 두 마리는 따뜻한 햇볕 아래서 낮잠을 잤다.

그녀의 그림 실력은 수준급이었다. 나는 전시회를 열어볼 생각이 없냐고 여러 번 물었지만 그때마다 그녀는 웃으면서 손을 저었다.

"그림 그리는 일은 그냥 좋아서 하는 일이야. 결코 다른 사람들에게 보여주려는 게 아니지."

세상에는 그녀처럼 대단한 재주가 있으면서도 다른 사람들에게는 크게 떠벌리지 않고 묵묵히 자신의 길을 가는 이들이 있다.

나는 2011년부터 갑자기 바빠졌다. 매일 수백 통의 이메일에 답장을 써야 했고, 밤낮으로 뛰어다녔고, 심지어 일을 끝내기 위해 밤을 새웠다. 워낙 덤벙거리는 성격인지라 출장을 가면서 신분증을 놓고 가거나 목적지에 도착해서 호텔을 찾지 못하는 경우도 허다했다.

팅팅은 내 꼴을 보다 못해 자신이 비서가 되어주겠다며 발 벗고 나섰다. 당시 나는 아직 제대로 된 수입이 없었다. 그러니 그녀에게 월급을 줄 수 있기는커녕 내 밥도 제대로 못 챙겨먹을 판이었다. 하지만 그녀는 개의치 않고 나를 도와주겠다고 했다. 그렇게 팅팅은 매일 아침 나 대신 이메일 답장을 해주었고 주말에도 내 일을 도와주었다.

2012년이 되자 내 일도 점점 안정되기 시작했다. 나는 주로 학교 강의, 그리고 각종 행사 등에 초빙되었다. 그때마다 팅팅은 복갠디와 마실 물을 준비해줬고 프레젠테이션 자료를 함께 만들거나 행사장 답사를 가기도 했다. 행사가 끝나고 기념사진을 찍자면 나는 팅팅을 불러 같이하자고 말했다. 사진 속 그녀는 늘 가장자리에 서서 온화한 미소를 짓고 있었다.

2013년 겨울, 멜버른에서 아직 떠나지 못했기에 많은 일을 어쩔 수 없이 팅팅에게 부탁했다. 나는 너무나 미안한 마음이 들었지만 그녀는 계속 괜찮다고 말했다. 팅팅은 이메일 답장을 보낼 때 모르는 내용이 있으면 직접 인터넷 검색을 하여 자료를 찾았고 학교와 관련된 내용은 담당자와 계속 연락을 취해가며 처리했다. 그녀는 무리가 되지 않는 선에서 검토하고 짠 일정표 최종본을 매일 아침 일곱 시 정각에 이메일로 보내줬다.

나는 맨 처음 팅팅이 보내준 엑셀 파일을 열어보고 감동을 받아 하마터면 눈물을 흘릴 뻔했다. 그녀는 세부적인 내용들을 꼼꼼히 정리했을뿐더러 나를 위한 메모까지 남겨줬다. 강의가 두 시간 정도 계속되는 날에는 물을 많이 마셔두라든지, 행사장이 조금 먼 곳에 있으니 아침에 일찍 일어나야 한다든지 하는 내용들이었다. 한 번도 가본 적이 없는 곳에 갈 때는 지도를 직접 그려주기도 했다. 그녀는 컴퓨터로 그리는 법을 몰랐기 때문에 매번 손으로 직접 그려주곤 했는데 한 번도 길이 틀린 적이 없다.

사실, 그렇게까지 해주지 않아도 되었지만 팅팅은 늘 모든 것을 꼼꼼하게 챙겼다. 그리고 내가 일을 더 많이 할 수 있다고 해도 그녀는 세부적인 사항까지 검토한 뒤 정말로 할 수 있는 만큼만 일정에 포함시켰다. 그녀는 게으름이나 요령을 피우는 법이 절대 없었다. 그리고 자신이 해준 것에 대해 생색을 내기보다는 부족하게 해준 것은 없는지 늘 걱정하는 그런 사람이었다.

그녀는 무대 중앙에 서서 주목을 받고 싶어 하는 그런 부류가 아니다. 무대에 서는 사람들에게는 천부적인 재능과 함께 오랜 시간 인내하는 능력이 필요하다. 또한 1초 전에 빰을 맞고도 아무 일도 없었다는 듯 태연한 표정을 지을 수 있는 단단한 내면도 필수다. 사실, 이 길을 선택한 사람들 중 열에 아홉은 주목을 받지 못하고 사라진다. 그럼에도 사람들은 너나없이 이쪽으로 몰려든다.

하지만 팅팅만큼은 아니다. 그녀는 어떤 무리에 들어가기 위해 잔머리를 쓰며 야심을 키우는 그런 사람이 아니다. 그녀는 무엇이든 손에 넣기 위해 애쓰기보다는 자신이 해야 할 일을 묵묵히 하는 그런 사람이다. 무엇보다 그녀는 무대 뒤에 서서 자신이 좋아하는 것을 감상하고 무대 위에서 스포트라이트를 받는 이를 위해 진심으로 박수 쳐주는 그런 사람이다.

지난 몇 년간 나는 팅팅에게 정말 많은 도움을 받았고 그녀는 내게 늘 큰힘이 되어줬다. 종종 힘이 들 때면 그녀가 보내준 이메일을 보며 생각에 잠긴다. 그녀의 모든 노력과 진심 어린 눈빛을 생각하며 다시 힘을 얻는다. 정말로 박수를 받아야 할 사람은 내가 아닌 바로 그녀다.

2013년에 나는 대학원 입학시험을 준비하느라 밥 먹는 시간을 제외하고는 매일 도서관에서 살았다. 내가 매일 가던 자습실은 넓지 않았지만 자리를 잡느라고 애쓰지 않아도 되었다. 사람들마다 늘 앉는 자리가 정해져 있었고 서로 아는 사이가 아니어도 오래 마주치다 보니 암묵적인 약속이 되어 있었다.

어느 날 잘 풀리지 않는 문제가 있어 하루 종일 책상에 앉아 씨름하고 있는데 옆에 앉은 여학생이 말없이 미소를 지으며 물 한 병을 건넸다.

시험 전날, 사람들은 자리를 정리하면서 진지한 얼굴로 그동안 앉았던 책상을 한 번씩 툭툭 쳤다. 그리고 자습실을 나가기 전 몇 번이나 뒤를 돌아봤다. 우리는 한 명씩 나갈 때마다 고개를 들어 말없이 웃으며 인사를 했다. 나는 그날 가장 마지막으로 교실을 나갔는데 자습실 앞쪽에 위치한 칠판에는 누군가가 이렇게 써놓았다.

'모두 힘내세요!'

우리는 모두 원하는 바를 이루기 위해 피나는 노력을 하지만 어쩌면 모두 천군만마 중 한 사람에 불과할지도 모른다. 그리고 이러한 수고와 노력은 나 자신을 제외하고는 남들은 알 수가 없다. 나는 종종 함께 자습실에서 공부를 하던 그 이름조차 모르는 사람들이 그립다.

우리는 원대한 이상을 가진 사람들을 우러러보고 그들이 이룬 업적에 감탄한다. 그렇지만 세상에는 자신만의 작은 목표를 가진 사람들도 있다. 그들은 다른 사람이 뭐라 하든 자신이 가고 싶은 길을 간다. 설령 아무도 모르는 길일지라도!

조용히 자신이 좋아하는 일을 하면서 타인을 방해하지도, 타인에게 방해받지도 않고 사는 것은 결코 쉬운 일이 아니다. 그들은 실로 대단한 일을 하고 있는 것이다.

험한 산을 넘고 바다를 건너도 세상은 알아주지 않는다. 행여 방해가 될까 봐 조심 또 조심하지만 주변 사람은 신경조차 쓰지 않는다. 나는 온 힘을 다해 한 걸음씩 앞으로 나아가고 있지만 눈길을 주는 사람은 아무도 없다. 남들처럼 우여곡절은 없었지만, 대단히 시끌벅적하지도 않았지만 나의 이야기는 세상에 둘도 없는 나만의 것이다.

무리 지어 다니는 친구가 없다고 해서 외로운 사람이라고 할 수 없고, 세상이 놀랄 만한 꿈을 가지지 않았다고 해서 평범한 사람이라고 할 수 없다. 한두 명의 친구라도 자주 만나 우정을 나누고, 혼자 있을 때는 자신만의 시간을 보내면 된다. 작은 꿈이라도 최선을 다해 이루면 그것으로 충분히 의미가 있다. 자신만의 생각이 있고 목표가 있다면 꼭 무대 위에 서지 않아도 스포트라이트를 받을 수 있다.

언제나 무대 뒤에 묵묵히 서 있는 당신에게, 그리고 나의 가장 좋은 비서 팅팅에게, 정말 고마워.

인생의 무대 위에서 누군가는 엄청난 대가를 치르고서라도 무대 중앙에 설 기회를 얻으려 한다. 반면, 자신만의 작은 세상을 좋아하는 사람도 있다. 그들은 무대 뒤에서 자신이 좋아하는 연극을 보며 무대에 서 있는 사람들을 위해 진심 어린 박수를 쳐준다. 그들은 무대에서 스포트라이트를 받는 이들을 부러워하지 않고 열등감도 느끼지 않는다. 전자는 어떤 일에도 굴복하지 않고, 후자는 비굴하거나 거만하지 않다. 어떤 유형의 사람이든 각자 자신만이 색깔이 있다. 그러니 충분히 사랑받을 자격이 있다.

혼자 산다는 것

1

태어나서 처음으로 비행기를 탄 건 멜버른에 갈 때였다. 나는 비행기를 타기 전 지도에 표시를 하며 생각했다. 열 몇 시간이 지나면 집에서 8천 킬로미터 떨어진 곳에 서 있을 것이다. 내가 탄 비행기는 해안선을 따라 중국 대륙을 떠날 것이고 다시 태평양을 건널 것이다. 나 홀로 바다 건너편 대륙에 간다는 것은 생각할수록 멋진 일이다.

하지만 비행기를 타는 것은 그리 즐거운 경험이 아니었다. 나는 어떤 교통수단에서든 깊이 잠을 자지 못한다. 그래서 열 몇 시간 내내 계속 깨어 있었다. 나는 가져간 책을 다 읽은 다음에는 의자에 붙은 작은 모니터로 영화를 두 편이나 봤다. 영화를 보고 나니 정신이 몽롱했지만 잠이 오지는 않았다. 도착 예정 시간을 확인해보니 아직도 다섯 시간이나 남아 있었다.

비행기에서 내릴 때 여기까지 오느라 퉁퉁 부어버린 두 다리의 노고에 보답하기 위해서라도 정말 열심히 공부해야겠다는 생각을 했다.

나는 예전부터 만약 혼자 살게 되면 집을 아주 간결하게 꾸미겠노라 생각했다. 책상 하나, 소파 하나, 스피커 하나 그리고 멋진 스탠드 하나면 충분했다. 매일 멋진 요리사로 변신해 나를 위한 음식을 만들고, 이전의 못된 습관은 모두 버리고 완전히 새로운 삶을 살겠노라 결심도 했다.

하지만 혼자 산 지 몇 년이 지나고 2015년이 되어서야 집을 내가 원하는 모습으로 꾸밀 수 있었다.

2

혼자 사는 건 좋다. 하지만 혼자 밥을 먹는 건 참으로 고역이다. 나는 세상에서 먹는 것을 가장 좋아하는 먹보다. 고등학교 시절, 밥때는 하루 중 가장 행복한 시간이었다. 배를 불리고, 친구와 재밌게 이야기를 나누고, 그 와중에 지나가는 예쁜 여학생들을 기웃거릴 수 있었으니까.

그러나 혼자 밥을 먹으면서부터는 밥 먹는 시간은 그저 배를 불리기 위한 시간으로 전락해버렸다. 혼자 밥을 먹으러 갔다가 밥만 먹고 서둘러 자리를 떠났으니까.

당시 친구들의 강의 시간표는 아침부터 저녁까지 모두 제각각이어서 밥때를 맞출 수가 없었다. 친구들의 수업이 모두 끝나는 시간까지 기다렸다가 같이 먹기에는 배가 고파 견딜 수 없었다. 그랬기 때문에 내 시간표에 맞춰 혼자 밥을 먹을 수밖에 없었다.

그래도 아직 젊은데 어떻게 배고픔을 참겠냐는 생각에서 나는 약 2년간 혼자 밥 먹기의 생활을 시작했다. 처음에는 혼자 밥 먹는 것이 왠지 처량하게 느껴졌다. 당시에는 혼자 하는 일은 모두 그렇게 느껴졌다. 혼자 영화를 보고, 혼자 밥을 먹고, 혼자 여행을 한다는 건 어딘지 모르게 뭔가 부족해보였다. 하지만 점점 혼자 하는 것에 익숙해졌고 나중에는 더 이상 이상하다는 생각이 들지 않았다. 그리고 혼자만의 생활에 익숙해지다 보니 종종 뭐든 함께하는 연인들이 부럽기는 했지만 나만의 자유를 즐기게 되었다.

멜버른에서 만난 친구들과 친해질 무렵 나는 다시 캔버라로 떠났다. 나는 늘 어떤 곳에 익숙해질 때쯤이면 그곳과 이별을 했던 것 같다.

3

나는 아직도 2011년 캔버라의 새벽 풍경을 생생히 기억한다. 먼저 새벽 다섯 시가 되면 청소차가 지나간다. 이어서 이른 아침 출근하는 사람들의 발소리가 들린다. 그들은 대부분 여섯 시쯤 한 손에는 커피, 다른 한 손에는 서류 가방을 들고 첫차를 타러 간다. 그 무렵 날이 밝기 시작하고 도시는 서서히 지난밤의 피로에서 깨어난다. 창문 앞에서 도시가 점점 차와 사람들로 붐비는 모습을 지켜보자면 알 수 없는 적막감이 밀려온다.

저들 중에는 밤새 논문을 끝마치고 지도 교수를 만나러 가는 사람도 있을 것이고, 10년 넘게 열심히 일한 회사에서 해고될 위기에 처한 사람도 있을 것이다. 그리고 나처럼 언젠가 떠날 이 도시에서 자신만의 생활방식을 찾아가려는 사람도 있을 것이다.

그렇다. 나는 그해 1년 365일 내내 새벽마다 그렇게 깨어 있었다. 당시 내 생활은 그야말로 엉망이었다. 집 안에 옷가지는 아무렇게나 늘어져 있었고 다 읽고 난 책들은 테이블 위에 그대로 쌓여 있었다. 내가 망가뜨린 스탠드는 그대로 방치되었고 언젠가 사용하겠다고 사들인 물건들은 자리를 잡지 못한 채 널브러져 있었다. 가끔은 이렇게 작은 방을 이토록 지저분하게 만들 수 있는 내 능력에 감탄할 정도였다.

중요한 건 나는 언젠가 그곳을 떠나리라는 것을 알고 있었다는 점이다. 나는 매 순간 내가 하고 싶은 일과 내가 가고 싶은 곳을 생각하며 살았다. 하지만 캔버라는 그 계획 속에 없었다. 그러나 나는 알고 있었다. 미래에 내가 가고 싶은 곳으로 가기 위해서는 이곳에서 많은 시간을 보낼 수밖에 없다는 사실을 말이다.

나는 내가 하고 싶은 일이 무엇인지 알면서도 때때로 불안감을 느꼈다. 당시 매일 글을 쓰려고 했지만 제대로 된 글은 하나도 쓰지 못했다. 나는 그때 엄청난 스트레스에 시달리고 있었다. 부모님은 나를 대신해 내 미래를 계획해놓으셨고, 친구들은 하나둘 자신의 꿈을 찾아갔다. 오직 나만이 미래가 불투명한 길을 걷고 있는 듯했다. 부모님이 세워놓은 계획들을 보면서 마음은 즐겁지 않았지만 그것들을 인정할 수밖에 없었다. 부모님의 생각은 언제나 옳았으니까.

당시 나는 스스로 모든 일을 망쳐버리지는 않을까 자주 걱정했다. 나는 어떤 길을 가겠다고 결정하기 전에 충분한 마음의 준비를 했다고 생각했다. 그러나 출판사에서 문전박대를 당하던 그 순간 내가 실패와 좌절의 고통을 너무 우습게 봤다는 생각이 들었다. 내가 원하는 미래가 어떤 모습인지는 알지만 어떤 길로 가야 그곳으로 통하는지는 알지 못했던 것이다.

홍콩 영화배우 뤄란(羅蘭)은 이렇게 말했다.

"진정한 영웅은 세상의 본모습을 보고도 여전히 열정적으로 사랑하는 사람이다."

그러나 나는 자신이 없었다. 때로는 기다리는 것밖에는 할 수 있는 일이 없었다. 나의 선택이 옳았는지를 확인하려면 꽤 오랜 시간이 걸린다. 그런데 누구나 이 시간을 견디는 것은 아니다. 그래서 기다리는 시간이 하루하루 길어질수록 망설이고 방황하다가 결과가 수면 위로 떠오르기 바로 직전에 포기하고 만다. 나 역시 수없이 포기를 생각했다.

4

처음 포기하고 싶다는 생각이 들었을 때 간신히 그 순간을 넘겼다. 그 이

현실은 언제나 마음처럼 되지 않는다. 그 길에 얼마나 많은 어려움이 있을지는 당신이 선택한 길에 달렸다. 나는 내가 선택한 길 위에서 외로움을 경험했다. 아마 당신도 마찬가지일 것이다. 나는 그 길 위에서 수없이 포기하고 싶다는 생각을 했다. 아마 당신도 마찬가지일 것이다. 하지만 나는 끊임없이 나 자신을 설득하며 견뎌왔다. 아마 당신도 마찬가지일 것이다. 모든 사람에게는 견뎌야만 하는, 혹은 견딜 수 있게 해주는 이유가 있다. 그 이유는 천차만별이겠지만 어쨌든 마음속 불씨가 꺼지기 전 지레 포기하지는 말자. 포기해버리면 불씨는 영영 꺼져버린다. 포기하지 않고 견디면 새로운 길은 반드시 열린다.

후 다시 포기하고 싶다는 생각이 들면 곧장 화장실로 가서 찬물에 세수를 했다. 그러면 포기로 쏠린 생각이 사라졌다. 비록 세상이 뿌연 연기만 가득 차 있을지 몰라도 내 마음속에 아직 꺼지지 않은 불씨를 그리 쉽게 꺼뜨리고 싶지는 않았다.

어쩌면 마음속에 불씨가 꺼지지 않았기 때문에 포기하고 싶은 순간이 와도 어떻게든 계속해야 할 이유를 찾을 수 있는 것인지도 모르겠다. 때로는 힘이 되는 노래를 듣고, 때로는 감동적인 동영상을 보고, 때로는 친구들의 응원 메시지에 포기하고 싶은 생각을 단념했다. 그래서 나는 내가 굉장히 운이 좋은 사람이라고 생각한다.

세상에는 분명 나처럼 견디고 있는 사람들이 많을 것이다. 포기해버린 사람은 아마도 견뎌야 하는 이유를 더 이상 찾지 못했기 때문일 것이다. 마음속에 불씨가 꺼지지 않은 사람만이 자신처럼 견디는 이들을 발견할 수 있다.

당분간 이곳에 살아야 했기에 내가 좋아하는 생활방식을 찾아보기로 했다. 내 앞에 주어진 일을 하기 싫어도 해야 한다면 일단 그 일을 하고 그 안에서 의미를 찾아보는 것이 훨씬 유익하다.

나는 어렸을 때부터 농구를 좋아했다. 비록 농구선수는 되지 못했지만 덕분에 운동선수 못지않은 체력을 키울 수 있었다. 그리고 좋아하던 여학생이 어떤 밴드를 좋아했기 때문에 비록 그녀와 사랑이 이루어지지는 않았지만 나도 그 밴드를 좋아하게 되었다. 나는 당분간 이곳에 머물러야 했기에 비록 언젠가 이곳을 떠날 것이지만 외로움을 견디는 방법을 찾을 수 있었다.

이처럼 내 인생은 우연한 계기로 끊임없이 변화했다. 나는 어렸을 때부터 수학, 과학을 좋아하고 암기에는 소질이 없는 전형적인 이과생이었지만 결국 글을 쓰는 일을 하게 된 것 역시 마찬가지다.

설령 하고 싶지 않았던 일이라고 해도 모든 일은 하고 나면 의미가 있다. 피할 수 없다면 계속 미루기만 할 게 아니라 그 시간에 차라리 조금이라도 해보려고 노력하자. 어떤 일이 얼마나 의미가 있느냐는 내가 그 일을 하기 나름이다. 이렇게 의미가 조금씩 쌓여 내 자산이 될 수 있어야만 훗날 좋아하는 일을 만났을 때 놓치지 않을 수 있다.

그래서 나는 닥치는 대로 책을 읽기 시작했고 매일 빼먹지 않고 습작을 했다. 그리고 무엇보다 내가 지금 살고 있는 이 도시를 사랑하기 시작했다.

인생을 살다 보면 수많은 전환점을 만난다. 대부분의 사람은 전환점에 다다르면 또 다른 방향으로 가야 한다고만 생각한다. 하지만 그곳에서 충분한 휴식을 즐기고 재충전을 할 수도 있다.

5

내가 꿈꾸는 미래로 가는 길을 찾았지만 가끔 그 길을 찾아 헤매던 시절이 그립다. 물론 나는 지금의 내 삶에 굉장히 만족한다. 사람의 마음은 참 간사하다. 아무것도 없이 살던 시절에는 하루빨리 그 생활에서 벗어나기만을 기다리다가 형편이 조금 나아지고 나면 다시 옛날을 그리워하니까 말이다.

나는 이제 집 안을 깨끗이 정돈하고 산다. 오랫동안 혼자 살다 보니 약간의 강박증도 생겼다. 책장에 책이 한 권이라도 잘못 꽂혀 있으면 마음이 불편할 정도로 말이다. 얼마 전에는 꿈에 그리던 대형 스피커도 들여놔 좋아하는 음악을 마음껏 듣고 있다. 그리고 엄청나게 큰 책꽂이도 샀다. 과연 이 책꽂이에 책을 언제 다 채울 수 있을지 모르겠다.

한때 고양이를 키워볼까도 했지만 고양이들은 성격이 도도해 장난치기를 좋아하는 나와는 맞지 않는 듯하여 생각을 접었다.

맞다. 그리고 이제는 밥을 할 때 예전처럼 성의 없게 만들지 않는다. 나는 더 이상 나 자신을 함부로 대하지 않는다. 사실, 이는 다른 사람을 함부로 대하지 않는 것보다 훨씬 어려운 일이다.

종종 내가 지금과는 다른 길을 선택했다면 내 인생이 어떻게 변했을까 상상하곤 한다. 내 성격상 지금보다 더 많은 친구를 사귀었을 테고 틈만 나면 그들과 어울렸을 것이다. 그리고 집을 떠나더라도 멀지 않은 곳에 살면서 힘들 때마다 찾아갔을 것이다. 태평양을 건너가지 않았다면 내가 좋아하던 그녀와도 그렇게 허무하게 헤어지지는 않았을 테고! 그랬다면 최소한 두 사람이 함께 만든 추억이라도 남아 있었을 것이다.

하지만 다시 생각해보니 다른 길을 선택했더라도 분명 언젠가는 외로움을 경험했을 것이고, 형태만 다를 뿐 수많은 난관에 부딪혔을 것이다. 그리고 분명 이 길은 너무 힘이 든다고, 도대체 언제쯤 정상에 도착할 수 있느냐고 불평했을 것이다.

언제쯤 정상에 도착할 수 있을까? 그건 나도 모른다. 가끔씩 이제는 정상이 가까워오지 않았나 하는 착각에 빠지기도 하지만 이내 아직 멀었음을 깨닫는다. 이런 착각과 깨달음을 반복하면서 나는 지금까지 꽤 먼 길을 왔다.

나는 앞으로도 지금까지 해왔던 것처럼 계속 그 먼 길을 걸어갈 수 있으리라 확신한다. 힘들게 언덕을 하나 넘었는데 곧바로 또 다른 언덕이 보인다 해도 이제는 두려워하지 않을 것이다.

결국 나는 캔버라를 떠나 멜버른으로 돌아갔다. 그리고 다시 원래의 내 자리로 돌아왔다.

🫖 너와 나의 시차

친구들 중 '삼분녀'라고 불리는 녀석이 있다. 그녀는 삼분녀가 너무 촌스럽다며 차라리 다른 별명으로 불러달라 애원하곤 한다. 그럴 때마다 우리는 마음을 고쳐먹는다. 기필코 삼분녀로 부르겠노라고!

우리가 그녀를 그렇게 부르는 이유는 그녀가 무슨 일이든 3분이면 싫증을 내기 때문이다. 처음 만났을 때 그녀는 요리를 배우고 있었는데 레시피를 받자마자 온갖 불평불만을 쏟아냈다.

"소금 한 숟갈이라는 게 도대체 무슨 말이야? 찻숟가락을 말하는 거야? 밥숟가락을 말하는 거야?"

그녀는 곧 요리 배우기를 포기했다. 그러고는 피아노를 배우겠다고 나섰다. 영화 관람 중 피아노 치는 장면에 꽂혔으므로! 그녀는 피아노를 칠 줄 알면 자신이 훨씬 고상해 보이지 않겠냐고 했다. 그러나 또 다시 이틀 만에 관두었다. 내가 이유를 묻자 그녀는 이렇게 대답했다.

"사람을 고상하게 만들어주는 건 피아노가 아니라 바로 얼굴이야. 다들 우옌주(吳彦祖, 중국의 영화배우)가 살을 빼서 잘생겨진 거라고 말하는데, 너희가 헬스장에 가서 살을 뺀다고 한들 잘생겨지겠어? 원래 얼굴이 중요한 거지."

얼마 뒤 그녀는 싼리툰 거리의 가게를 인수해 작은 바를 열었다. 내게는 희소식이었다. 친한 친구의 술집이니만큼 언제든 가서 공짜 술을 퍼마실 수 있을 테니까!

어느 날, 나는 술을 마시면서 그녀에게 말했다.

"이 술집만큼은 오래오래 해줬으면 좋겠어."

"당연하지! 요즘 매일 여기서 잘생긴 남자들 구경하는 낙으로 사는데 오래오래 해야지."

그러나 웬걸! 한 달 뒤, 잔뜩 기대를 안고 베이징에 돌아갔을 때 술집은 이미 사라져버렸다.

삼분녀의 가게에서 술을 얻어먹을 때 그녀는 항상 입구에서 혼자 서성였다. 그러다가 새벽 두 시가 넘어 술집 문을 닫을 때쯤 들어와 함께 술을 마셨고 3분 만에 취해버렸다. 술에 취한 그녀는 카운터 옆에 있는 기둥을 붙잡고 토를 하기 시작했고 모든 것을 다 게워낸 후 화장실에 가서 세수를 했다. 그러고는 아무 일도 없었다는 듯 무표정하게 자리에 앉았다.

우리는 아무도 그녀에게 무슨 일이 있느냐고 묻지 않았다. 모두 말없이 그녀가 바닥을 닦는 것을 도와주고 평소처럼 헤어졌다.

어느 날 그녀는 술에 너무 취한 나머지 테이블 위에 그대로 토해버렸다. 모든 것을 게워낸 뒤 고개를 들었는데 눈물범벅이었다. 그녀가 소리쳤다.

"이제 더 이상은 안 기다려! 더 이상 안 기다린다고! 이 나쁜 놈아!"

그녀는 아침이 밝아올 때까지 울었다. 휴대전화는 박살 나 있었고 눈물은 더 이상 나오지 않았다. 하지만 그녀가 기다리는 사람은 여전히 나타나지 않았다. 박살 난 휴대전화는 그 사람이 선물해준 것이었다.

그녀가 그나마 오랫동안 한 일은 딱 두 가지다. 첫 번째는 그 사람이 선물해준 휴대전화를 3년이나 사용한 것이고, 두 번째는 한 사람을 몇 년 동안 사랑한 것이다. 그러나 이 두 가지를 제외하고는 어떤 일이든 쉽게 싫증을 냈다.

삼분녀와 그 사람은 다시 만나지 못했다. 나는 그 사람이 그녀의 마음속에 영원히 아무것도 아닌 사람이 될 수 없다는 걸 안다. 하지만 동시에 영원히 주인공이 될 수도 없다.

그 사람이 마음속의 주인공이었을 시절 그녀는 마치 무언가에 홀린 듯 사랑에 빠졌다. 그리고 마치 드라마 속 여주인공이라도 된 것처럼 매일 웃다가 울다가를 반복하며 떠들썩하게 사랑을 했다. 그녀는 자신이 어떤 일에도 쉽게 싫증을 느끼기 때문에 혹시 그 사람도 그렇지는 않을까 걱정되었다. 그래서 그가 정말로 자신을 사랑하는지 알아보기 위한 시험을 했다.

예컨대 한밤중에 급한 일이 생겼다고 전화를 건다거나, 가까운 공원을 가던 길에 갑자기 만리장성을 보러 가자고 한다거나, 사람들이 많은 거리에서 "사랑해"라고 외치며 달려올 것을 요구하는 식이었다. 다행히 그 사람은 전화를 받자마자 한걸음에 달려왔고, 만리장성 얘기를 꺼내자마자 내비게이션을 다시 설정했다. 그리고 그녀가 요구한 대로 50미터 전에서부터 "사랑한다"며 달려왔다.

그날 나는 사랑에 미쳐 정신이 나간 두 사람을 봤다. 왕푸징(베이징에 위치한 우리의 명동 같은 번화가) 거리에서 하나는 "사랑해!" 하며 달려가고, 다른 하나는 상대가 미처 다 오기도 전에 "나도 사랑해! 하늘만큼 땅만큼!"이라며 소리쳤다. 나와 바오즈는 그 광경에 너무 부끄러운 나머지 그들이 있는 곳으로부터 200미터 이상 도망쳤다.

그 사람은 한때 그녀를 진심으로 사랑했다. 그때는 그녀가 인상을 살짝

찌푸리기만 해도 기분을 풀어주기 위해 수단과 방법을 가리지 않았다. 함께 노래를 부르러 가면 그녀가 좋아하는 노래들을 선곡해 불러줬다. 그 당시 그녀는 그 사람에게 가장 소중한 보석이었다. 행여 흠집이라도 나지 않을까 매일 애지중지 보살피는 그런 대상 말이다.

당초 삼분녀는 대학교 졸업 후 고향 시안으로 돌아갈 계획이었지만 그 사람 때문에 계속 베이징에 남았다. 그녀는 그 사람보다 1년 먼저 졸업했기 때문에 학교 근처에 작은 방을 얻어 살며 일자리를 구했다. 그 사람도 아예 그녀의 집에 들어와 살았다. 그녀는 졸업을 하고 3개월이 지나서야 취직을 했다.

어느 날 친구들이 모두 모여 그녀의 집에서 맥주를 마셨다. 그 사람도 함께 있었는데, 어느 순간 술에 취했는지 그녀 앞에 무릎을 꿇었다.

"일 년 동안 네가 얼마나 많이 고생했는지 잘 알아. 이 방도 내가 구해줬어야 하는데…… 정말 미안해. 하지만 조금만 더 기다려줘. 졸업해서 꼭 네게 청혼할게."

삼분녀는 그의 말에 울음을 터뜨렸다. 그리고 드라마의 한 장면처럼 그를 꼭 껴안고 괜찮다고, 언제까지든 기다리겠다고 말했다.

그때 술에 취한 친구 하나가 삼분녀와 그 사람 옆에 토를 했다. 그 녀석은 휴지로 바닥을 닦으며 살면서 이렇게 드라마틱한 장면은 처음 본다며 감동했다. 나는 실소했다.

"인간아, 얘네 이러는 거 처음 아니거든?"

졸업하면 네게 청혼할게! 그래, 그럼 기다릴게! 그녀는 그렇게 6년을 기다렸다. 사실, 그 사람은 진즉 변하기 시작했다. 졸업 후 술에 취해 들어오기 일쑤였고 점점 귀가 시간도 늦어졌다. 나중에는 아예 집에 들어오지 않는 날도 많았다. 처음에 그녀는 그가 열심히 돈을 버느라 집에도 못 들어오나 보다 생각했다. 하지만 나중에 생각해보니 착각이었다. 누가 일을 한다고 연락도 없이 집에 안 들어오겠는가!

그때부터 두 사람은 시도 때도 없이 싸우기 시작했다. 그러나 말싸움으로는 그녀를 당할 자가 없었다. 그러니 결국 늘 그가 먼저 사과하는 것으로 싸움이 끝났다. 한번은 감정이 격해진 그녀가 싸우는 도중 집 안에 있는 물건을 손에 잡히는 대로 던지기 시작했다. 그러다가 그가 얼마 전에 새로 산 노트북을 바닥에 내동댕이쳤다. 화가 난 그는 창문을 열고 그녀의 휴대전화를 밖으로 던져버렸다. 그녀의 집은 10층이었고, 휴대전화는 형체를 알아볼 수 없이 산산조각이 났다.

다음 날, 그는 새 휴대전화를 사줬다. 망가진 휴대전화는 새로 사면 그만이다. 하지만 한 번 금이 간 감정은 다시 돌리기 힘들었다. 깨져버린 거울은 다시 붙일 수 없음을 깨달은 두 사람은 헤어지기로 결심했다.

짐을 챙기는 그의 뒷모습을 보면서 그녀는 가지 말라 끌어안고 싶은 마음을 간신히 억눌렀다. 두 사람은 문 앞에서 아무 말도 없이 헤어졌다. 분명 하고 싶은 말은 많았지만 더 이상 서로에게 할 수 있는 말은 아니었다.

1주일 후 그녀는 시안으로 돌아갔다. 떠나기 전 그녀는 베이징에 다시 돌아오지 않을 거라고 말했다. 그 사람에 대한 기억으로 가득한 베이징에서 상심해 있느니 차라리 귀향하여 마음 편히 지내겠노라 했다.

나는 정말로 더 이상 베이징에서 그녀를 만날 수 없을 거라고 믿었다. 그러나 그녀는 한 달도 채 되지 않아 베이징으로 돌아왔다. 다시 돌아와 일을 해줬으면 한다는 전 직장의 연락 때문이었다.

"요즘 취직난이 장난 아니잖아. 이런 시기에 날 불러주는 회사가 있다니…… 기회를 잡아야 할 것 같았어."

나는 말했다.

"기왕에 왔으니 예전의 감정들은 모두 잊어야 해. 그게 새로운 일을 시작하는 것보다 훨씬 중요할 거야."

하지만 그녀에게 일은 핑계였다. 사실, 그녀는 그 사람을 만나러 돌아왔던 것이다. 두 사람은 헤어진 지 한 달도 되지 않아 다시 감정이 싹트기 시작했다. 어떻게 다시 만나게 되었는지는 모르지만 두 사람의 다정한 모습을 보면서 이번에는 정말 잘되었으면 좋겠다고 생각했다.

어느 날 그녀와 함께 싼리툰으로 갔다. 그녀는 줄지어 늘어선 가게들을 바라보며 말했다.

"싼리툰은 정말 멋진 곳인 것 같아. 나중에 이곳에 바를 하나 만들면 어떨까? 너희도 와서 술 마시면 좋잖아."

"어떻게 갑자기 술집 낼 생각을 다 했어?"

"그렇게 되면 그 사람도 밖에서 술 마실 때 우리 가게로 오면 되잖아."

"너희 둘, 어떻게 하기로 한 거야?"

"그 사람도, 나도 어느 정도 안정이 되면 결혼하기로 했어."

들어보니 그 사람도 곧 자리를 잡을 것 같다고 했다. 나는 정말 곧 좋은 결실이 있으리라 믿으며 그녀를 축복해줬다.

그의 직장생활이 안정된 뒤, 그러나 두 사람은 또다시 숙어라 싸우기 시작했다. 그 양상은 아주 유치한 아이돌 드라마 같았다. 그녀는 그 사람의 휴대전화에서 다른 여자의 이름이 발견되는 것을 참지 못했다. 하지만 이번에는 아무리 심하게 다퉈도 물건을 내던지지 않았다. 이제 더 이상 물건을 집어던질 힘조차 그녀에게 남아 있지 않았기 때문이다. 결국 두 사람은 또 이별했고, 그녀는 다시 사직서를 던지고는 시안으로 내려갔다.

그해 연말, 나는 시안에서 그녀를 만났다.

"나, 부모님이 소개해준 사람과 결혼해."

누구나 한 번쯤 좋아하는 누군가의 블로그를 처음부터 끝까지 들춰본 적 있을 것이다.

그가 좋아하는 것은 나도 좋고, 그가 싫어하는 것은 나 역시 싫다.

그가 힘들어하면 위로해주고 싶고, 그에게 좋은 일이 생기면 누구보다 먼저 축하해주고 싶다.

하지만 나와 그 사람 사이에는 감정의 시차가 존재한다.
그의 인생이 한여름의 열기로 가득 차 있을 때, 내 인생은 여전히 겨울에 머물러 있다.
그가 상쾌한 새벽을 맞이하고 있을 때, 나는 한밤중에 홀로 깨어 있다.

"드디어 제대로 된 사람을 만난 거야? 정말 잘됐다."

나는 진심으로 축하했고, 그녀는 말없이 어색한 웃음만 흘렸다.

새해를 며칠 앞둔 어느 날, 그녀에게 전화가 왔다.

"나 결혼 안 해."

그녀의 부모는 물론 남자 쪽 부모도 노발대발 난리가 났다. 하지만 다행히 성품이 좋은 남자가 원하지 않는 결혼이라면 강요하지 않겠다며 양가 부모를 설득시켰다. 그럼에도 그녀의 부모는 집안의 망신이라며 여전히 그녀를 원망했다. 그녀는 울었다.

"이제 더 이상 시안에 머무를 수 없을 것 같아."

"정 그렇다면…… 지금 내가 있는 곳으로 오면 먹여주고 재워줄 테니 걱정하지 마."

그녀는 잠시 침묵했다가 이내 다시 말문을 열었다.

"나 베이징으로 돌아가 술집을 열고 싶어."

사실, 그녀는 남자들에게 인기가 많은 편이었다. 그녀가 바 입구에 서 있으면 꽤 많은 남자가 전화번호를 물어보았다. 하지만 그녀는 사람을 기다리고 있다면서 한 번도 번호를 알려준 적이 없다. 그러나 그녀가 기다리는 사람은 나타나지 않았다.

한번은 그녀에게 줄곧 관심이 있던 한 남자가 비싼 외제차를 끌고 와서는 말했다.

"이 술집은 내가 접수할게. 당신도 포함해서 말이야."

그러나 그녀는 꿈쩍도 하지 않고 차갑게 대답했다.

"꺼져!"

그 남자는 그녀의 쌀쌀맞은 태도에 욕을 하면서 밖으로 나갔다.

"매일 누굴 기다린다면서 대체 오긴 누가 온다는 거야?"

그날 그녀는 술에 잔뜩 취한 채 휴대전화 액정을 깨뜨렸다.

"그 사람한테 왜 나는 안 되는 걸까?"

나는 예전에 그녀와 했던 대화가 생각났다.

"이 술집만큼은 오래오래 해줬으면 좋겠어."

"당연하지! 요즘 매일 여기서 잘생긴 남자들 구경하는 낙으로 사는데 오래오래 해야지."

사실, 그녀가 하고 싶었던 말은 "당연하지! 요즘 매일 여기서 그 사람을 기다려. 우리는 이곳에 함께 바를 열자고 약속했어"였을 것이다. 바를 오픈할 때, 그녀는 그에게 문자메시지를 보냈다.

'꼭 한 번 와줬으면 좋겠어.'

하지만 그에게서 답장은 오지 않았다. 그녀는 만약 그때 그가 기다리라는 말을 했다면 무슨 일이 있어도 끝까지 기다릴 생각이었다고 했다. 그가 청혼할 테니 조금만 기다려달라고 말했던 그때처럼! 하지만 몇 년의 기다림 끝에 그 사람이 남긴 건 끝이 없는 기다림이라는 걸 깨달았다.

술집 폐업 뒤, 나는 그녀와 만났다.

"베이징에 산 지 오래되었고, 그래서 그냥 여기서 지내려고!"

나는 그녀가 그 사람과의 관계를 정리하지 못할까 봐 우려되었다. 그러나 그녀는 그 사람이 이미 결혼했다는 사실을 알려줬다. 그녀가 내게 물었다.

"너 누군가의 블로그를 처음부터 끝까지 다 본 적 있어?"

"있지."

"그래. 나는…… 그 사람이 블로그를 처음 만들었을 때부터 지금까지 하나도 빠짐없이 봐왔어. 그 사람에게 좋은 일이 생기면 축하해주고 싶고, 힘들어할 때면 위로해주고 싶었어. 그러나 그건 모두 그 사람의 현재가 아니더라. 그리고 이제 그 사람 옆에는 내가 아닌 다른 사람이 있어. 그 사람은 자기 갈 길을 가고 있는데 지난 몇 년 동안 나만 줄곧 과거 우리가 함께했던 시간에 갇혀 있었던 것 같아. 이야기는 진즉 다음 장으로 넘어갔는데 나 혼자 지나간 페이지를 넘기지 못하고 있었던 거야."

그녀는 이후 일본으로 건너갔고, 우리는 다시 만나지 못했다. 그녀가 아직도 그 사람의 블로그에 들어가는지는 알 수 없다.

누구나 한 번쯤은 좋아하는 누군가의 블로그를 처음부터 끝까지 들춰본 적 있을 것이다. 좋은 일이 생기면 함께 축하해주고 싶고, 힘든 일이 있으면 위로해주고 싶다. 하지만 그것은 모두 그 사람의 현재가 아니다. 나와 그 사람 사이에는 감정의 시차가 존재한다. 그의 하루가 밝으면 나의 하루에는 어둠이 찾아온다.

어떤 사람은 기다려도 오지 않음을 그녀 역시 깨달았을 것이다. 공항에서 배가 오기만을 기다리는 것처럼 그들은 영영 모습을 드러내지 않을 것이다. 어떤 사람과 함께 있을 때 늘 깜깜한 밤이라면 차라리 헤어지고 나서 각자의 태양을 맞이하는 편이 낫지 않을까.

◈ 좋아한다면 지금 당장 고백하세요

1

2년 전 만우절 날(중국에서는 만우절을 고백하기 좋은 날로 여긴다. 고백했다가 거절당하면 장난이라고 발을 뺄 수 있기 때문이다), 황종은 샤오주에게 고백을 할 참이었다. 그러나 아무리 생각해도 어떻게 고백해야 할지 아이디어가 떠오르지 않았다. 그는 고백하기 전날, 친구들에게 도움을 청했다.

제일 먼저 샤오페이가 아이디어를 던졌다.

"멍청아! 돈을 써야지. 금덩이를 갖다 안겨줘라. 그럼 백 퍼센트 성공할 거다."

황종이 대답했다.

"너 그 금덩이로 한 번 맞아볼래?"

라오천의 아이디어는 순박하기 짝이 없었다.

"목걸이를 하나 사서 케이크 속에 숨겨놓는 거야. 그럼 그녀가 케이크를 먹다가 발견하겠지. 정말 낭만적이지 않아?"

황종이 대답했다.

"누가 만우절에 케이크를 선물하냐? 분명 장난을 쳐놓았을 거라고 생각할 거야."

드디어 내 차례였다. 나는 조심스럽게 말을 꺼냈다.

"음…… 그녀가 좋아하는 노래를 불러주는 건 어떨까?"

황종이 대답했다.

"나 노래 잘 못한다."

내가 다시 말했다.

"그럼…… 내가 대신 불러줄까? 내가 지금 한 곡 불러볼게. 들어봐. 맞은편 아가씨 날 좀 봐요, 여길 봐요. 여기 당신을 좋아하는 남자가 있어요. 그가 당신을 좋아해요……."

황종은 아무 대꾸도 하지 않았다. 결국 우리는 참다못해 다 같이 소리쳤다.

"병신아! 그냥 가서 '너 좋아해!'라고 말하면 죽기라도 한다니?"

황종이 대답했다.

"정말 죽을지도 몰라."

2

황종이 왜 만우절에 고백하려고 하는지는 빤하다. 그녀가 거절하면 장난이라고 오리발을 내밀 수 있을 테니까. 황종은 자존심 빼면 시체인 녀석이다. 그래서 줄곧 샤오주에게도 관심 없는 척 행동해왔다. 나는 왜 그렇게까지 자존심을 지키고 싶어 하는지 이해할 수 없었다.

3년 전 만우절 날, 황종은 그녀에게 좋아한다고 말했다. 그러고는 얼른 큰소리로 웃어 젖혔다.

"하하하! 장난이야. 놀랐지?"

갑자기 긴 침묵이 흘렀다. 나는 난감한 분위기를 어떻게든 띄워보려고 노래를 불렀다.

"맞은 편 아가씨 날 좀 봐요, 여기 봐요. 여기 공연 정말 멋져요. 그러니 못 본 척 지나가지 마세요…….."

그 뒤로 더욱 긴 침묵이 이어졌다. 샤오주, 황종 두 사람 중 누구도 말을 꺼내지 않았다. 그날 샤오주는 농담이 되어버린 황종의 고백에 아무 대답도 하지 않았다.

만우절 날, '너를 좋아해'라는 말은 농담일수록 진지하게, 진담일수록 농담처럼 건네는 말이 되어버렸다.

얼마 뒤, 샤오주는 광저우로 떠났다. 황종은 무의식중에 샤오주와 함께할 수 없다는 생각을 줄곧 갖고 있었는지도 모르겠다. 샤오주가 예전에 블로그에 쓴 글을 봤기 때문이다.

'나는 장거리 연애는 믿지 않는다. 사랑은 시간도, 거리도 초월할 수 있다는 말은 다 거짓말이다.'

3

1년 뒤, 만우절 이틀 전날이었다. 황종은 광저우로 가서 샤오주에게 고백하겠노라 선인했다. 그는 지난 1년 동안 하루도 샤오주를 잊어본 적 없다고, 이제 더는 못 참겠다고 털어놓았다.

내가 물었다.

"황종, 또 만우절에 고백하려는 거냐?"

황종이 대답했다.

"아니! 오늘 고백할 거야."

나는 바로 휴대전화 달력을 확인했다. 3월 29일이었다.

"오늘이 무슨 날인데?"

"아무 날도 아니야. 하지만 오늘 이후에는 특별한 날이 되겠지! 이제는 어떤 특별한 날이 올 때까지 기다리지 않을 거야. 내일이 올 때까지 기다리고 싶지도 않아. 지금 당장 가서 너를 좋아한다고 말할 거야."

만우절이 돌아올라치면 많은 사람이 진담인 듯 농담 같은 고백을 준비한다. 하지만 누군가를 진심으로 좋아한다면 꼭 어떤 날을 기다릴 필요는 없다.

다행히 황종과 샤오주의 이야기는 해피엔딩으로 끝났다. 나는 그들의 이야기를 듣자마자 블로그에 이런 글을 올렸다.

'나는 사랑이 시간도, 거리도 초월한다는 말을 믿지 않는다. 심지어 때로는 사랑 그 자체를 믿기 힘들 때도 있다. 하지만 나는 당신을 믿는다.'

샤오주가 제일 먼저 '좋아요'를 눌렀다.

만약 사랑하는 누군가가 있다면, 그리고 그 사람이 당신을 기다리고 있다면 용기를 내어 한 걸음 더 다가가자. 그 사람이 불안해한다면 당신의 마음을 확실히 보여주고, 그 사람이 자기 자신을 보호하려 든다면 마음을 열수 있도록 더 많은 것을 내어주자.

황종과 샤오주가 머지않아 결혼식을 올린다. 점점 주변에 결혼하는 친구들이 늘어나고 있다. 심지어 아이를 출산한 친구들도 하나둘 생겨나고 있다. 나는 그들 모두에게 노래를 불러줄 것이다.

"맞은편 아가씨 날 좀 봐요, 여기 봐요. 여기 공연 정말 멋져요. 그러니 못본 척 지나가지 마세요……."

아무도 나를 막을 수 없다! 하하하!

봄날 두 뺨에 살랑거리는 바람도,
여름날 비 온 뒤의 흙냄새도,
가을날 알록달록 물든 낙엽도,
겨울날 오후의 따뜻한 햇살도
당신과 함께하는 시간보다 좋을 수 없다.
나는 사랑이 시간도, 거리도 초월한다는 말을 믿지 않는다.
심지어 때로는 사랑 그 자체를 믿기 힘들 때도 있다.
하지만 나는 당신을 믿는다.

정시 기차를 떠나보낸 그대에게

샤오위는 내가 멜버른에 처음 갔을 때 만난 친구다. 키가 크고 늘씬한 그녀는 공부도 잘했다. 그녀는 여장부 같으면서도 때로는 수줍은 미소를 지으며 여성스러운 매력을 뽐내기도 했다. 그런 그녀였지만 어찌 된 일인지 오랫동안 혼자였다.

대략 6년 전쯤부터 샤오위의 엄마는 조급해졌다. 그래서 늘 좋은 짝을 만나 시집을 가야 한다며 딸에게 잔소리했다.

어느 날 엄마가 샤오위에게 물었다.

"고등학교 때 옆집에 살던 남학생 기억하니? 이름이 류…… 뭐였는데……."

샤오위는 엄마가 무슨 말을 하고 싶은지 단번에 알아차렸지만 모르는 척했다.

"기억나."

엄마도 모르는 척 말을 계속했다.

"어제 시장에 갔다가 그 애 엄마를 만났는데 요즘 아주 잘나간다더라."

"응."

"아, 맞다. 결혼해서 벌써 애가 세 살이래."

"그래?"

"너랑 동갑인데 누구는 벌써 결혼해서 애도 있고…… 너도 얼른 좋은 짝 만나야지."

누군가가 나를 붙잡고 이야기를 늘어놓을 때 처음에는 핵심이 전혀 없어 보여도 가만히 잘 들어보라. 곧 "아, 맞다" 하는 소리를 듣게 될 것이고, 그 때부터 이야기의 핵심이 드러나기 시작한다.

샤오위의 엄마에게는 어떤 주제의 이야기이든 결국 결혼 이야기로 귀결시키는 특별한 재주가 있다.

"해가 중천인데 아직도 안 일어났니? 이래가지고 시집이나 가겠어?"

"다 큰 아가씨가 밥하는 법도 모르면 어떻게 하니? 이래가지고 시집이나 가겠어?"

샤오위에게 일 년 중 가장 괴로운 시간은 바로 명절 때다. 친척들은 모이기만 하면 이모, 고모, 삼촌 그리고 이름조차 모르는 당숙까지도 모두 그녀에게 한마디씩 던졌다. 샤오위는 주변 성화에 못 이겨 종종 맞선을 보러 나갔다. 그럴 때마다 나와 라오천은 급한 일이 있는 척 전화를 걸어 그녀를 구출해주곤 했다.

어느 날 샤오위가 맞선 자리에 도착한 지 5분도 되지 않아 내게 구조 요청을 했다. 나중에 카페에서 그녀를 만났을 때 내가 물었다.

"너 그래가지고 시집갈 수 있겠냐?"

"어쩜 우리 엄마랑 똑같은 말을 하니?"

"너희 엄마뿐만이 아니야. 우리 엄마도 지금 발등에 불 떨어지셨어."

"나는 지금 내 생활에 아주 만족한단 말이야. 하고 싶은 일이 있으면 언제든 마음대로 할 수 있고 말이야. 내가 급하지 않다는데 왜 다들 그러는지

때로는 나 자신이 기차를 놓쳐버린 승객 같다는 생각이 든다. 다른 사람들은 모두 제시간에 출발해서 목적지에 도착했는데 나만 여전히 플랫폼에 홀로 서서 미래로 가는 그 기차에 올라타기를 거부하고 있다. 가끔은 그냥 아무 차에나 올라타고 싶다는 생각이 들기도 한다. 하지만 기왕에 차를 놓쳤으니 조금 더 기다려보겠다. 내가 원하는 그 차가 올 때까지! 나와 마찬가지로 그 차를 기다리고 있는 누군가가 분명 있을 것이다.

모르겠어."

샤오위도 방법을 찾아야 했다. 그래서 재작년에는 아예 연수를 핑계로 먼 곳으로 떠나버렸다. 남들이 뭐라 하든 꿋꿋이 자신이 좋아하는 일을 하는 그녀가 진심으로 멋져 보였다. 그때부터 나는 샤오위를 예로 들며 엄마를 설득했다. 샤오위, 고맙다!

2013년 9월, 샤오위가 어느 날 술에 취한 채 내게 전화를 걸었다. 그녀는 울고 있었다.

"세상에나! 연수가 그렇게 힘들어? 돌아오고 싶으면 언제든 말해. 이 오빠가 비행기 삯 보내줄 테니까!"

"나 이러다가 정말 시집 못 가는 건 아니겠지?"

"뭐야? 갑자기 마음이 급해졌어?"

"종종 마음이 급해질 때가 있어. 지금 내 생활에 만족한다는 말이 누군가와 내 인생을 공유하고 싶지 않다는 말은 아니었어. 힘든 순간이 오면 누군가에게 고민을 털어놓고 싶기도 하고, 좋은 일이 생기면 누군가 함께 기뻐해주면 좋겠어. 사람은 누구나 그런 것 같아. 내가 얼마나 강한 사람인가와는 상관없이 말이야."

나는 여자가 울고 있으면 도대체 어떤 말을 해줘야 할지 잘 모르겠다. 그래서 계속 괜찮다는 말만 반복했다.

"올해로 벌써 스물일곱 살이야. 내 친구들은 벌써 결혼해서 애가 있는데 나는 아직 결혼도 못하고…… 나도 옆에 누군가 있었으면 좋겠어. 내 인생을 공유할 수 있는 그런 사람 말이야. 그런데 나를 좋아하는 사람들은 죄다 마음에 들지 않고, 내가 좋아하는 사람과는 인연이 닿지 않아. 나에게 무슨 문제라도 있는 걸까?"

"아니. 다만, 눈이 조금 높은 거 아닐까?"

"야! 내가 무슨 눈이 높다는 거야? 나는 단지 만났을 때 서로 끌리는 사람이면 된다구!"

"너, 서로 끌려야 한다는 게 얼마나 눈 높은 요구 조건인지 몰라?"

샤오위가 다시 힘없이 말했다.

"나 정말 시집가기는 글렀나 봐."

때로는 커플들이 부럽다가도 때로는 혼자만의 자유가 그립다. 때로는 무엇이든 두려울 것이 없다가도 때로는 아무 결과도 없을까 봐 두려워진다.

다행히 샤오위는 바라던 대로 서로 끌리는 사람을 만났다. 2014년, 그녀는 라오셴을 만났고 한눈에 자신이 기다리던 사람이라는 느낌을 받았다. 두 사람은 얼마 지나지 않아 연인이 되었다. 덕분에 그동안 샤오위의 엄마를 괴롭히던 두통과 요통이 싹 가셨다.

내가 물었다.

"이번에는 확신이 들어?"

"응!"

잠시 후 샤오위가 말을 이었다.

"그동안 말이 통하는 사람을 만나기 힘들었는데 라오셴과는 처음부터 말이 완전 잘 통했어. 처음 만났는데도 몇 년은 알고 지낸 사이 같았다니까!"

"그래. 그것도 쉽지는 않지. 만약 라오셴을 못 만났으면 어떻게 할 거였어?"

"아마 계속 그런 사람이 나타나기를 기다렸겠지. 더 이상 기다릴 수 없을 때까지 말이야."

그들의 만남에 많은 우여곡절이 있지는 않았지만 그가 나타나기만을 기다릴 때까지 얼마나 괴로운 시간을 보내야 했는지는 오직 샤오위 자신만이 안다.

라오셴에 관한 이야기도 언급하고 싶지만 안타깝게도 그에 대해서는 아는 바가 별로 없다. 샤오위도 자세한 이야기는 꺼낸 적이 없다. 그녀가 이런 말을 한 적이 있다.

"때로는 나 자신이 정시 기차를 놓쳐버린 승객 같다는 생각이 들어. 다른 사람들은 모두 제시간에 출발해서 목적지에 도착했는데 나만 여전히 플랫폼에 남아 언제 다시 올지 모르는 기차를 기다리고 있어. 엄마, 아빠는 마음이 급하시고, 때로는 나 역시 조급해질 때가 있어. 하지만 내가 타고 싶은 그 기차가 올 때까지는 계속 기다릴 거야."

내가 말했다.

"만약 네가 기차를 놓쳐 다음 차를 기다리고 있다면 분명 너와 마찬가지로 그 차를 기다리고 있는 사람이 있을 거야."

나도 가끔 알 수 없는 익숙함을 느낄 때가 있다. 한 번도 가본 적이 없는 곳에 갔는데 가로등, 신호등, 정류장의 포스터마저 익숙한 기분이 든다거나, 한 번도 만난 적 없는 사람인데 첫 만남에서부터 오랫동안 알아온 친구처럼 편안한 그런 느낌! 이러한 익숙함은 어디에서부터 비롯되는 것인지 모르겠다. 확실히 세상에는 이유를 알 수 없는 일들이 있는 듯하다.

일마 전 사오위도 마침내 결혼한 친구들 대열에 합류했다. 그녀가 행복해하는 모습을 보니 예전에 시집을 못 가면 어떡하냐며 전화로 찔찔 짜던 그날 밤이 생각났다.

지금 곁에 누구 하나 없다고 해도 계속 갈 길을 가고, 좋아하는 음악을 듣고, 좋아하는 영화를 보자. 이런 것들을 공유할 사람이 없다고 해서 조급해하거나 겁먹을 필요는 없다. 언젠가 나와 함께 그 노래를 들어줄, 그 영화를 함께 감상할 사람이 분명 나타날 테니까. 늦은 만남을 안타까워하기보다는 늦게라도 만나게 된 것을 다행으로 여겨야 한다.

샤오위에 관한 글을 쓰다 보니 만약 그럴 수만 있다면 그녀에게 찾아온 행운을 다른 사람들에게도 나눠주고 싶다는 생각이 들었다. 여러분 모두에게도 그런 행운이 있기를!

🎁 첫사랑에 관하여

첫사랑에 관해서라면 어떻게 고백해야 할지조차 모른 채 지나쳤기 때문에 나는 할 말이 별로 없다. 하지만 라오탕은 다르다. 그는 무려 열네 살 때 첫 연애를 시작했다.

그해 라오탕은 교실에서 가장 마지막 줄에 앉았는데 늘 실눈을 뜨고 여학생들을 관찰했다. 그러나 워낙 함께한 시간이 길었기 때문에 같은 반 여학생들에게는 별로 관심이 가지 않았다. 그러던 어느 날, 한 여학생이 우리 반에 전학을 왔다. 그때부터 라오탕은 눈을 그전보다 두 배는 크게 뜨고 그녀를 관찰했다.

나이가 어릴수록 첫눈에 반하는 경우가 많다. 그때는 이것저것 따지지 않고 딱 상대의 얼굴만 보기 때문이다. 지금의 라오탕은 술 때문에 살이 쪘지만 당시에는 꽤 봐줄 만했다. 그는 그 여학생이 전학 오던 그날부터 끊임없이 눈빛을 보냈다. 하지만 그게 좋아한다는 눈빛인지 그녀는 알 수 없었고, 그저 웬 이상한 놈이 자꾸 쳐다본다고만 생각했다. 게다가 그녀는 새로 전학을 와서 모든 것이 낯설었다. 그러니 쉬는 시간에도 고개를 푹 숙인 채 공부만 할 뿐 라오탕에게는 눈길 한 번 주지 않았다.

라오탕은 작전을 바꿔 매일 그녀에게 러브레터를 보냈다. 그는 공부를 잘하는 편은 아니었지만 글씨만큼은 반에서 가장 반듯하게 잘 썼다. 그녀가 편지의 내용에 반했는지 글씨체에 반했는지는 모르겠지만 어느 날부터인가 두 사람은 수업이 끝나고 집까지 함께 걸어갔다. 처음에는 일정한 거리를 유지하며 걷더니 며칠이 지나자 손을 잡고 걷기 시작했다.

두 사람은 수업 시간에 쪽지를 서로 주고받았는데 어느 날 담임선생님께 들키고 말았다. 선생님이 쪽지를 빼앗으려는 순간 라오탕은 쪽지를 입에 넣고 삼켜버렸다. 순식간에 일어난 일인지라 선생님은 물론 반 친구들 모두 할 말을 잃은 채 라오탕을 쳐다봤다. 나중에 담임선생님이 라오탕의 부모님을 학교로 불렀는데 그는 끝까지 누구에게 보내려던 쪽지였는지 밝히지 않았다.

이 사건을 계기로 두 사람은 더 이상 쪽지를 주고받지 않았다. 대신 수업 시간에 애틋한 눈빛을 주고받았다. 마침 두 사람의 중간에 앉아 있던 나는 매일 괴로운 시간을 보내야 했다. 그녀는 공부를 하다가 문득문득 고개를 들어 라오탕을 바라봤고 그러면 그는 무슨 텔레파시라도 받은 듯 고개를 들어 그녀를 바라봤다. 두 사람은 눈이 마주치면 서로를 사랑스럽게 바라보며 미소를 지었다. 그런 다음 라오탕은 그녀를 향해 손 키스를 날렸는데 나는 이 장면을 목격할 때마다 온몸에 닭살이 돋았다.

중학교를 졸업하고 우리는 모두 같은 고등학교에 진학했다. 나는 그들의 닭살 돋는 연애를 3년 더 지켜봐야겠구나 생각했다. 그런데 얼마 후 그녀가 옆 도시로 이사를 가게 되었다.

거리에 대해 느끼는 감정은 시간에 따라 계속 변하게 마련이다. 집과 학교 사이의 거리, 사람과 사람 사이의 거리, 그리고 내가 살고 있는 이곳과 다른 도시와의 거리……. 나는 그중에서 사람과 사람 사이의 거리가 가장 가깝고, 도시와 다른 도시의 거리가 가장 멀다고 생각했다. 사실, 내가 살고 있는 곳을 벗어나면 그곳이 근교에 위치한 도시든, 완전히 다른 성에 위치한 도시든 모두 먼 곳으로 분류되었다.

라오탕의 그녀는 바로 그 먼 곳으로 이사를 간 것이다. 그는 더 이상 수업 시간에 그녀를 볼 수 없었고, 주말마다 만날 수도 없었다. 그렇게 두 사람의 거리는 멀어졌다.

그녀는 떠나기 전에 반 친구들에게 인사를 하러 왔다. 담담하게 인사를 나누던 그녀는 라오탕과 눈이 마주친 순간 눈물을 흘리기 시작했다. 그녀의 아빠가 옆에서 가만히 어깨를 두드렸다. 담임선생님과 그녀의 부모님이 계셨기 때문에 라오탕은 한 마디 말도 못한 채 그저 눈인사로 작별을 고할 수밖에 없었다.

담임선생님이 교실을 나가자마자 라오탕은 밖으로 달려 나갔지만 그녀는 이미 학교를 떠나고 없었다. 그는 돌아오면서 그녀에게 매일 전화를 할 거라며 전화 카드를 잔뜩 샀다. 전화를 하지 않을 때 두 사람은 서로에게 편지를 썼다. 그와 그녀는 저마다 셀프 사진을 인화해 서로에게 보내는 편지에 동봉했다.

그해 여름방학의 어느 날이었다. 라오탕이 격앙된 목소리로 말했다.

"나 드디어 내일 첫사랑을 만나러 가."

그의 설레는 표정을 보고 나 역시 흥분되었다.

"잘됐다!"

라오탕이 호전적으로 손을 내밀었다.

"그래서 말인데 돈 좀 빌려줘야겠어."

나는 여전히 흥분된 목소리로 대답했다.

"그래, 알았어!"

'엥? 그런데 잠깐! 뭔가 잘못되었는데?'

"야, 내가 왜 너한테 돈을 빌려줘야 하는데?"

라오탕이 먼 곳을 바라보았다.

"친구의 사랑을 위해서!"

라오탕은 그때 내게 빌려간 돈을 아직까지도 돌려주지 않고 있다.

라오탕은 기차역에서 여학생을 만나 함께 점심을 먹고 초저녁에 다시 돌아왔다. 헤어지기 전에 두 사람은 서로에게 책을 한 권씩 선물했다. 그러고는 그 책을 다 읽으면 다시 만나자고 약속했다. 라오탕은 떠나기 전에 여학생을 끌어안고 말했다. 몸은 멀리 떨어져 있지만 마음만은 언제나 함께 있는 거라고!

하지만 라오탕의 첫사랑은 어느 순간 돌연 막을 내렸다. 서로 헤어지자는 말도 없었다. 그녀는 고등학교 2학년 때 아빠의 직장을 따라 다시 베이징으로 이사를 갔다. 그 소식을 듣고 라오탕은 하마터면 수업 시간에 뛰쳐나갈 뻔했다. 그날 그는 수업 시간에 그녀로부터 이사를 간다는 메시지를 받고 한순간 표정이 굳어지더니 이내 크게 소리 질렀다. 그렇게 해서 라오탕은 또 한 번 부모님을 학교에 모셔와야 했다.

나는 그날 라오탕이 감정을 잘 추슬러서 부모님을 모셔오는 일이 없었다면 분명 그녀를 만나러 갔을 거라고 생각한다. 그녀는 밤에 전화 통화를 할 때 울면서 미안하다고 말했다. 라오탕은 그녀를 달랬다.

"괜찮아. 아무리 멀리 떨어져 있어도 우리는 헤어지지 않을 거야."

후일 라오탕은 베이징에 그녀를 만나러 가겠다고 했다가 부모님과 크게 싸웠다. 라오탕의 아빠는 그의 휴대전화를 바닥에 던져 박살 냈고 그는 2주가 지나서야 그동안 모아놨던 돈으로 새 휴대전화를 마련할 수 있었다. 그러나 더 이상 그녀와 연락이 닿지 않았다. 라오탕은 그제야 그녀가 했던 말이 떠올랐다. 밤마다 전화기만 붙잡고 있다면서 아빠가 휴대전화를 빼앗아갔으니 새로 장만하게 되면 그에게 번호를 알려주겠다고 했었다. 그러나 라오탕 역시 번호를 바꾸게 될 줄은 꿈에도 몰랐던 것이다. 그날 나는 라오탕이 새 휴대전화를 사는 데 동행했다. 그는 그 얘기가 떠오르자마자 길가에 주저앉아 오후 내내 말없이 멍하니 있었다.

고등학교 3학년 때 라오탕의 집은 그의 입시 준비를 돕기 위해 학교 근처로 이사했다. 그렇게 해서 여학생과의 마지막 연락 수단마저 끊기게 되었다. 그녀는 라오탕이 어디로 이사를 갔는지 모르기 때문에 시간이 나서 편지를 쓴다고 해도 그가 받을 수가 없었다.

그는 자신의 작문 노트에 이렇게 썼다.

'우리 그만 헤어지자.'

그렇게 라오탕의 첫사랑은 막을 내렸고 그 후로 몇 년 동안 그녀의 소식은 알 수가 없었다.

시간이 흘러 라오탕은 대학교 3학년이 되었다. 그때 한창 인터넷에서 동창 찾기 사이트가 유행하였는데 라오탕은 그것을 통해 그녀를 찾는 데 성공했다. 그가 베이징에 있는 대학교에 지원했을 때 나는 혹시 그녀 때문인가 반신반의했다. 그런데 역시나, 그녀를 만날 수 있을까 하는 마음에서였던 것 같다. 그렇게 두 사람은 5년 만에 다시 만났다.

오랫동안 헤어져 있던 사람을 다시 만나면 분명 익숙한 얼굴인데도 왠지 예전에 알던 사람과는 다른 사람처럼 느껴진다. 그녀는 머리가 길었고 예전보다 키도 컸다. 두 사람 모두 서로 만나지 못하는 동안 훌쩍 자라 있었다.

그 사람을 다시 만나면 처음 만났을 때처럼 가슴 설렌다. 그러나 그것은 엄청난 도박이다. 우리만은 특별할 거라고 믿었지만 우리도 결국 다른 헤어진 연인들과 다를 바 없다.

그녀는 부모님을 따라 베이징으로 갈 때 라오탕과 연락이 끊길까 봐 두려웠다고 했다. 그리고 연락이 되지 않아 그에게 편지도 써봤지만 답장이 없었다고 말했다.

라오탕은 웃으며 말했다.

"너만 늘 이사를 다니고, 나는 평생 이사를 안 갈 줄 알았어?"

그녀 역시 말없이 웃었다.

그날 라오탕은 가방 속에 챙겨 온 오래된 사진들과 그녀에게 전화를 하기 위해 잔뜩 사놓았던 충전 카드를 꺼내지 않았다.

훗날 라오탕은 일 때문에 쑤저우로 내려갔고 두 사람은 다시 연락이 끊겼다. 그리고 2015년이 되었다. 나는 설 특집 방송을 보다가 우연히 'g.e.m'이라는 가수의 노래 '아무리 멀리 떨어져 있어도 우리는 언제나 함께 있어요(多遠都要在一起)'를 듣게 되었다. 그 노래를 듣자마자 라오탕에게 문자를 보냈다. 라오탕 역시 그 노래를 듣는 중이라고 했다.

'라오탕, 저 노래 제목 네가 지었냐?'

연인들은 서로가 아무리 멀리 떨어져 있어도 늘 함께할 수 있을 거라고 말한다. 그러나 대부분 얼마 지나지 않아 서서히 멀어지기 시작한다.

라오탕은 지금 생각해보면 그때 그녀와 그렇게 연락이 끊긴 것에 대해 후회나 아쉬움이 남지는 않는다고 했다. 세상에 이렇게 많은 사람 중 누군가 내 옆에 잠시 머물렀다는 것만으로도 크나큰 기적이라며! 나는 만약 그때로 다시 돌아간다면 이번에도 아무리 멀리 떨어져 있어도 헤어지지 않을 거라 확신할 수 있냐고 물었다. 라오탕은 몇 번을 반복하든 그런 바보 같은 결심은 변함이 없을 거라고 말했다.

그때 우리는 아무것도 모르는 청춘이었고, 아무것도 모르기 때문에 그런 확신을 할 수 있었을 것이다!

나는 중학교 때 좋아했던 여학생을 떠올렸다. 비가 오던 날, 나는 그녀에게 메시지를 보냈다.

'비가 오는데 우산을 안 가져왔어. 혹시 너는 가져왔어?'

그녀는 답이 없었다. 수업이 모두 끝나고 책상에 엎드려 자고 있는데 누가 교실 밖에서 나를 불렀다. 고개를 들어보니 그녀가 우리 반 앞에 서 있었다. 손에는 우산이 들려 있었다.

"나한테 우산이 두 개 있으니까 하나 너 빌려줄게."

나는 아직도 그날 그녀가 입었던 파랑색 비옷이 생각난다. 나는 우산을 건네받으며 하고 싶은 말이 많았지만 결국 짧게 "고맙다"라고만 했다.

나 역시 그때를 후회하지 않는다. 다만, 가끔 그때의 기억들이 떠오른다. 그녀 앞에 서 있지만 아무 말도 꺼내지 못하던 내 모습이! 영화 속에 나올 법한 멋진 대사들을 며칠씩이나 연습해놓고 정작 어떻게 말을 꺼내야 할지 몰라 망설이던 내 모습이!

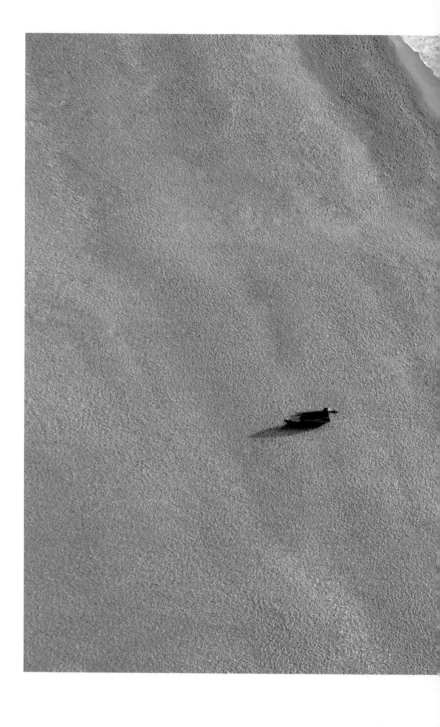

작별을 할 때 연인들은 서로가 아무리 멀리 떨어져 있어도 늘 함께할 수 있을 거라고 말한다. 그러나 대부분 얼마 지나지 않아 서서히 멀어지기 시작한다. 그렇지만 시간을 돌린다고 해도 아마 똑같은 말을 반복할 것이다. 왜냐하면 그 말을 할 당시에는 정말 그럴 거라고 믿으니까. 가끔 어떤 이야기를 떠올리면 그 이야기 속의 주인공뿐만 아니라 그 시절의 내 모습도 떠오르곤 한다.

🪨 스스로에게 부끄럽지 않은 내가 되도록

           디자인을 전공한 친구 하나가 베이징에서 혼자 방을 얻어 살고 있다. 그녀는 최근 고양이 한 마리를 기르기 시작했는데 혼자 사는 게 너무 외로울까 봐 그런 결정을 내렸다고 한다.

나는 그녀에게 그렇다면 고양이 말고 같이 살 사람을 찾아보는 게 어떻겠냐고 제안했다. 그녀는 미소를 지으며 첫눈에 반하는 사람을 만나기 전까지는 차라리 혼자 사는 게 낫다고 말했다. 나는 내가 아는 누군가도 그렇게 말한 적이 있다고 대답했다.

누구나 한 번쯤은 혼자 사는 경험을 한다. 기간이 짧든 길든, 혼자 사는 것에 익숙하든 그렇지 않든 이런 경험은 피해 갈 수 없다.

그 친구는 3년 전 남자 친구와 헤어졌다. 그녀가 갑자기 종적을 감추는 바람에 나와 친구들은 한바탕 그녀를 찾아 여기저기 들쑤시고 다녔다. 웬만한 곳은 다 찾아봤지만 찾을 수가 없어 포기하려는 순간, 지하철 안에서 그녀를 발견했다. 그녀는 우울할 때면 순환선을 타고 아무 생각 없이 계속 도는 버릇이 있다.

비슷한 시기에, 바오즈가 방세를 내지 못해 원래 살던 집에서 쫓겨난 적이 있다. 바오즈가 우리 집에 찾아왔을 때 나는 당분간 이곳에 머물러도 괜찮다고 말했지만 그는 한사코 거절했다.

다음 날, 나는 부동산집 전화를 받고서야 바오즈가 아파트 단지 앞 잔디밭에서 밤을 새웠다는 사실을 알게 되었다. 이상한 사람으로 오해를 받아 경찰에 잡혀갈 뻔했다고 한다. 얼마 뒤, 바오즈는 새로운 집을 구했다. 나는 나중에 짬을 내서 그의 집을 보러 갔는데 그 집은 본래 창고였던 곳을 개조해놓은 것이었다. 내가 안쓰러운 눈으로 바라보자 그는 괜찮다며 나를 안심시켰다.

꽤 오랜 시간이 흘렀지만 나는 그날 지하철에서 그녀를 발견했을 때의 표정과 바오즈의 집을 나오기 전 그가 앉아 있던 테이블 밑에 쌓여 있는 온갖 잡동사니를 생생히 기억한다.

이러한 장면은 마치 한 장의 흑백사진처럼 내 머릿속 한구석에 저장되어 있다. 그 장면 속 친구들은 아무 말이 없었지만 그들의 표정은 나한테 이렇게 말하고 있는 것 같다.

'괜찮아. 위로는 필요 없어.'

사람은 때로는 아무리 힘든 일이 있어도 혼자서 잘 버티다가 누군가 옆에서 위로의 말을 건네면 그 순간 와르르 무너진다. 그러니 힘이 들 때는 차라리 혼자인 편이 낫다. 그 어떤 위로도 필요하지 않다.

남자 친구와 헤어진 뒤 그녀는 3년 넘게 혼자 살고 있다. 나는 그녀가 혼자 살기로 결심했을 때 혼자 산다는 건 여러 장점과 단점 그리고 부작용이 있을 수 있다고 말했다. 그녀는 웃으며 어떤 부작용이냐고 물었다. 나는 혼자 살다 보면 이상한 취미가 생긴다고 말했다.

"예를 들어 나처럼 밤 열두 시만 되면 스피커 볼륨을 높이고 야식을 먹는다거나, 바오즈처럼 거실에 열 개도 넘는 선인장 화분을 들여놓는다거나

아직 다른 사람을 받아들일 준비가 되어 있지 않다면 혼자 지내는 것도 괜찮다. 타인의 기대를 저버리지 않으려면 먼저 스스로에게 거는 기대에 부응해야 한다. 누군가와 함께하는 그날이 아직 오지 않았다면 우선 내가 좋아하는 일을 하면서 인생을 즐기자. 고민하고 걱정하면서 시간을 보내기엔 청춘이 너무 아름답다!

하게 돼. 왜 그런 취미가 생겼는지는 모르겠고…….”

“그럼…… 나는 앞으로 혼자 살면 집에 있을 때 마음껏 벗고 돌아다니면 되겠군. 하여튼 네가 나중에 누군가와 함께 사는 모습은 잘 상상이 가지는 않지만 어쨌든 그때가 되면 너의 그런 습관도 없어질 거야.”

그녀가 말을 이었다.

“사람이 혼자 산 지 오래되다 보면 무슨 일이든 혼자 하려 하는데 그러다가 삶의 무게가 너무 무겁다고 느껴지면 그제야 누군가와 함께 살아야겠노라 결심하게 되지. 그런데 혼자 살기로 했을 때보다 둘이 살기로 마음먹었을 때 더 큰 용기가 필요한 것 같아.”

나는 그럴 수도 있다고 대답했다. 그녀는 그런 변화가 좋은 거냐고 물었지만 나는 아무 말도 할 수가 없었다.

혼자 지내는 시간이 길어지다 보면 마음은 점점 트랜스포머만큼이나 강인해진다. 하지만 사실 강인해질수록 한꺼번에 무너질 가능성 또한 높아진다. 그래서 혼자인 사람은 상처받는 것보다 누군가 건네는 따뜻한 위로를 훨씬 더 두려워한다. 그들은 실패하고 좌절하는 것보다 한밤중에 갑작스레 찾아오는 그리움이 더 두렵다.

그중 가장 두려운 것은 다른 사람의 기대에 부응하지 못하는 것이다. 혼자 살면서 외롭고 힘든 것이야 스스로 선택한 일이니 어쩔 수 없다 해도 다른 사람의 기대를 저버리거나 실망시키는 것은 다른 얘기다.

나는 아주 오랫동안 그녀의 질문에 대한 답을 찾지 못했다. 그러다가 어느 날 바오즈가 실마리를 제공해주었다.

“혼자 살 때나 둘이 살 때나 그때그때 최선을 다하면 되지 않을까?”

나는 그의 말에 일리가 있다고 생각했다.

누군가를 당신의 인생에 받아들일 준비가 되어 있지 않다면 당분간 혼자서 지내도 괜찮다. 지칠 때는 좋아하는 노래를 크게 틀어놓고, 우울할 때면 시원한 공기를 마시며 마음껏 달려보자. 사랑하는 사람을 찾지 못했다면 우선 나 자신을 사랑하는 법을 배우자. 누군가와 함께하는 그날이 아직 오지 않았다면 우선 내가 좋아하는 일을 하면서 인생을 즐기자.

우리는 자기 자신을 잘 돌보고 감정을 다스리는 법을 배워야 한다. 이것은 나 자신에 대한 책임이자 앞으로 누구를 만나도 열등감을 느끼지 않을 수 있는 비법이다. 나 자신과 미래를 나와 함께할 사람에게 줄 가장 큰 선물은 현재의 나를 잘 보살피고 소중하게 생각하는 것이다.

타인의 관심과 기대에 부응하지 못하는 것이 외로움보다 두렵다면 그들을 실망시키지 않도록 나 자신을 더 잘 가꿔나가야 한다. 그리고 타인들의 기대를 저버리지 않으려면 먼저 스스로에게 거는 기대에 부응할 수 있어야 한다.

우리 모두가 외로움이라는 인생의 필수과목을 무사히 통과하기를 바라며!

🔊 그 사람이 원하지 않는다면 더 이상 강요하지 마라

라오루는 내가 대학교를 다닐 당시 학생 대표였다. 어느 날 수업이 끝나고 강의실을 나서는데 그가 문 밖에서 내 발길을 붙잡았다.

"루쓰하오! 나와 같이 밥 먹지 않겠니?"

나는 한 여학생과 함께 있었는데, 그녀는 라오루를 보자마자 상냥하게 인사를 건넸다. 딱 보니 라오루는 그때 그녀에게 반한 것이었다.

나중에 그는 나에게 그 여학생을 좋아하게 된 이유를 고백했다.

"친절하고 상냥해서……."

"웃기시네. 얼굴 보고 반한 거 내 모를 줄 아냐?"

그는 아무 대답도 못 했다.

그날 이후 라오루는 내가 그 수업이 있는 날이면 어김없이 찾아왔다. 나는 두 사람을 소개시켜주기 위해 그 여학생까지 더불어 함께 밥을 먹으러 갔다. 그녀는 누굴 만나든 상냥하게 인사하고, 다른 사람에게 신세를 지거나 폐를 끼칠 일이 있으면 꼬박꼬박 "고마워요", "미안해요"라고 말하는 그런 유형의 사람이었다. 물론 키가 170센티미터인 롱다리에 얼굴도 예뻤다. 라오루는 언제부턴가 나를 버리고 그녀에게만 밥을 사주기 시작했다. 사랑보다 우정이 더 중요하다고 외치던 자식이었다!

어쨌든 그렇게 두 사람은 점점 가까워졌다. 기본적으로 성격이 좋은 데다가 두 사람 모두 애니메이션, 영화, 음악 등을 좋아했기 때문에 마음이 잘 맞았다.

3개월 정도 지났을 때 라오루는 그녀에게 고백할 거라며 우리에게 좋은 아이디어를 내달라고 부탁했다. 비싼 선물을 사주면 어떻겠느냐는 우리의 제안에 라오루가 정색했다.

"이 자식들아! 우리 그녀가 비싼 선물이나 좋아하는 속물로 보이냐?"

그의 입에서 '우리 그녀'가 나오자 모두 소리쳤다.

"더 이상 못 봐주겠어! 방법은 니 꼴리는 대로 찾고 저리 가버려!"

라오루는 홀로 여러 방법을 고민하다가 결국 친구들의 말대로 선물을 주면서 고백하기로 했다. 그는 먼저 그녀가 좋아하는 애니메이션 피규어를 선물하기 시작했다. 그러면 그 여학생도 그가 좋아할 만한 것으로 답례했다. 그리고 드디어 결전의 날, 그는 며칠 동안 밥을 굶으면서 모은 돈으로 비싼 목걸이를 샀고 자신의 마음을 담아 그녀에게 건넸다. 그러나 그녀는 목걸이를 받아주지 않았다. 그날 밤 라오루가 술을 마시자고 나를 불러냈다.

"왜 내가 준 목걸이를 받지 않는 걸까?"

"너무 귀중한 거라 부담스러워서 그러는 거 아닐까?"

"귀중한 걸로 따지면 애니메이션 피규어가 구하기는 더 힘들지."

"나도 알아. 애니메이션 피규어야 너희 둘 다 좋아하니까 함께 나누는 것이 즐거웠을 수도 있어. 내 말은…… 귀중하다고 말한 건 선물이 아니라 그 선물을 준비한 네 마음 아닐까? 그녀가 부담을 느낀 건 바로 네 마음 때문일 거야."

"귀중하다고 생각하면 더더욱 받아줘야 하는 거 아니냐?"

"그렇지 않아. 널 좋아하지 않으니까!"

다음 날, 라오루는 단념하지 않고 그녀의 집 앞으로 갔다. 그녀는 라오루를 만나러 나오기는 했지만 결국 미안하다는 말과 함께 그의 고백을 또 한 번 거절했다. 나와 몇몇 친구는 그가 걱정되어 그녀의 집 근처에서 기다리고 있었다. 한참 후에 라오루가 나타났는데 손에는 선물 상자가 들려 있었다. 오늘 그녀에게 주려고 정성을 다해 준비한 선물이었다. 한 친구가 혀를 찼다.

"쯧쯧, 오늘도 안 받아준 거야?"

라오루가 고개를 끄덕였다.

"그래도 희망이 좀 보이기는 해?"

라오루의 입이 굳게 닫혔다.

그때 갑자기 장대비가 내리기 시작했고 우리는 버스 정류장으로 몸을 피했다. 나는 혹시 라오루가 빗속으로 뛰어들까 봐 꽉 붙잡았다. 한참을 침묵하던 라오루가 입을 열었다.

"나 좀 그만 놔줄래? 내가 이상한 생각이라도 할까 봐 그래?"

그의 말에 나는 마음이 조금 놓였다.

"이제 어떻게 할 생각이야?"

"그녀는 좋은 사람이야. 당분간 귀찮게 하지 않으려고……. 계속 매달린다고 마음을 돌릴 것 같지도 않고, 그렇게 하고 싶지도 않아. 만약 조금이라도 내게 마음이 있었다면 미안하다는 말을 그렇게 많이 하지도 않았을 거야."

"그래. 그러는 게 좋겠다. 너희 둘 다 참 좋은 사람인데……."

라오루가 내 말에 덧붙였다.

"함께 있을 수 없을 뿐이지."

나는 예전에 내 친구를 좋아하던 한 여학생을 떠올렸다. 그녀는 굉장히 도도한 성격임에도 불구하고 내 친구한테만큼은 한없이 부드러웠다. 그녀는 매일 아침저녁으로 하루도 빠짐없이 그에게 안부 메시지를 보냈다. 얼마 후 그녀는 고백하기로 결심했다. 당시 여러 고백 이벤트가 유행하고 있었는데 그중 하나가 상대방 기숙사 앞에 작은 촛불로 하트 모양을 만들어 놓고 사람들을 동원해 다같이 "사랑해!"라고 외치는 것이었다.

나는 이 방법이 어떻게 보면 굉장히 효과적이지만 리스크 또한 크다고 생각했다. 상대방도 고백을 하는 사람에게 마음이 있다면 다행이지만 만약 상대가 전혀 마음이 없다면 정말 큰일이다. 세상 사람들이 모두 들을 수 있도록 떠벌렸는데 거절하면 그 사람만 죄인이 되는 것 아닌가! 그럼 고백을 하는 사람이나 고백을 받는 사람이나 모두 난처한 입장에 처하게 된다.

그 여학생은 굉장히 통이 큰 친구였다. 그래서 그에게 고백하기 위해 영화관을 통째로 빌리고 자신의 마음을 담은 영상을 준비했다. 그녀는 나를 비롯한 다른 친구들에게도 도움을 요청했다. 하지만 정작 고백을 받아야 하는 그 친구는 뭔가 이상한 낌새를 눈치채고 일찌감치 일이 있다며 빠져나갔다. 그가 가버리자 그녀는 결국 울음을 터뜨렸다. 나는 얼른 그를 쫓아가 상황을 설명했다. 그러고는 조금이라도 마음이 있다면 일단 들어보기나 하라고 설득했다. 그가 말했다.

"미안해."

내가 말했다.

"나한테 미안하다고 하면 뭐해? 그런 말을 하려거든 그녀에게 직접 해."

그는 한참을 침묵하다가 입을 열었다.

"내가 미안한 이유는 어찌 되었건 그녀가 오해할 만한 여지를 남겼기 때문이야. 그렇기 때문에 더더욱 직접 미안하다고 말할 수가 없어. 만약 내가 조금이라도 망설이는 모습을 보인다면 그녀는 그 기회를 놓치지 않고 온몸을 던질 거야. 하지만 나는 그 마음을 받아줄 수가 없어. 차라리 지금 내가 나쁜 놈이 되고 끝나는 게 훨씬 나아."

나는 더 이상 그를 설득할 수 없었다. 그의 말도 옳았으니까.

음악이 듣기 싫으면 과감히 오디오를 꺼버리듯 누군가를 좋아하지 않는다면 여지를 남기지 않고 거절하는 법을 배워야 한다. 거절할 때는 결단력 있게 해야 한다. 만약 상대방의 마음을 받아줄 생각이 없다면 어떠한 희망도 남겨줘서는 안 된다. 사람들은 대부분 거절하는 것을 두려워한다. 상대에게 상처가 될지 모른다는 생각 때문이다. 하지만 상대방을 진심으로 위한다면 처음부터 과감히 끊어야 한다. 그것이 조금이라도 상대방의 상처를 줄여줄 방법이다.

내가 주고 싶은 것을 상대방이 원하지 않는다면 더 이상 강요하지 않는 것이 좋다. 아무리 내가 정성껏 준비한 것이라 해도 상대방이 원하지 않으면 그건 그 사람을 힘들게 할 뿐이다. 반대로 상대방이 내게 주는 것을 똑같이 돌려주지 못할 거라면 처음부터 받지 않는 게 좋다. 그 사람에게 조금이라도 희망을 남기면 안 되니까.

음악이 듣기 싫으면 과감히 오디오를 꺼버리듯 누군가를 좋아하지 않는다면 여지를 남기지 않고 확고히 거절해야 한다. 그것이 상대가 받을 상처를 조금이라도 줄여주는 방법이다.

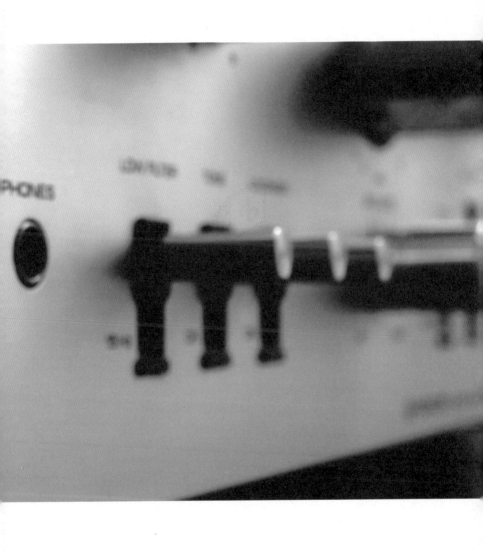

Thank you

이 책을 읽은 모든 독자께

내 이야기를 들어주셔서 감사합니다.
여러분 한 사람 한 사람이 힘을 실어준 덕분에

내 신념을 지킬 수 있었습니다.